远去的星光

李庆 著

凤凰枝文丛／孟彦弘 朱玉麒 主编

凤凰出版社

图书在版编目（CIP）数据

远去的星光 / 李庆著. -- 南京 : 凤凰出版社,
2021.7
（凤凰枝文丛 / 朱玉麒，孟彦弘主编）
ISBN 978-7-5506-3440-4

Ⅰ. ①远… Ⅱ. ①李… Ⅲ. ①随笔—作品集—中国—当代 Ⅳ. ①I267.1

中国版本图书馆CIP数据核字(2021)第095573号

书　　名	远去的星光
著　　者	李　庆
责任编辑	樊　昕
书籍设计	徐　慧
出版发行	凤凰出版社(原江苏古籍出版社) 发行部电话025-83223462
出版社地址	江苏省南京市中央路165号,邮编:210009
出版社网址	http://www.fhcbs.com
照　　排	凤凰零距离数字印前中心
印　　刷	苏州市越洋印刷有限公司 江苏省苏州市吴中区南官渡路20号　邮编:215104
开　　本	880毫米×1230毫米　1/32
印　　张	10.625
字　　数	213千字
版　　次	2021年7月第1版
印　　次	2021年7月第1次印刷
标准书号	ISBN 978-7-5506-3440-4
定　　价	68.00元 (本书凡印装错误可向承印厂调换,电话:0512-68180638)

李　庆

中国学者。祖籍山东蓬莱，生于上海。日本国立金泽大学名誉教授。复旦大学兼职教授、博士生导师。主要著作有《顾千里研究》《日本汉学史》《中国文化中人的观念》等；译著有《气的思想——中国自然观和人的观念》《六朝道教史研究》《明季党社考》；编注《东瀛遗墨》；整理出版王欣夫先生遗稿《蛾术轩箧存善本书录》《顾千里集》等。

弁 言

“凤凰台上凤凰游”，是李白《登金陵凤凰台》之诗句，昔年我江苏古籍出版社立足南京、弘扬文史，而更名所由也。

“碧梧栖老凤凰枝”，是杜甫《秋兴八首》所吟咏，今日我凤凰出版社为学林添设新枝，而命名所自也。

30 多年来，凤凰出版社围绕中华传统优秀文化，彰显传承文明、传播文化、服务大众、贡献学术的出版理念，坚持以整理出版中国文、史、哲古籍及其研究著作为主的专业化方向，蒙学界旧雨新知之厚爱、扶持，渐已长成“碧梧”，招引了学界“凤凰”翩然来栖。箫韶九成，凤翥凰翔！嘤其鸣矣，求其友声！

“凤凰枝文丛”是本社与学界同人共同打造之文史园地，除学术研究论文外，举凡学人往事、经典品评、学术札记之文化随笔，旧学新知，无所不包。是作者出诸性情而诗意栖息之地，读者信手撷取而涵泳徜徉之处。

“凤凰鸣矣，于彼高冈。梧桐生矣，于彼朝阳。”

愿“凤凰枝文丛”成为我们共同的文化家园。

2019.5.22

前言

在生活的途中跋涉，一晃就过了七十年。

法国的卢梭在《忏悔录》中说：“先有感觉后有思考，这是人类共同的命运。”（第一章，人民文学出版社，1980年，第6页）而当我读这句话的时候，已到了“歌泣无端字字真”（龚自珍诗）的情感，青春欲情燃烧的冲动，都被理性追求抛到身后的年纪了，外界强大氛围把本能的感觉紧紧地挟裹着。

在动荡的世界上，为了生存、为了发展，努力着、思考着、探索着、追求着。遭遇过困顿和挫折，感受过艰辛和苦难，领略过蛮横和狡诈，感情被困围在忙碌的外壳之中。

在生活旅程中，家属亲人之外，遇到许多怀有真情的师友。国内的、国外的；年长、年轻的。各种相遇，相对漫长的人生旅程，有的是一时同行，有的是短暂交集，有的甚至仅仅擦肩而过。他们各有自己的人生，或许也有各自的不足，但他们身上显现的独立的人格，闪光的思想，谆谆的教诲，无私的帮助，是我人生中最可宝贵的东西。在黑暗中，那是前方希望的曦光；在寒冷中，那是身边送暖的薪火。那些难忘的接触，潇散的交流，感动的场景，共鸣的情感，久久存于心中。一有触动，便情不自禁地流露出来。前后三十多年，随笔写下的，就是这类长短不一的文字。既无济世经国的鸿图阐发，也非纵横捭阖的谋略解析，都是实际接触和经历过的具体的人和事，我认为，人生本来就应该是具体的。

在此选录近四十篇，包括两个方面：一是对亡故亲人、师友的回忆，大致按生卒年序编排；一是对已刊书籍的评介、前言；都分为中国、日本两部分。鉴于篇幅限制，其他师友和两国以外的类似文字，还有学术性的探讨，留待有机会再汇集。

总之，这些文字，是对仙逝师友的怀念，是对人生理想的思索，是对远去星光的眺望，是对自己心灵的慰藉。因还未修炼到“万物皆空”的境界，所以收拾起来。当然有自知之明：此乃“雪泥鸿爪”。苏东坡不是早就感叹过：“回首向来萧瑟处”，“也无风雨也无晴”吗？

凤凰出版社有“凤凰枝丛书”的计划，度其本意，或乃本之老杜诗句“碧梧栖老凤凰枝”（《秋兴八首》之八）。凤凰社，当然是凰栖凤居之地，笔者不期忝列。途经碧梧，抱着若干散木，收拾几片残叶，透过栖居俊逸的羽毛光彩，举目苍穹，“一星如月望多时”，过客而已。

是为前言。

2020年7月于日本金泽卯辰山麓

目录

第二辑　林下的散木

第一辑 远去的星光

远去的星光

——胡玉缙先生的生平、学术和遗稿

在中国学术的苍穹中，随着时光流逝，有许多渐渐远去的星光。而有一些，却会因各种不同的原因而被人重新关注。胡玉缙先生，或可以说，就是其中之一。

最近，胡玉缙先生被人关注，那是托了他在民初给时任教育总长蔡元培的一封信（见搜狐网，2018 年 5 月 8 日《那人那年也因“一字”的致信：北大之魂——蔡元培的道歉信》）。

为了免得读者翻查，将网上所传之事，概括叙述如下：1912 年 3 月，蔡元培就任中华民国教育总长，据说是看了胡玉缙写的《孔学商榷》一文，感其才华，决定邀他到教育部任职，负责筹备国立历史博物馆。

下属官员发一封信，“谕”胡玉缙来教育部任职。“胡玉缙当时在学术界还是无名小卒，有蔡元培这样的大人物举荐他，本应感激不尽”。想不到胡先生不领情，回信谢绝，认为，推翻帝制，为民主国家，人皆平等。即便教育总长，与我无关，凭什么居高临下，“谕”我任职？质问：“未知从何谕起”？

面对胡玉缙的质问，蔡元培显出气度，再次请部属写信回复，接受胡先生的批评，表示歉意。道歉信一开始便承认用语不妥，认为如胡玉缙所说，“谕”字，“宜屏而弗用”，胡玉缙“立论颇正”。接着，希望胡玉缙不要介意，依然诚恳地聘请他。最后一句“本部初立，正在用人之际，若因用谕、令字样而使贤者裹足，殊违总长延揽之初心，字句小疵，想必通人必不芥蒂（不会在意）”。这话说得合情合理，不容你推脱了。

该文作者的本意，殆是要突出“北大校长”蔡元培的民主风度，反响颇佳。但笔者觉得该文对当时蔡、胡二者学术地位的描述，似可斟酌。民国初年，蔡元培是否为如后来所见那样的“大人物”，姑且不论；胡玉缙当时是否“在学术界还是无名小卒”呢？恐非如此。所以想对胡玉缙先生的生平和学术，略作一点说明，对这已经远去的星光，做一次眺望。

一

胡玉缙是怎样的人？当时处于何种地位？此后在中国的学术舞台上，又做了些什么呢？

胡玉缙（1859.8.18—1940.7.14），吴县人。时年53岁，为京师大学堂教授。蔡元培比他小9岁。辛亥革命后，回国就任教育总长。

胡玉缙19岁（1877）就入县学，肄业于苏州正谊书院，和潘锡爵、许克勤、曹元忠、叶昌炽、王仁俊等友善。这些都是在清末江南学术界有名可查的人物。苏州正谊书院创办于嘉庆十年。同治后期，冯桂芬曾为书院山长，光绪三年，胡玉缙进此校，当曾接触到冯氏学风之余续。

后入江阴南菁书院。南菁书院是晚清著名书院之一，在江苏江阴县。光绪八年（1882），由江苏学政黄体芳所建（见顾树森《中国历代教育制度》，江苏人民出版社，1981年，第218页），黄体芳聘请黄以周主持。黄以周（1828—1899），字元同，号儆季，又号哉生，浙江定海人。清同治九年(1870)举人，光绪十四年（1888）赐内阁中书衔，十六年升教授。他主持该院讲席15年，搜集汉至清代典章制度，撰《礼书通故》一百卷，著有《子思子辑解》七卷、《军礼司马法》二卷及《儆季杂著》等（钱穆编《清儒学案》第六十一有《儆季学案》，钱氏书已不存。参见梁启超《中国近三百年学术史》，复旦大学出版社，1985年，第311页）。

胡玉缙进入南菁书院的时间当在1882年后。在学期间，经义词章俱佳，得黄以周赏识。他的才学和为人又被当时在刑部为官的许玉瑑看中，以女妻之，结婚成家。许玉瑑(1828—1894)又名赓飏，字起上，号鹤巢，吴县人。同治甲子（1864）举人，历官刑部郎中，与王鹏运同在刑部为官时多有酬唱之作（见《薇省同声集》），有《诗契斋诗钞》《独弦词》《诗契斋词钞》（上海图书馆藏稿本）、《城南拜石词》等传世（参见徐世昌《晚晴簃诗汇》卷一六一，中华书局，1990年）。

光绪戊子（1888）江苏布政使黄彭年办学古堂（见前引顾树森《中国历代教育制度》，第218页）。黄彭年（1824—1890），字子寿，号陶楼，晚号更生，清朝贵州贵筑县（今贵阳市）人。出身仕宦之家，曾为湖北、江苏布政使。“开藩吾吴，奖掖寒畯，惟恐不及”（《许庼学林》，第277页，又见王欣夫、徐鹏《藏书纪事诗补正》，上海古籍出版社，1989年，第690页）。其父黄辅辰为清代循吏。子黄国瑾，亦知名。

黄彭年聘胡玉缙为斋长任教，与章钰、王仁俊等同列，被视为吴中才人的“一时之选”。是年他29岁（卢弼《许庼遗书序》，载《许庼学林》）。

在学古堂任教期间，胡玉缙对经史多有考订，如对《周易》《论语》《汉书》等（见《许庼学林》，第237页、第107页等条目）。1890年黄彭年去世，胡玉缙为他整理遗稿，出版《陶楼文钞》，由同人集资刊出（《许庼学林》，第277页）。是年31岁。

光绪辛卯（1891），为江南乡试举人。后入福建学幕。

为何入“福建学幕”？笔者推测，殆因当时福建学政是黄绍箕，乃南菁书院创办者黄体芳之子。胡玉缙的岳父许玉瑑与王鹏运交往颇密，王鹏运和黄体芳、黄绍箕父子都是强学会中人，支持变革（见吴天任《康有为年表》1895年9月、11月条下，广东人民出版社，2018年）。而胡玉缙为南菁书院学生。各种社会关系的交互联络，是中国社会人事变动的重要潜在因素。

光绪庚子（1900），胡玉缙41岁，任兴化教谕。在此期间，经历“戊戌变法”和“义和团运动”。1902年，回到北京的慈禧太后，改变了当初否定设立“经济特科”考试的初衷，决定第二年开考。

1903年（癸卯），胡玉缙44岁，应经济特科考试。当时全国录取仅28人，其中一等9人，胡玉缙是9人中的第6名。顺便说一下，俞平伯的父亲俞陛云，也是这一科录取，是第8名（9人的名次如下：袁嘉谷、张一麐、方履中、陶炯照、徐沅、胡玉缙、秦锡镇、俞陛云、袁励准）。该年，官湖北知县，入张之洞幕府。

光绪甲辰（1904）东游日本考察学政，著有《甲辰东游日记》。丙午（1906），调任教育部主事，升为员外郎（从五品）。戊申（1908），被聘为礼学馆纂修。参与重修通礼之事。

宣统庚戌（1910）二月，时50岁，京师大学堂成立，“以张文襄有言在先”，被聘为教员。讲授《周礼》，编撰

《周礼学》讲义（见《周礼学自叙》，《许庼学林》，第240页）。其间，民国初年经学研究颇有成就的陈汉章为其学生。

可见胡玉缙在清朝末年，应是学界有一定知名度的人物。并非“无名小卒”。因此，蔡元培才会器重他。否则，把一个国家初创的博物馆交给一个“无名小卒”，不免有点过于轻率了吧。

二

进入民国时期，他在博物馆筹备处时，遇到了一个棘手的问题：如何处理当时存在其管辖之下的清宫“内库大档”。

该档原存清宫内库，宣统末年，本拟销毁。经罗振玉等建言、努力，方得留存（参见罗振玉《集蓼编》即《雪堂自传》，载《罗雪堂全集》第五编，台北文华出版公司，1968—1977年，第28—29页）。

1913年历史博物馆接收上述档案。存于文庙敬一亭。所以管理这批档案，乃胡玉缙管辖下的分内之务。

关于民国初期这批档案的管理，曾在教育部任佥事的鲁迅先生在1927年写的《而已集》中有所提及。鲁迅文中的锋芒，对当时的教育部的管理，负责人利用职权损公肥私的行为，颇加指责。考其文义，别有所指。对于胡玉缙，应该说还是笔下留情的，称他是“南菁书院的高材生，不但深研旧学，并且博识前朝掌故”。说他为了保存敬一亭中的“大内档案”，颇为担忧，生怕被盗被烧（见《而已集》所载《谈所谓“大内档案”》)。鲁迅写此文时，胡玉缙已经离开了博物馆。

其实，对于这批档案，胡玉缙是出过力的。

据1922年7月1日的《北京大学日刊》第三版，载有当时胡玉缙给北大校长蔡元培的一封短信。因为档案移归北京大学的研究所，所以他写信谈档案的整理保护。信中谈到了自己在任中，曾和馆员一起，打开装档案的麻袋，其中文书“多所霉烂”“尘秽不堪，着手不易”。并“商之社会司长夏穗卿（夏曾佑）”。因该档案移交到北大“研究所”，因此提出希望按如下步骤整理：1. 曲者铺平掖直，断者接好。2. 按朝代年月日成束，分列插架排列。3. 然后由学者编撰整理。

当时，胡玉缙已经是60多岁的老人。在一个世纪前，中国人的平均寿命只有40岁前后的时代，一个照现在来说已过退休年龄的国家博物馆负责人，和属下的馆员一起搬弄书库中的旧麻袋，翻找整理霉烂旧档案。我想，很难说胡玉缙在任上只是袖手旁观，失职放任吧？

胡玉缙从博物馆离开，转任北京大学和北京高等师范学校的教授。这或许和1916年以后任北大校长的蔡元培也有点关系。

同时，他因曾在清政府的京师大学堂任教，和清朝当时有影响的学界元老，柯绍忞、江瀚、王树枏、卢弼、夏孙桐、邵章、孙雄等多有交往。总之，在民国初期的北京学界，胡玉缙是位有知名度的学者。

胡玉缙的难能可贵之处，在于他并没有因此而满足，故步自封；或忙于应酬，成为“专职”的社会名流，而是持之以恒，在学术领域跋涉耕耘。

三

1925 年前后，国内和日本的一些学者重提清末学界的旧案，编《续修四库全书总目提要》时，胡玉缙参与其事。

说到对《四库全书》的补充、考证和研究，也就是后世所说的“四库学”，其实早在 18 世纪末叶，清朝嘉庆时期就已见端倪。

嘉庆四年（1799），阮元任浙江巡抚，发现有不少《四库全书》未收之书，于是就注意收罗，后来选其中的宋元善本、名钞进献朝廷，这就是现存的《宛委别藏》。又编有《四库未收书提要》（即《研经室外集》）。此后，多有人对《四库总目提要》或《简明目录》进行了补充和考辨，如邵懿辰《增订四库简明目录标注》。清末的陆心源家中收了很多书，也有此愿，并且撰写了《正纪》二卷，但是在清朝官场上跌过跟头的俞曲园，曾劝其慎重。对此已经有不少专论，不赘。

胡玉缙先生在光绪末年（戊申，1908），也曾建言续修《四库提要》，未有结果（见王欣夫《蛾术轩箧存善本书录》，第1250页）。辛亥鼎革之后，“顾忌斯解”，他始得放手从事此事。“用数十年之力，为之补正”（见王欣夫《蛾术轩箧存善本书录》，第1228页）。所以，1925年，中国和日本学界有编撰《续修四库全书总目提要》之事，他参与其中也就是非常自然的了（关于《续修四库全书总目提要》的编修过程和中日双方参与者的具体情况，笔者已有专文叙说，见拙文《关于撰修〈续修四库总目提要稿〉的人和事》，载北京大学国际汉学家研修基地主办的《国际汉学研究通讯》第6期，北京大学出版社，2012年，第179—193页。又见复旦大学历史系、出版博物馆、中华书局、上海辞书出版社编《中华书局与中国近现代文化》，2013年，第539—552页）。

根据《续修四库全书总目提要》日本方面的实际负责人桥川时雄的记述，胡玉缙在该书的编纂过程中，做了很大的贡献，表现在三个方面：

其一，最初发凡起例、确定编写方案的实际主事者，就是胡玉缙。

其二，在最早参与此事的学者中，他出力最多，在编纂者中，所处的地位、享受的待遇是最高级别的。据桥川说：在最初，中国方面参与这件事、在运作中所处地位最高的有三人：柯劭忞、胡玉缙、江瀚。他们月薪每月 100 元以外，著录提要一篇稿费 30 银圆，存目提要一篇 20 银圆。稍后的明伦、杨钟羲等，没有月薪，稿费也同此例。

在编修中，胡玉缙主要参加了经部和子部的工作，主要撰写有关“礼学”尤其《周礼》那部分。

其三，面对初期进展甚慢的状况，是胡玉缙首先提出要进行改革，改变方法，采取稿件和报酬挂钩的方法，才促进了事业的实际开展。

桥川说：1931—1932 年间，“《续修四库全书目录》的做法发生了根本性的改变，重新改造了研究体制，实际上，这是胡玉缙首先提出来的。”他提出：“像现在这样做下去的话，工作永远也完成不了。只是拿干薪，真感到可耻。”（见《桥川时雄的诗文和回忆》，汲古书院，2006 年，第 309 页）于是改变方法，采取取消月薪，把稿件和报酬挂钩的方法，促进了事业的开展。否则，现在未完全完成的这部《续修四库全书总目提要》，不知会成何模样。

后来有学者问起当初的情况，桥川认为，只有胡玉缙是确实的学者，目录版本专家，他起的作用最大。这虽然是桥川一人的见解，但胡玉缙的作用，可想而知。

我想，编修《续修四库全书总目提要》的最初意向，或许和他正在撰写的《补正》有关，而且他是少数真心为此项目出力而不仅仅是为稻粱谋的人。在1931年以后，中日关系日见紧迫。有的学者表示，自己参加这项工作，不无“稻粱谋”的动机。但是，据桥川说：胡玉缙等二三人，认为不费力气写的东西，“不要稿费”，提供了不少稿件（上引《桥川时雄的诗文和回忆》，第310—314页）。

胡玉缙在1931年，曾再次东渡日本。居于当时的驻日公使馆，和公使汪荣宝论学。关于第二次赴日的时间，《法言义疏叙》称在“辛未夏，余再渡东游”（见《许庼学林》，第273页），“辛未”为1931年。汪荣宝归国后，曾拟编有关《说文》之书，开列书单，胡玉缙为其采购数百种，活跃在学界。

关于这一时期胡先生的研究，国内学者如何评价呢？

记得以前翻阅金庸主编的香港《明报》月刊，其中载有牟润孙先生写的《学兼汉宋的余季豫先生》，写道：“蓼园先师尝说：‘我的两个门人中有两人致力于《四库提要》。’一是胡玉缙（绥之），另一人就是季豫先生（余嘉锡先生）。”牟润孙赞扬余嘉锡《四库提要辨证》之精密宏博，而余先生先说：“不然。我的经学功夫不足。”这大概是有所指的吧（《明报》月刊1986年三月号，第53—56页）。

这里的“蓼园”，乃是柯劭忞（1848—1933），为民国年间清史馆的负责人。余嘉锡在1928年前后进清史馆，牟润孙是1931年进清史馆从柯劭忞学的（见《被隐蔽的新亚学人》，《东方早报》2015年7月1日），他和牟润孙的对话，当是在 20 世纪 30 年代所说。

可见当时胡玉缙研究《四库全书》在学界的影响。

到了 1936 年，抗日战争全面爆发前，他感到时局的变化，且自己年纪也大了，于是离开了生活近 40 年的北京，南迁苏州，在苏州光福的镇虎山桥安居。拥书著述，闭门谢客。该地离清代著名学者惠栋“四世传经”的东渚不远（王欣夫先生认为他离京是反对日寇侵略）。

这时，胡玉缙专心于《四库全书总目提要补正》的撰述。他深感此事即使有“五百年之寿命，亦不能尽”。只想“得寸则寸，得尺则尺”，也就是尽力而已（王欣夫《蛾术轩箧存善本书录》，上海古籍出版社，2002 年，第 1229 页），表现了一种孜孜不倦的献身精神。

1940 年 7 月 14 日，胡玉缙因病去世。临终前，把遗稿托付给他的后学，也就是王欣夫先生（见《许庼学林》载王欣夫《吴县胡先生传略》，中华书局上海编辑所，1961 年；又《四库全书总目提要补正》的《前言》）。

四

王欣夫先生受托，整理胡玉缙先生的遗著，在学界又引发了另一段纠葛。

胡先生临终前，关于遗嘱之事，除家人外，函告了湖北的卢弼先生。这是因为，他和卢弼之兄卢靖同出黄彭年之门，和卢家有多年交往之故。卢靖（1856—1948），湖北沔阳人，号木斋，数学家，藏书家。曾任保定大学堂监督，直隶提学使，先后创办天津、保定、奉天等图书馆。民国后，出资创办学校，1927年，出资建立南开大学图书馆。抗战时，向西南联大捐资（见《辛亥以来藏书纪事诗》，北京燕山出版社，1999年，第63页）。

卢靖本想编制《湖北丛书》分为三编，分别为“四库”著录者，“四库”存目者，“四库”未收者，似乎也和“四库”之学有关联。胡、卢不仅有私交，在学术上也有交集。

王欣夫先生受托之际，正逢1940年抗日战争最艰苦阶段。加上抗战胜利后的国共两党合作破裂、三年的解放战争，世态动荡。如卢弼所言：“欣夫于戎马仓皇、历年兵火之际，仍保持绥之遗稿，如护头目。十余年中，编校缮写，心力交瘁。百折千回，始终不懈。”（前引卢弼《许庼遗书序》）虽想要把胡玉缙先生的遗稿整理刊印，但因数量巨大，整理不易，数年未成。

1936年胡先生离京之时，有画家汪孟舒（一作凤舒）为他画了一幅《绥之雪夜校书图》。当时学界名流纷纷在画上题跋。其中包括杨树达等先生。

胡先生去世后，藏书散出，颇受有关学人关注。王先生曾说：“邑有某人者，好收前人稿本而锢藏之。及胡书散出，求遗稿不得，而闻在余处，则大怒。遂腾谤谓余掠夺而乾没之。”

此说传到北京，汪孟舒闻传言，信以为真，以为有人“乾没”胡先生遗稿，于是在自己画的《绥之雪夜校书图》上，再加了一段题跋，措辞颇严，意思是藏书被人取去，多年未出，云云。

此后，汪孟舒把加上了“措辞颇严”题跋的《雪夜校书图》，再请卢靖题跋，被卢弼见到，大出意外，因为他知道胡先生遗稿托付给王欣夫，也知道王欣夫在努力整理。发现其中存在误会，于是就以详情告汪孟舒。同时函告王欣夫，促其争取尽快刊出（以上，见王欣夫《蛾术轩箧存善本书录》，第 1229 页）。

王先生见到卢弼来函，颇为吃惊，但面临实际经济困难，于是就致函卢弼，实情相告。卢弼闻知后，帮助王先生凑集资金。当时卢弼正巧卖了自己的藏书，有点余款，捐出。此外，又请自己的兄长卢木斋出资相助，把凑到的款项，都寄给王欣夫。

王先生收到的资金，约为印书所需“当时预算四之一”，他自己又募资。但是，当时上海市面上通货膨胀，物价飞腾，钞票贬值，王欣夫先生收到的那些钱，一下子贬得所剩无几。所谓“不料时局骤变，币制更屡变，致折触无余”（以上有关引文，见卢康华《新见王欣夫先生致卢弼函十通释文》第五函。近日复旦大学卢康华同学见示）。

“恶币骤落，时人多咎欣夫措置失当”（卢弼《许庼遗书序》）。于是，便出现了更苛刻的风评：意思是王先生不仅“乾没”遗稿，还借此骗取钱财。王欣夫先生受到了空前的压力。深感自己“不善经理，深愧无以对诸公之热忱”。

同时，他自认问心无愧，不顾风言风语，继续努力，想要把胡玉缙的遗稿流布于世。曾想请友人过录数本以传，但终因数量众多而未成。又想通过当时在合众图书馆的朋友顾起潜先生先“蓝晒一部存馆”，以表明“遗集早已编成，并非讹诈”（见《新见王欣夫先生致卢弼函十通释文》第五函），但此事最终也没有结果。可谓到处碰壁，道路坎坷，举步维艰。

五

20 世纪 50 年代，王先生转到复旦大学任教，生活比较安定，得以安心推动胡玉缙先生遗稿的出版。

此事得到中华书局的支持，在 1958 年，中华书局出版了《许庼学林》。卢弼在《许庼学林序》中说：王欣夫写定了“《许庼学林》《四库全书提要补正》《四库未收书目提要补正》《四库未收书目续编》《许庼经籍题跋》五种，陆续校印”。

1964 年《四库全书总目提要补正》六十卷，《四库未收书目提要补正》二卷排印出版。出版以后王先生把所得稿费，用来归还当初募集资金的援助者（《蛾术轩箧存善本书录》，第 1229 页）。

胡玉缙先生遗稿的主要部分，终于问世。王欣夫先生也放下了压在肩头多年的重荷。关于参与王欣夫保存、整理、刊印胡先生遗稿之事，卢弼先生有诗曰："千金一诺重千斤，胡叟遗编重艺林。卅载神交劳梦寐，文章道义结知音。"（见王欣夫先生《蛾术轩日记》1966 年 6 月 25 日）作为学术界的一桩公案，大致可落下帷幕了。

但还有两个问题，需要说明一下。

其一，当年指责王欣夫先生的，是何人呢？王先生稿子中未详其名。

近日有王欣夫先生的信札书函在世间流传，据卢康华《新见王欣夫先生致卢弼函十通释文》所载资料可知，其中有徐行可（恕）先生（见第四函）。徐恕（1890—1959）字行可，湖北武昌人。富家子，以收集书籍，尤其是名家抄、稿本闻名。治学广泛，金石考证、经史诸子，目录志略，多有研究。收集大量稿本、藏书。殁后，所收典籍、文物，捐赠国家，现存湖北省图书馆、博物馆（见《续藏书纪事诗》，书目文献出版社，1987 年，第 44 页）。

从徐行可先生的言论中，可见当时社会上，主要是在学者圈中，确实有着各种对于欣夫先生不利的传闻。但胡玉缙先生的遗稿得以保存、整理、出版，王欣夫先生之功，实不可没，可谓不负先生之托。

其二，《许庼学林》的扉页，标明“许庼遗书之一”，那么除了已经出版的《许庼学林》之外，胡玉缙还有没有其他的著述呢？王欣夫先生编辑的“许庼遗书”的全貌如何呢？

胡玉缙的著述，实际上除《许庼学林》《四库全书提要补正》《四库未收书目提要补正》刊出之外，还有不少未刊。

王欣夫先生又陆续整理编辑了遗稿，收集了其他的遗著，编成了《许庼遗书》。据笔者所知，胡玉缙先生的著述有：《穀梁大义述补阙》七卷，此书原来假名弟子张慰祖刊出。《说文旧音补注》一卷《补遗》一卷《续》一卷《改错》一卷，《甲辰东游日记》一卷。

加上王欣夫先生收集、整理编定的有：《释名补疏》（一作《释名疏证》，见《许庼学林序》）、《独断疏证》《新序注》《说苑注》《论衡注》《读说文段注记》《金石萃编补正》《金石续编补正》《四库未收书目提要续编》二十四卷，还有《许庼经籍题跋》二十卷，《许庼遗集》十六卷，《许庼随笔》八卷等（其中有些内容或已收入《许庼学林》）。其中的《许庼经籍题跋》定稿本已经送交出版社，编辑也做了整理，不知何故，未能刊出。现在，此最后的排印稿本仍在。

《许庼学林》二十卷，《四库全书总目提要补正》

六十卷,《四库未收书目提要补正》二卷刊出后，到 1998 年，上海书店出版社重印了《四库全书总目提要补正》六十卷,《四库未收书目提要补正》二卷。2002 年出版了《续四库提要三种》。其中两种是《四库未收书目提要续编》《许庼经籍题跋》，俱按“经、史、子、集”，各为四卷。又有吴格教授从齐鲁书社影印的《续修四库全书总目》稿本中录出胡先生所撰的 85 篇提要，题为《续修四库全书总目提要礼类稿》。

王先生整理的胡玉缙先生的稿子，有的存于复旦图书馆，有的在笔者处，有的可能已经散失了。胡玉缙先生的著述，作为《四库全书》以后，个人编著的最重要的“四库学”论著之一，作为那个时代的重要学术遗稿，有志者或可再收罗整理出版。编成的《许庼遗书》未能全部刊出，或是王欣夫先生未竟的遗愿之一。

关于胡玉缙的学术成就，叶景揆（1874—1949）曾有这样的评价：“精于四当（按：章钰），邕于笺经（按：曹元忠），博及群书，语有断制，非但以著述为长者。此老真不凡才也。”

王欣夫认为：胡先生“早岁专力治经，卓然经师。继乃博览群书，不薄今人。两渡东瀛，所见益广。每发议论，洞澈古今，明通切实。惟深于古者能不泥古，达于今者能不趋今。岂与媛媛姝姝守一先生之言者并论哉。时代迁移，虽或于今不合，然在光、宣之间，实为通儒。”（见

《蛾术轩箧存善本书录》，第 1394 页）

百多年来，胡玉缙的人生和著述的经历，我们可以看到这个时代的各种现象。胡先生及其周边交往的不少学者，可视为清末民初中国学术天空中的一团传统的星云。当然，这块星云没有新出现的流星雨那么耀眼，那么被人关注。随着时代变迁，渐行渐远。他们之间的纠葛缠络，相互影响，也渐渐淡出了学术的视野。

但是，他们确实存在于中国学术的长河之中，他们的思维模式、价值取向、对于社会变化的态度，他们的成果、他们的缺陷、他们曾经有过的辉煌和逐步消逝的苍凉，都是留给我们的人生经验和学术遗产。对此加以吟味、斟酌、思考，或许才是回眸这远去星光的意义之所在，才是值得今人和后人回味和深思之处。

原载 2019 年 3 月 15 日文汇报《文汇学人》

王欣夫先生《蛾术轩箧存善本书录》清稿影印本前言

这里影印的是王欣夫先生《蛾术轩箧存善本书录》清稿本。

一

王欣夫先生（1901—1966），名大隆，号补安，以字行。祖籍浙江秀水（今嘉兴市），其祖移居江苏吴县（今苏州市），遂为吴县人。

先生诞生于清朝末年，十三四岁，在家塾受学，便研读《论语》。十八岁，从吴江“天放楼主人”、文学家金松岑学习国文，二十岁，从丁国钧学习校读史籍。后师从金松岑的老师吴县曹元弼，学习经学。曹元弼为前清翰林院编修，专精“三礼”。先生受业，奠定国学基础。

学业有成，被苏州女子师范学校聘请任教。后又应上海圣约翰大学之聘，任国文教授。其间，学界交往，视野渐扩，钻研古典文献学，蔚然成家。

中华人民共和国成立以后，1952 年全国院系调整，转入复旦大学中文系。讲授文献学，直到 1966 年，因肺炎去世。

“蛾术轩”，是先生晚年书斋名，取自《礼记 · 学记》“蛾子时术之”，意为：小蚁学大蚁，勤衔泥土，以成蚁冢，比喻勤学。

先生一生孜孜不倦，致力古典文献的收集、整理和研究，著述宏富。早在 1935—1941 年的抗战期间，与友人赵诒琛等合辑《乙亥丛编》到《辛巳丛编》等八部丛书（又称“八年丛编”），收书九十多种，多种稀缺文献，得以留存。

先生收辑清代黄丕烈、顾千里的题跋、著述，编辑刊行《黄顾遗书》，后在此基础上编成《顾千里集》《黄丕烈集》，并撰《黄荛圃先生年谱补》，为这两位清代著名的文献学家提供了较为完整的资料。

《顾千里集》，得诸方支持，笔者负责董理，已经由中华书局刊出。而《黄丕烈集》原稿，则不知下落。

此后，先生重点收集、整理了清代“吴学”代表惠栋的著述，编有《惠栋集》（有原稿存），曹元忠先生的遗著《复礼堂文二集》《三集》《复礼堂诗集》《复礼堂尺牍》（未刊），还有曹元忠先生的《笺经室余稿》《笺经室赋录》等数种。

20 世纪 30 年代，先生受胡玉缙先生临终之托，收集胡先生遗稿，编成《许庼遗集》。其中《许庼学林》《四库全书总目提要补正》等已在二十世纪五、六十年代，先后由中华书局出版，其余还辑有《许庼题识》《四库未收书目提要》等，整理完毕，殆因社会环境，未及刊出。

凡此等等，不再细述。

先生不仅收集整理前人的文献，自己也勤奋著述，

早年有《景刊元贞本论语注疏解经考证》（有清稿本存）。20 世纪 50 年代，对《管子》的文本进行了研究，著《管子校释》（有清稿本存），对于当时被学界推崇的郭沫若先生的一些看法，提出了商榷和批评。

为了给学生打下良好的文献学基础，编写了国内第一部文献学的大学教材《文献学讲义》，广受同仁和学界好评。

先生对叶昌炽的《藏书纪事诗》，长年加以考订、补充，惜未能成书。后由徐鹏师整理，由上海古籍出版社出版。此外还有《补三国志兵志》《学礼斋随笔》等多种。

据不完全统计，先生撰述、整理、辑佚收集的著述有数十种，达一千余万字。最有代表性的著作，就是这部他晚年撰写的《蛾术轩箧存善本书录》。

先生不是达官显贵，也非腰缠万贯，以教学著述为生，在世仅六十余年。在没有电脑、完全用人工抄写的时

代，依靠个人的收入和努力，做出上述成就，绝非常人所能企及。

纵观历史，在时代大潮中，有的人引领潮流，在浪尖飞舞激扬，万方瞩目；有的人被挟裹吞噬，如在漫长黑暗的隧道中，看不到前方的光亮，无人关注。他们不祈求什么关注和评价，坚持着自己的理念，默默地生活。然而，他们为自认有价值的事业，坚忍不拔地、努力着、奋斗着，奉献自己的力量。他们身带创痕，有各种缺陷；他们淡然无奇，微不足道；但是，他们肯定是坚韧的，顽强的，有生命力的。此乃是文明的中坚和脊梁。

王欣夫先生一生致力中国古典文献的收集、整理、研究，致力保存民族的文化遗产。在他的身上，我们可以感受到这种精神和力量。

他无愧为我国近代古典文献学的代表性学者。

二

王欣夫先生不仅是一位学者，还是一位实践型的藏书家。不论环境如何困苦，他总是设法克服、全力以赴，保存了一大批珍贵的文献资料。《蛾术轩箧存善本书录》正是这些文献精华的如实记录。

《蛾术轩箧存善本书录》所记录的文献来源，大致有这样几个方面：

首先，家中祖上传下的。

先生父辈就有藏书，原藏有宋本《陶渊明集》，明弘治本《陈伯玉集》，明嘉靖孔天胤依宋本刻的《资治通鉴》初印本等。据说有数千卷。这些书有些流失了，还有不少留存了下来。

其次，自己收集购买的。

先生一生，勤力收集各种典籍。如清济阳张尔岐撰的《周易说略》四卷，康熙己亥泰山徐志定“真合斋”磁活字本。国内仅存。

清王澍手书原本《积书岩摹古帖》，乃是从清代宫中流出的。

这是有代表性者。

此外从各方收集的名人稿本、钞本、批校本，如吴云稿本、郑文焯稿本六种等，更是不胜枚举。

再次，亲自抄录编辑的。

先生经常从友朋以及交往人士处转抄过录罕见的题跋和著作，有时甚至如痴如迷。如先生临《周礼注疏》何焯、惠士奇、惠栋等的校语，过录《华阳国志》《经典释文》等书顾千里的校语，有些《顾千里集》中未载；其他如抄录钱大昕、焦循、潘祖荫等人的校跋等，不在少数。

他不仅简单地过录，还汇集各种抄得的资料，自己动手，编辑书稿。如陆贻典《觌庵书跋》《嘉业堂群书序跋》等，有四十多种。

还有，师友托付馈赠的。

比如曹元弼的《复礼堂日记》《北堂立言记》，胡玉缙的《辨俗编》等手稿，就是前辈学者在临终前托付的。《尔雅郭注拾遗》是任铭善特地抄录副本赠送的，《家语弟子补注》手稿本，是丁福保馈赠的。

对于这些典籍，先生进行了选择和研究，精心撰写了这部《书录》。《书录》，是上述文献的真实记录。所述的内容，主要有这样一些方面：

第一，记录了许多典籍本身的真实情况。

其中包括经学、史学、诸子（管子、论语），文集（唐诗等）各个领域，一千多种典籍，多有罕见的善本。

如《集韵》十卷，清康熙时代曹寅刻本，还有日本天保九年（相当于咸丰六年）复刻曹寅刻本，嘉庆甲戌等三条书录中，记载了段玉裁、王引之、袁廷梼、钮树玉等十多位清代学者的校跋语，该书流传的情况、藏书印章。

如翁方纲未刊稿《四库全书提要》，记载了该书稿的流传以及刘承幹嘉业堂，由施韵秋抄录副本的情况。

又如，原在冯桂芬处、后归丁初我收藏的陈少章、何义门亲批校的《唐诗鼓吹》，《书录》中，讲其流传过程，以及自己购入的情况。

这些都是作者亲身经历，亲眼所见，亲自动手过录的资料，真实可靠，保存了罕见的文献资料。

第二，记录了许多和抄本、稿本流传的有关人物的情况。

在书录记载的文献中， 包括稿本一百多种，批校本二百多种，抄本四百多种。许多未刊的稿本中，汇集着许多学者毕生的心血。

有不少作者，因时代动荡，社会传播方式的限制，在世间萧然而逝，学界并不知名，甚至不见记载。然而，他们的著作有的甚为出色，如《水经注笺疏》存一卷，乃是先生从残稿中录出。作者是慈溪的林颐山。先生认为在《水经注》研究领域，“其功实不亚于戴（戴震）汪（汪士铎）”。而此人的情况及其成果，或就是有赖先生所录而得以留存。

第三，近代江南地区学术流变状况。

清朝咸丰以后，世态大变。就中国典籍而言，“瞿、杨、丁、陆”典籍的流散，曾引起何其多的议论感慨。

在《嘉业堂群书序跋》中，记载了嘉业堂“收书于易代之际，《藏书志》虽积稿盈尺，仅什存二三，而刻书数千卷，实足与毛氏媲美”，刘承幹先生“恣人录副，以广其传”的情况。

在《独断疏证》中，记载胡玉缙先生和自己的交往，托付，具体指导整理文稿的情况。

这些都反映了当时知识阶层的动向和社会的变动，尤其江南地区藏书的聚散变迁。有关典籍流传、人物交往的细节，如果没有先生的记载，也许就消失在历史的长河之中了。

每逢时代动荡，总会有典籍的聚散分合。而每本书的变迁，也总反映着特定的社会状况，揭示着、蕴育着文明的进化与发展。先生曾说过一段令人回味的话：人有遇与不遇，而书之传否，也有幸与不幸。这一千多部著作，在一个多世纪动乱的时代，遇到了先生。和毁于战火和变乱的众多文献之相比，可以说是"遇"见知己而有幸了。

在这些对人物和典籍流传的记录中，或许并没有刻意去阐述什么高深的哲理。但是，正是这些具体而真实的记述，在人们面前展现了一片非常多彩的文化空间，其中有参天的大树，有茂密的丛林，乃至那个时代生存过的小草。正是因为有了这些，中国文化的莽原，才显现出现实的广袤和雄浑，显现出延绵不断的生命力。

这也就是这部非常专业的学术书录的价值所在。

三

《蛾术轩箧存善本书录》这部书稿，是王欣夫先生在20世纪60年代所著，是他在一生的最后时期，对于自己学术成果的总结。

这些书跋，有的是把原来自己写在藏书后的题跋录下，稍做修改，有的则完全是新撰写的。写成草稿，然后自己出资，请人用小楷端正抄写成清稿，装订成册。

在1961到1962年，写了六册，署为“庚辛稿”（1961年为庚子年，1962年为辛丑年）以后1963、1964、1965年，以每年六册的速度，分别署为“壬寅”“癸卯”“甲辰”稿。此后，自己又在上面作了修改和批校。还请友人郑翼先生校阅，郑先生在清稿本上有批注。

1966年，先生撰写了五册。未来得及全部成书，有一部分还是钢笔的草稿。1966年8月底，先生病倒。根据先生的《日记》，直到进医院前，还在阅读、抄录有关的题跋。当时谁也没有想到，年仅六十多岁的他，会在两个多月后，便遽然谢世。病重之际，恰逢“文革”风起云涌，如火如荼，先生的医疗状况，可想而知。据先生哲嗣见告，当时，先生对前来探望的学生和助手徐鹏先生说：“我的稿子，你要帮帮我。不然的话，就都要成灰烬垃圾了。”最后留下这尚未全部完工的稿子和以毕生精力积累的藏书，撒手人寰。这是那个时代知识分子遭遇的一个缩影。

徐鹏先生受王先生之托，对当时存放在复旦大学先生住宿处的藏书和原稿，进行归拢。先生逝世后的一段时期，书仍存在宿舍中。到70年代，“工宣队”进驻学校，对教工宿舍进行清理，认为王先生的藏书，系“封、资、修”的“四旧”（此乃当时专门术语，即“封建主义、资本主义、修正主义”的“旧思想、旧文化、旧风俗、旧习惯”，也就是“文化革命”要批判、破除的对象），当在扫荡之列，要王先生家属限时搬出，否则，就“堆到弄堂里去”。因为“房子是住人的，不是放书的”。——当时学校员工住宿紧张，复旦大学要以“住人”为先。

先生家属无奈，通知徐鹏先生，同时和旧书店联系，从屋中拉走了两车书，从此就散落了。徐鹏先生闻讯，一方面向复旦中文系报告，把先生余下的藏书由宿舍转到中文系办公室堆放。同时，又通过当时具有影响力的学者（谭其骧先生），直接向上海市当时的主管领导（朱永嘉先生）反映。在此期间，徐鹏先生对堆在办公室中的文献加以收罗，这部清稿，还有其他一些手稿、辑佚稿，就是那时收集出来的。同时，徐鹏先生还把一些比较有文物价值的典籍，如清代王澍的《积书岩摹古帖》从书堆处找出——这是王先生生前变卖了师母首饰购买的，比较珍贵，找出归还给师母。

通过徐鹏先生的各方努力，有关领导表态，希望复旦大学能把这批书籍留下，这样才有了和复旦大学图书馆的交涉。最后，复旦大学出了很少的钱，算是收下了还没有被送到旧书店去的这批文献（以上主要根据王欣夫先生的哲嗣以及徐鹏师教示）。

《蛾术轩善本箧存书录》的清稿本的绝大部分，由徐鹏师收集汇拢，根据王先生生前和家属的委托，保存起来。据徐鹏先生告知，当时上海图书馆的顾廷龙先生非常重视这部稿子，曾特地查看过。

鉴于当时的实际环境，最后一册清稿本和另一册用钢笔书写的草稿，散落在书堆中，和王先生的藏书一起归入了复旦大学图书馆。

在“文革”结束以后，70年代末，全国开始恢复研究生考试。笔者有幸，考入复旦大学，忝列徐鹏师之门。在学期间，先生曾出示此稿，命我学习。并曾和同窗一起，抄录各书目录，80年代初，编成《蛾术轩箧存善本简明目录》，油印了若干，散发给有关专业的学者参考使用。

“十年动乱”以后，受师母和王先生家属的委托，徐鹏先生开始着手整理、出版先生的遗著。

先整理出版了曾在复旦大学中文系作为教材油印散发过的《文献学讲义》，接着从王先生原藏的《藏书纪事诗》中，辑录出先生批注的文字，编成《藏书纪事诗补正》，交由上海古籍出版社出版。同时，又和王欣夫先生在复旦大学的同事、原复旦大学教授，后为北京图书馆（即现在的国家图书馆）副馆长的鲍正鹄先生一起，对王欣夫先生古典文献学的这部代表著作，进行标点整理。

两位先生，不顾自己的身体健康和紧张的工作状况，往返京沪之间，商讨研究，甚至放下了自己手中的其他著述，花费多年时间，最后完成。其间，徐鹏先生曾在《中华文史论丛》等专业杂志上，发表过部分整理的稿子，以求引起学界关注，并请王欣夫先生在复旦大学中文系的同事朱东润教授题写了书名。

90年代，徐鹏先生命笔者尽力联系，争取能够出版。得到当时上海古籍出版社社长李国章先生等的支持，由吴旭民先生为责任编辑，在2002年出版了标点整理本。徐先生特命笔者撰写《前言》，对此书的学术价值和流传情况，做了一些说明。

出版以后，初版很快售罄。到2012年，又重新再版了一次。

标点本出版后，王欣夫先生的学术成就，受到学界越来越多的关注。包括古典文献学专业以外的人士，也从文化发展的角度，来审视这部著作的意义。王先生的学生，复旦大学中文系的潘旭澜教授写了《两部大书的腥膻与苦涩》，介绍王欣夫先生的业绩和鲍正鹄先生、徐鹏先生这部著作的整理情况。吴中杰教授在他的《海上学人》等著作中，专门介绍了王先生的事迹和为人。其他古典文献学的学生、后辈有关王先生生平和学术成果的论文也时见刊出。

到了本世纪初，徐鹏先生感觉自己的体力和精神渐渐不支，数次和笔者谈及王先生的学术和遗稿的整理。在2003年3月，徐先生、师母特地把王先生的哲嗣王启栋先生夫妇请到家中，把王先生的遗著托付给我，并命他的孩子把书送到我家中。

受命以来，如负重担，夙夕在念，不敢疏忽。多年来一直与多方联系，出版欣夫先生和徐鹏师的遗著，已经出版了数种。最近终于得到上海人民出版社的支持，这部著作，可望化身千百，流传于世，或可告慰先生在天之灵。

学术有传承。学术的传承不仅表现在名义上的师弟关系，更反映为一种人和人的深层联系，表现为一种精神的延续。半个多世纪的社会变迁，世态炎凉。随波逐流、沽名钓誉者时常可见。而这部文稿的流传中，笔者则感受到前贤对学术的执着追求，感受到人和人之间的信赖，感受到情感交流的温暖，感受到一种人性中的真诚，这正是更值得珍惜之处。

四

关于《蛾术轩箧存善本书录》在各个具体研究领域的价值，笔者已经该书标点本的《前言》中做了一些说明，此不重复。

那么，为什么已经出版了整理过的标点本，还要出版此书的影印本呢？

首先，徐鹏先生生前曾告诉笔者，已出版的排印本，他们在整理时，一是鉴于当时的社会环境以及从各种角度的考虑，对个别篇目做了删削改动。二是从出版形式上的考虑，对原书的分卷，略有变易。因此，出影印本，可以更完全地反映原稿的本来面貌。

其次，在排印本中，无法见到王欣夫先生著述最后定稿的具体过程。王先生在每篇写成之后，请人誊写，清稿成册之后，他又加以修改、增补、批注。从清稿到最后定稿之间的变化，乃是研究王欣夫先生晚年思想变化的重要资料，而在标点本中，则无法看出这样的过程，或反映得不明确。

还有，就此稿本的文物价值来说，也是完全应该影印的。

众所周知，每个时代，各种文化样式，如音乐、舞蹈、绘画、雕塑、电影等等，都有各自领域的标识性作品。书籍的稿本也是如此。

中国的典籍文本，历经了甲骨、金石、简帛、纸张等载体变迁，有着漫长的历史演变过程。典籍的形态，自印刷术发明以后，就多由手写转化为印刷。然而，这丝毫也没有减少人工手写的稿本、抄本的价值。自 19 世纪末，我国改变了科举制度，创建了近现代的教育体制。同时，随着书写工具的演进，钢笔、铅笔、圆珠笔等逐步取代了毛笔。到 20 世纪中叶，在中国，用毛笔书写著述，尤其是撰写长篇大论的，越来越少。随着科技的进步，电脑、手机等的出现，现在到了电子书籍的阶段。打字逐步取代了人工手书。毛笔书写，渐渐退出学者著述的实用层面。这是一个历史变迁的转折点。

这部清稿本近五千页，一百七八十万字，全部用毛笔小楷工整写定，从书法的角度看，光鲜夺目，蔚然大观。而作为典籍变迁，这个书籍形态转换点上的标识性作品，这部毛笔书写之作，更显出它在文稿流变史上的价值和时代意义。

笔者不赞成轻率地说什么“某某时代没有文化巨作”的抱怨。以笔者数十年在海内外跋涉，调查研究典籍的经历所见，就个人著述的汉字文稿而言，当今之世，鲜有可与此《书录》稿本比肩者。

每个历史时代，都有代表那个时代的作品。这部清稿本，无论从其内容、从学术的角度而言；还是就其书籍形态、单纯从稿本的发展角度而言，都堪称为我们这个时代古典文献学领域中、当之无愧的代表性之作。无愧为我们这个时代的文化之宝。因此，影印是非常必要的。

谓予不信，请拭目以待。百年之后重回首，当可证吾言不妄。

五

最后，要对在这次影印出版过程中，贡献了力量的各方表示感谢。

首先，要感谢王欣夫先生的哲嗣王启栋先生和夫人，慨然同意并大力支持此书的影印出版。

上海人民出版社的王兴康社长，在当前商业风潮正盛之际，表现出作为一个出版者的见识和担当，决定影印线装出版。该社王为松总编、孙瑜主任，对此表示了热情关注和支持，尤其编辑顾雷做了大量的实际工作（实际出版时，编辑张钰涵又花费了很多精力）。

复旦大学图书馆陈思和馆长、王亮博士，还有其他的馆员，为翻印复旦图书馆所藏的两册残稿，无私地提供了方便和支持。

复旦大学古籍整理研究所的谈蓓芳教授，在出版过程中，为清点原稿，支持出版，提供了实际的有力帮助。

更要感谢的，是许多和笔者相识或不相识的海内外朋友、学者，多年来，从各种角度和不同方式，表现出对王欣夫先生和这部稿本的关注，表示希望尽快看到影印本的问世。这不仅是对王先生个人、而应理解为人们对于中国历史典籍、对于中国文化本源的关切。使我们这些从事古典文献研究的人，感到“吾道不孤”的温馨，也更坚定了我们应当继续努力，我们的文化应该更加开放地与世界上各方面的交流的信念。

众志成城，才是这部稿本最后得以发出光辉的根本动力。

五十年前，近代知名学者卢弼先生对于王欣夫先生的学术业绩颇为赞赏：称他“千金一诺重千斤”，“文章道义结知音”。并将他和清初潘耒整理顾亭林遗著相比：“同是名贤同不朽，师门谊笃重东吴。”

现谨借此诗句，为《前言》结语。

原载 2018 年 3 月 8 日《文汇学人》，笔者有个别修改

赵景深先生的译诗、藏书及其他

到 2015 年 1 月，赵景深先生逝世就三十年了。

整理文牍，发现以前读《晨报副镌》时录下的一份资料，那是赵景深先生翻译的一首英文抒情诗，还附有一个说明，不由得脑海里又浮现出赵先生和顺的脸庞和一些有关赵先生的事。

和研究新文学的朋友聊起过这资料，他们颇感兴趣，且《晨报副镌》虽非“中秘”瑰宝，但也不太容易查找，所以先录之于下：

答志摩征诗　赵景深

碑铭（By W.H.daires）　芜译

这儿卧着一位绝美的姑娘：

轻盈的脚步，易感的心肠；

我想在西国里，

她是空前的绝美的姑娘。
但是美消消逝逝；
无论它是怎样，怎样珍奇；
而且当我毁碎了，谁还恋想
西国的这位姑娘。

附：

因为我最爱抒情诗；因为我自己正私地里试译印度抒情诗（India's Love Lyrics），而且正在孤独无助的海里挣扎着；因为想着徐先生的提倡，好在译抒情诗的兴趣上和实际上得点助益，所以看过副刊后，就择了这首较短而且印得较清楚的译出助兴。但是还有一句话要声明："这只是一首小学生应试的译诗。"三月二十二晚

以上录自《晨报副镌》1925 年 3 月 18 日第四版。从所署时间上看，当不是这一年所译。署名"芜译"的"芜"，殆为赵先生的笔名，他曾在安徽芜湖读书。

1923 年徐志摩到天津讲课，做过《近代英文文学》和《未来的诗》的演讲（被收入赵景深《近代文学丛谈》，新文化书社，1925 年）。当时，赵景深先生正在天津。据赵遐秋的《徐志摩传》说，徐志摩在讲课的时候，曾拿英译的歌德的一首诗要同学们翻译，赵景深得了第一名，奖品则是一张大幅的歌德照片。

那时，二十岁出头的赵景深先生刚加入文学研究会，带着对生活、爱情和如潮水般涌入的新文化的追求，开始在中国的文坛上探路。

不知有关的研究者是否看到过赵先生的这首译诗？也不知道，该诗是否就是英译的歌德的诗，不管怎么说，这资料可以作为新文学史的一点补白吧。

我见到赵先生，是在此事的几十年以后，他已经在文坛上翻滚数十年，是有名的大学教授了。

先生晚年的住所，在上海市淮海中路的四明里，离我家不远。我中学好友是他家邻居，那地方靠近我们的学校。每天上学必然经过。同学的父亲原来是律师，和赵先生也认识——当时住在淮海路上这一带的，多是些殷实的人家。记得有一天，忘了是什么原因，同学对我说到赵先生家去看看。

抱着年轻人对名人的好奇心，从后面黑洞洞的灶间进去，上了陡而窄的楼梯，到了二楼，前面客厅豁然开朗，环壁皆书，几个人坐着。同学指着中间那位略有点胖——但不是很胖的人说，那就是赵先生。因为他在和客人说话，我们没打招呼，就下楼退出。当时觉得有点失望——哦，就那样，没有什么特别的。

和赵先生正式见面、听他说话，是在“文革”后考进复旦大学当研究生时期。也是在淮海路四明里的寓所。那时的风气和现在不同，中文系主任章培恒先生要研究生们集体去拜见各位老先生，感受他们的学术风范。与其他先生相比，赵景深先生显得比较随和。大致是谈了一些读书学习的事。具体讲了些什么，记不清了，只记得先生好像说过“我没有通读过《史记》”之类的话。这和其他一些老师强调要如何攻读史书的见解不同。后来想想，也有道理。先生主要研究的是中国戏曲史，对于一般的文史知识，如《史记》中刘邦、项羽的故事当然不会不知，但他不搞《史记》等文献或历史的专门研究，自然不必专门去研读《史记》中的《平准书》之类。推想先生的意思，当然不是反对博览群书，而是如俗语所言“爬山何必扛着船”，学业当有专攻处。另一面，这也显现了先生为人的坦白真实，不挂着“大学者”的假面唬人。

在复旦，学了有关明清文学、戏曲小说的知识，自然更多地了解了赵先生的学问，当然也听到一些关于赵先生的逸事，流传最广的就是他在“文革”中受批判，进牛棚时的表现。

一是在受批判以后，照样在外面安然地吃“小笼包”。大有“批判任尔批判，口福我自享之”的安然。

另一就是在暑热之际，被关在房中。那时没有空调之类，热不可耐。不仅作为“牛鬼蛇神”的赵先生受不了，即使看守他的“革命造反派”也熬不住。“革命战士”想要去游泳消暑。但是考虑到走开以后，又怕这“牛鬼”跑掉。于是赵先生非常“通情达理”地让“革命派”对他采取“革命行动”——绑在床上（一说椅子）上，锁上房门离开。事情就是巧，正当看守“牛鬼”的“革命战士”在清波中荡漾之际，其他的“革命战士”来联系“革命工作”了。

敲门，无回应。再敲。

被绑在椅子上的赵先生见门敲得紧，怕耽误“革命派”的革命工作，答曰：“里面没有人。”

门外者闻声，大怒：“你不是人吗？”

“我不是人。我是牛。”

………

关于这个逸话，有不少版本，陈四益先生、吴中杰先生都曾披露过。每及此事，发笑之余，我总会想，赵先生说“我不是人，是牛”时，不知内心中是一种怎样的感觉？不知道他还有没有当年翻译英文诗歌时的追求？

这一场面，或许人们会联想到景深先生的专业“戏剧”——“戏剧性”。回眸反思，不很有点黑色幽默和戏剧性吗？

但是，这时和应徐志摩提倡而译诗时的感受，有没有相通之处呢？我认为是有的。那就是一种“孤独无助的海里挣扎”的感觉，就是对于现实感受的真实表述。——面对现实，生存下去。在这样的底线上，两者一脉相通。

至少，还活着。“当我毁碎了”，不要说恋想那姑娘，连“牛”都做不成。——在当时的境地，只有直面现实，走下去而已。这正是在社会底层的人们最重要的生命力之所在。

赵景深先生就这样走了过来，后来又成了博士生导师。章培恒先生曾为他的副手。为培养“文革”后新一代研究者供奉自己的余生。

然而，人生总有终点。20 世纪的 1985 年初，赵先生去世了。于是，他的那些在家中的藏书便成了必须处理的后事。

有的回忆文章说，赵先生的藏书捐给复旦大学图书馆，其实并不完全准确。

当时，复旦大学古籍整理研究所成立不久，章培恒先生任所长。赵景深先生的内侄李宗为在复旦古籍所读研究生。章先生通过李宗为和师母李希同女士联系，希望能把书留在复旦大学。

说也奇怪，去世教授的藏书，希望留在复旦，总有麻烦。比如，著名文献学家王欣夫先生的藏书，当初想赠给复旦大学，但因为“房子是住人而不是放书的”被拒，好不容易才有部分进了复旦（关于此事，容有机会再说），而这次的理由是“那些书有价值吗?”

——问题的深层，一是不想出钱，二是对文献无知。

章培恒先生考虑到师母年岁已高，赵先生去世，他本不是什么高官显贵，把家中主要的财产给学校，那学校应考虑家属以后生活的实际问题，总之，要复旦大学出点钱。但真不容易。几经通融，最后是复旦大学出了数万元人民币，此外，复旦大学古籍所向全国高校古籍整理委员会再申请了一笔钱。经师母李希同女士和子女赵一林、赵超林商量，根据赵先生遗愿，把所有的藏书和资料捐赠给复旦大学图书馆和古籍整理研究所。当时笔者负责古籍所的资料室，稍知此事。用货运卡车，到四明里赵先生家把书运到复旦。先是存放在古籍所，由古籍所负责整理编目。后来笔者到海外而中辍。最后，古籍所资料室和图书馆人员编制成了《赵景深先生藏书目录》，打印数十部，给了笔者一部。

赵师母收到了复旦给家属的钱，出于对先生终生追求的文学事业的关切，特地取出一半，在复旦大学古籍所设立奖学金，奖励从事明清文学的学子。尽管今日看来，这笔钱不算多，但在当时，在一个月一般教授工资才百十元，“万元户”被世间瞩目的时代，数万元绝非小数目，实属难能可贵。

又要说到那些藏书的价值了。这批书共有线装书 2195 种 8052 册，中文平装书约 9000 册，外文书 200 余册。赵先生在“文革”后，写的一篇《自述》中，曾谈到过许多学者，研究戏曲史的、小说史的，搞电影的，搞通俗文学的，多到他那里借阅，他都慷慨相助。在藏书进入复旦大学以后，一些了解内情的专家，如日本的中国戏曲史研究专家田仲一成先生，特地到复旦查看赵先生所藏的戏曲史料。一位海外和笔者相识的通俗文学学者，为了查找一本清代的说唱话本，遍及各地，最后在赵先生的藏书中发现，不远千里，到复旦查阅、抄录。藏书价值如何，不言自明。

这些藏书中汇集着先生在文坛跋涉数十年的心血，也显现着先生作为研究小说戏曲专家的慧眼。那三册厚厚的藏书目录，不知何时能再加整理，正式出版，嘉惠学林。

前文所列的那首译诗，至今已九十年，赵先生离开这个世界一晃也快三十年了。他在淮海路的旧居，已荡然无存，成为高架桥下的一小块绿地。周围高楼林立，霓虹闪烁。地下是贯穿上海南北的地铁的一个车站。事过境迁，一切都消失在时代的潮流中。神奇化陈腐也好，陈腐化神奇也罢，社会在各种欲动的交错碰撞中向前迈进。

每经过淮海的高架桥，望着已经变化了、并还在变化着的一切，脑海中就会浮现出在这里曾经发生过的和赵先生有关的那些事情和场景：他所译的抒情诗的浪漫，他毕生积累的藏书，他苦涩的幽默和面对现实的洒脱，还有他在时代风云翻卷的文坛上的跋涉和人生。

不由想起了清代诗人黄景仁的诗句："独立市桥人不识，一星如月看多时。"在这茫茫的人海中，还有多少人会想到赵先生呢？

总有人的罢。我不悲观。

2013年12月

原载《悦读》第36卷，二十一世纪出版社，2014年

顾老的五句话

——顾廷龙先生和中国古典文献研究

顾廷龙先生去世已经七年了。关于他的生平事迹和学术业绩，已经有《文集》《年谱》等著作出版，还有许多或亲或疏的亲朋交游写了文章，无须我多费口舌。然而，因在他晚年，曾蒙教诲奖掖，故想根据亲身经历，就顾老和中国古典文献研究，谈几件零星的事和自己的感想。

主要谈顾老说过的五句话。

一、"片纸只字都是文献"

首次听他说这句话，大约是在三十多年前，在"文革"中。上海图书馆还在南京路过去的跑马厅那里。他的办公桌，是在一个半地下室的大房间，他在靠窗的一边。我当时只有二十几岁。因为各种关系，时而到上图去看书。一天，不知是哪个管理员，在取出书让读者看后，有一张原来夹在书中纸片，留在了桌子上，他发现了。由于那天取出的书比较多，一时无法判明原来是在哪种书里的。他查了当天出库书的记录，再取出一一核对，最后放回到原处。他当时强调图书馆的“片纸只字都是文献”，给我的印象很深。

这一观点，我们在《文集》中也可以看到（见《中国目录学史论丛跋》，《顾廷龙文集》，上海科学技术文献出版社，2002 年，第 114 页。下文所列页数，未注书名者，概为此书；又见《宋人佚简序》，第 337 页；《我和图书馆》，第 593 页）。当然，对于这一说法，不应该绝对地去理解，顾老自己在《我在废纸中抢救历史文献的一点体会》一文中，也把“废纸”分为三类，“确实毫无价值的废纸”，“可以供历史研究参考的”“很有价值的书”，主张分别对待（第 638 页）。

在《文集》中所载的《从图书馆工作角度谈文献》所列的十六类（第 625—626 页）和《我在废纸中抢救历史文献的一点体会》所列的十二类（第 639—640 页），两篇文章中所列的有关历史文献的项目，可以看到他对“文献”的基本看法，至今很有现实意义。

我认为，在这话中，反映了他对于保存文献的责任感。回顾他的一生，是从一种历史的高度、自觉地收集保护文献的。

中华人民共和国成立前的动荡时代，他在叶景葵、张元济等先生创办的合众图书馆时，就不仅注意收藏宋元版本，名人抄校稿本，如顾祖禹《读史方舆纪要稿本》等，也重视一些当时尚不被重视的近代文献，如有关李鸿章、郭嵩焘（见近年出版的文集）、熊希龄（见《明志阁遗著序》，第 325 页）的文献；各种书札如《艺风堂友朋书札》《汪康年师友书札》《张元济书札》；名家藏书，如章钰“四当斋”的藏书（第 595 页）等等，这为后来的整理出版，提供了良好的基础。

此外，对当时并不为人所重视的文献，如《申报》，这使后来他们所收藏的，成为全国唯一完全的一套（第 626 页）。甚至还有旧社会官场交往的记录的“门簿”（第 627 页）等。

在解放后，从废纸堆中抢救出来的朱卷、族谱（见第 637 页），要求注意保存解放前的旧平装书（第 594 页）。这是大家都已经知道的事了。

应该指出的是，他搜集保存资料，并不都那么一帆风顺，像玩古董那么优雅潇洒。在相当的时期内，是冒了很大风险的。比如，解放前，从贵州弄来革命文献，加以收藏；在合众图书馆中，保存列宁的著作（见第 592 页），此种行动，在当时，如果查获，罪名可想而知。就是在解放后，他为收集保存历史资料如收集朱卷、族谱、民用便览、风水占卜等书，在一段时间内也是顶着“保护封建文物”的指责，被视为“守旧”“落后”，乃至在“文革”中，被认为是“反动”，遭受批判。而即使在“文革”中逆境中，可能的情况下，他仍尽力地保存收集保存文献。徐鹏先生告诉我，顾老在“文革”中，对王欣夫先生的《蛾术轩箧存善本书录》稿本，就非常关注，他曾从徐鹏师处借得原件，复制成胶卷保存。还有，据我所知，在“文革”初期，他还关注“文革”的资料收集。这在现在看来，好像也还有点背时，相信到若干年后，大家一定会再次想到上海图书馆的这批财富。

由此可见，他收集文献的范围，包括了整个中华民族数千年历史的各个方面；工作的时间跨度，贯穿了他的一生。虽然在这过程中，多有“背时”，“不遇”，甚至危险坎坷，但至死孜孜以求，从不懈怠。

他曾经数次引用黄宗羲《天一阁藏书记》的话：“读书难，藏书尤难，藏之久而不散，则难之难矣。”（第95页）可见他是意识到自己所处的时代，以前人为楷模，自觉地去做的。回顾他的历程，既可以看到他随着时代在前进的足迹，更可以看到他超越狭窄的世俗观念，表现出的对历史的洞察力。

二、“版本必须亲验”

这是在二十五六年前，为我们上“版本”课时说的。

当时，“文革”后，复旦开始招文献学研究生。徐鹏先生请顾老、潘（景郑）老和吕（贞白）老为我们上课。当时他们也没有什么具体的名分，后来章培恒先生从日本回国后才聘为兼职教授。

虽说是上课，但顾老不太讲。他往往是叫我到长乐路的原来合众图书馆的地方，拿出一些本子，叫我自己看或自己找书看。他为数不多的讲课中，我印象最深的就是“版本必须亲验”这句话。

当时曾讲到，同样是《说文解字》，有所谓的“大徐本”（徐铉整理本）和“小徐本”（徐锴的《系传》本），同样的大徐本，有《四部丛刊》影印本、汲古阁刻本和清代孙星衍的平津馆刻本（其实是顾千里主持校刻），而且，汲古阁本有初印和后印的区别等。他指出，搞版本，必须看原书。而且，同一版本还会有不同的印本，必须加以确认和区分。这一点，我至今受用。

其实，在顾老的文章中，也可以看到，对于版本，他有自己独特的见解。在《版本学与图书馆》中说：古今中外自有文本以来，就有版本问题。当作为一专门的学科，强调 “做研究工作的人必研究版本，藏书家也必研究版本”（第 457 页）。

他自己的研究，也反映了他的这样的思想。如关于《元诗选》初集、二集的初印本和后印本的区别（见《元诗选琐谈》，第 506—507 页），关于《文史通义》《校雠通义》，“两书钞本十余种，刻本十余种”，对于流行本子的来源和区别，都有所把握（第460页）。又如，他根据笔迹，确认何义门的校本（《华阳国志跋》，第75页），他主持编的《丛书综录》，记载了《四部丛刊》中，初印本所收的《云笈七签》是张萱的清真馆本，而后来重印的，则换了《道藏》本（《丛书综录》总目，上海古籍出版社，1986年，第288页），强调不可简单地一概论之，等等，都显现出，他对于版本，不仅根据传闻或间接的资料，而且亲自目验、比照校勘，考定确认的态度。

如果我们把古典文献研究，当作一门学问（即使不叫“科学”也罢），那就必须讲求版本，这就像搞科学实验，必须确保试剂的纯度，法庭判案必须讲求证据的准确一样。用没有经过亲自验证的资料和证据，是得不出正确的结论的。

三、“编目录不是抄卡片”

这是二十年前，即20世纪的80年代的事。当时，在章培恒先生的领导下，编《全明诗》。我负责对全国二十多个省市图书馆收藏的明人文集进行调查。对于上海图书馆的藏书，我本来想比较方便，因为和馆中各方面都比较熟悉，兴致勃勃地到上图的长乐路分馆，想抄那里的卡片。但是，管理人员不同意，说是有规定，这里的卡片不准抄。我当时有点急，大声说：“谁讲的？”那天顾老正好在那儿的办公室里，我不知道。他让工作人员把我叫了进去，只见他沉着脸，用难见的大声说："我讲的。"我被他镇住了。不敢再大声，只是申辩，我们要搞调查云云。他一字一句地说："编目录不是抄卡片。"这事我的印象特别深。

随着阅历的增长，我自己认为，对这句话，有了比较多的理解。这反映了顾老对于古典目录学的一个基本看法。

顾老的一生，有很多时间是和目录打交道的。他在晚年写的《我和图书馆》一文中，谈到自己一生只是"收书""编书""印书"（第590页），而这都和"目录"有关。

根据我的理解，他关于"目录"的看法，主要有如下一些方面：

一是目录必须"辨彰学术，考镜源流"（见章学诚《校雠通义序》）。他曾说，章学诚的这话"确实道出了古典目录学的主要功能"（见《古典目录学叙》，第115页）。

一是目录必须注意分类。他说过："编目当以分类为前提。"认为，图书的分类随时代的变化而发展（《创办合众图书馆意见书》，第606页）。

一是目录必须明记版本。在《版本学与图书馆》中说："必须熟悉版本，一书的若干不同版本，有系统地反映在书目中，特别在著录上把一书有两种不同版本的，并列一起，可以一望而知。"（第461页）

一是强调目录的实用性。他说："我认为，强调实用与著录的严谨是编制各类书目的前提。"（《我和图书馆》，第596页）主张目录当有助于检索和管理（第119页），便于检索（第606页）等等。这些都反映了他对目录学的见解。

在他主持编纂的《丛书综录》和《全国善本书目》过程中，我想大家是可以感觉到，他对这些想法，是在身体力行的。这些观点，值得我们进一步研究。

虽然说，在现实的情况下，我们编制目录，也许不能完全做到这些，但是，尽量地朝这样的方向努力，还是应该的。

四、"资之深，则取之左右逢其源"

这是在十八年前，我前往日本前，他给我写了一个条幅，叫先行兄给我的。用他拿手的篆体，写了上述的话（见图）。

此话见《孟子·离娄下》。我当时并不明白其含义。后来回味，觉得有两层意思。其一，是告诫我不要浅尝辄止，不断进取。这是字面上的。翻开《孟子》，就明白了。

但是，这样意思的话，在古代文献中很多。顾老为何要选"左右逢其源"这一句呢？是否有着不仅要单搞一面，不要只关注国内的学术情况，而要"左右逢其源"，也就

顾老题字

是要关注不同的方面，要关注国外的有关学术研究动态呢？我想，他是有这第二层意思的。

这从他自己的著述和行动中也可以看出。其实顾老是非常关注和国外的学术交流的。

早在20世纪的30年代时，他就注意到日本东方文化研究所和哈佛大学汉文图书馆的编目情况（第608页），关注法国所收的汉文文献（见《中国目录学史论丛跋》，第114页）。

他本人也和世界各国的学人有相当的联系。

美国的钱承训，是美国中国古籍研究的专家，和他有联系，在他手下工作过的沈津，到哈佛燕京学社的图书馆工作，也有联系。

和日本的学者关系可能更久远。他的《尚书》研究，和三十年代以来日本的有关《尚书》的研究，不无关系（见《尚书文字合编后记》，第15页）。

在《日本游记》（第718—734页）中记载了他和许多日本学者，如吉川幸次郎、西川宁、中岛健藏、薮内清、藤枝晃、森鹿三、贝冢茂树、岩井大慧等的交往情况，其中特别谈到了平冈武夫、小野信尔、小野和子夫妇等的情况。我到日本，曾到过平冈、小野的家，他们也都谈到和顾老的交往。

在他的晚年，对尾崎康、高桥智等也多有指导。

我认为，他是一个有世界眼光，希望和世界学术界加强联系的人物。当然，由于时代的原因，或许未能和外界建立密切的关系，但是，从他的本意，从他们对中国文化或者人类文明的理解来看，他始终是关注世界的发展并希望和世界的汉学研究保持联系的。

五、“不为私己张本”

这话，我没有亲耳听过，是近几年读《顾廷龙文集》时看到的。

《文集》中有两种讲法，一是王绍曾先生的《序》中所引：顾老表示：“专为前贤行役，不为私己张本。”（第8页）一是顾老自己说的：“人不能自有所表现，或能助成人之盛举，亦可不负其生平。”（第601页）都是在应叶景葵、张元济之招，从北平南下办合众图书馆时所说。意思有点出入，表现形态也不同，但大体一致。

我读到这些话时，感觉到，这可概括顾老的一生的为人。

我讲一件小事。

1988年，在前往日本行前，我到他家去告别。在淮海路寓所，他给我看了一份当时美国图书馆研究协会发的邀请信，请他前往开会，大概是讨论编撰美国的中文古籍联合目录之事。但是他很犯愁。和我说，想不去。我当然是极力劝他前往。但是他皱着眉头，用苏州方言说：“去一趟要花四千块美金呢。”这时他已经八十五岁了，前往访问又完全是关于中国古籍的编目工作，本来是理所当然的。但是，他首先想到的是国家要花费的资金。这和现在有些干部在出国问题上的所作所为，可成鲜明对照。

这是他对自己。而对于工作和他人呢？

他对前面提到的收集历史文献，对于一些在当时被认为是“背时”，甚至“危险”的事，他勇于担当。对于他的先辈师友，对于曾在他身边工作过的人员，如沈津、任光亮、陈先行、严佐之，还有上图的其他工作人员等等，包括在解放后，受了冤的；“文革”中，遭了难的；在改革开放后，倒了霉的；他都不以对方的境遇为转移，诚恳待之，都在可能的范围内，有所照顾（具体人名，不一一列举）。这反映了他的历史眼光和为人准则。

至于对于各类学者的关照，对冯其庸的《红楼梦》研究，樊克政的龚自珍研究，林其锬的《刘子》研究，尾崎康的《宋元版研究》，我的《顾千里研究》，那更有大量出版的书和各人写的文章在，不赘引述。

要之，顾老在自己的岗位上，尽量地为研究者提供可能的帮助和照顾——不管是老的、年轻的；知名的，不知名的；和自己关系亲密的，还是疏远的；也不管是中国的，还是外国的，都是如此。显现了一个长者“有容乃大”的宽厚胸襟和雍容大度。他并没有因为自己是长辈，或自己有着管理图书的“权”，而谋一己之私，而是更多地想到了为社会、为文化事业的发展贡献力量。他所说的“专为前贤行役”（庆按：不仅是“前贤”，也包括诸像我这样顽愚的后辈小学生），“能助成人之盛举，亦可不负其生平”，正是他的人格魅力之所在。

六、一点感想

上面的五句话，我以为，或可以反映出顾老的为人和中国古典文献学研究的一些基本方面。

如果从更宏观的角度来看，顾廷龙先生生活的二十世纪，是中国历史上一个巨大转折时期。中国的传统文化——自秦汉以来农耕文明的衰败和变化的时期；是西方列强企图瓜分中国，遇到中国人民的强烈抵抗，最后，中国人民把命运掌握到自己手中，探索走出衰亡，力求中华民族复兴的历史时期。面对这一变化，各种人有着完全不同的态度和选择。

有的人奋身崛起，砥柱中流；有的人追赶潮流，弄潮浪尖；也有的人，深沉潜流，低沉浑厚。顾老大概是属于这后一种的吧。他在《创办合众图书馆意见书》中说：抗战时期，“日、美等国乘其时会，力事搜罗，致数千年固有之文化，坐视其流散，岂不大可惜哉!”（第 604 页），可见是有意识地选择自己的工作的。

他不是那种必须在光辉的口号和显眼的大纛下才能生存的人。在他生前的相当一段时期，并不被有些人理解。甚至因为他们工作的性质，跟过去留下的“古董”有关，还被认为“守旧”。确实，他们是带着时代的烙印走过来的，他曾说“我不懂唯物辩证法”，要学习。然而，我们哪个人没有时代的烙印呢？他们老老实实地承认这一点，脚踏实地、真诚地随着时代的步伐前进。有时甚至是受着委屈，在那些时髦人物的指责批判之下，忍辱负重，为保护民族文化遗产、为世界人类的文明，默默耕耘，加瓦添砖。他们是当之无愧的历史文明的保护者和建设者。

当我们今天在享用着他们留下的文献财富时，大家也许可以更清楚地认识到他们工作的价值了。然而，我觉得他们也提出了如下的问题令人反思：怎样的人生才是更有价值的呢？作为一个人，是否应只追求昙花一现式的炫耀呢？有的人，事过境迁，便湮没于时间的长河中，逐渐淡去；而有的人，人亡事存，铭刻在人们的记忆里，历久弥深。

百年之后再回首，可以说，在保护留存下来的大量的文献中，在中国文化的丰碑上，在二十世纪中国这个时代里，顾廷龙等为之献身的诸位先生（如我所尊重的潘老、吕老，先师王欣夫等等）有意无意间也留下了自己的印记。我相信，顾老以及和他相似的一类人物留下的业绩，一定会在中国历史和人类文明的长河中悠久存续，并闪现深沉的光辉。

2005 年 9—10 月

本文为北京大学、复旦大学、华东师范大学主办的“中国古典文献学国际学术研讨会”的发言，2005 年 11 月。后在一些刊物上刊出

博学的真情之人

——忆吕贞白先生

春寒料峭，楼上装修，楼板漏水，家中书物，如遭水灾。幸好有些重要的书信，其中包括吕贞白先生的诗词集，得免遇难。抚之感慨不已。

现在，知道吕先生的人，似乎不太多了。他是一位博学的学者，一个有真情的人。

我和吕先生相识甚晚，是在他的晚年，由他的学生喻衡老师介绍。

初次见面，就被他的真情所感染，很快进入了心无隔阂的境界。他主动为我写了封推荐信给我的老师，给我看了，夸奖我，大概有“孺子可教”之意吧。当时颇令我感动。

后来章培恒先生和徐鹏师请他担任复旦古籍所的兼职教授，给我们开目录学的课，是到他家听讲。他家在延安路的明德里（靠近茂名路），其他同窗，或许住得比较远，或许有其他原因，反正，不少时候，都是我一个人到他家，在二楼（或三楼）不算宽敞的前房，听他讲课。夏天，他穿件白色汗衫，靠在床上，手中一把蒲扇；冬天则是中式棉袄，坐在椅子上，手中一杯热茶。有时是上课，有时则是听完课，便闲聊。天南海北，古往今来。文坛掌故，文人逸事。不少事情，我记忆已经淡漠了。记得他问到过我的家世，但他很少讲他自己。

要写毕业论文了，我当时拟了两个题目，都是有关清代学术人物的：何义门、顾千里。他一听，立即表示："搞顾千里，这个题目好。"

而当时，给我们讲版本学的顾廷龙先生，也是这个意思，结果就定了。

一天，吕先生突然想起什么，对我说："你给黄永年写信，他那里有本顾千里的校本。""黄永年是谁？"我当时实在是孤陋寡闻。"他在陕西师大，你就说是我吕贞白叫他抄给你的。"我也就真的如实照搬，冒昧给毫不相识的黄永年先生写了信。很快，收到黄先生回信，把顾千里的题跋抄给了我，令我非常感动。此事我在拙著《顾千里研究》的《前言》中已提到过。我的毕业论文，吕先生是审查委员之一，对我多有奖掖。

后来，我和黄先生相识了，有了交往，也曾蒙他指教。很多年后，我到陕西西安开会，会后拜访黄先生。因为比较熟悉了，谈起往事，无拘无束。他故显嗔怒："你这小子，那年拿吕先生压我，害得我大热天，到床底下给你翻顾千里的书，弄得浑身汗流浃背。该当何罪?”（20世纪80年代，陕西教师的生活条件尚未改善，教授家空调尚未普及）我忙作诚惶诚恐状：“死罪，死罪。”相继笑了起来。因为黄先生尊重吕先生，是吕先生的学生辈，所以才会如此。

吕先生对于比他年轻的学者，多尽力提携。章培恒先生曾撰文悼念吕先生（见南京师范大学《文教资料》1988年第5期）。谈到吕先生对他的无私帮助。他撰写《洪升年谱》，得到吕先生的支持，还热情地提供了有关洪升亲笔书信等资料的线索。在“文革”期间，章先生想研究古典短篇小说。但是“三言”“二拍”等，那时是被禁止的“黄色书籍”，根本无法借阅。吕先生知道了，就把自己所藏的《清平山堂话本》“三言”“二拍”等给了章先生。章先生在和我私下交谈时，告诉我，为了避嫌，吕先生还特意在外面包上了当时流行书籍的封面。这令我想到龚自珍的诗句：“及壮周旋杂痴黠。”这是那个时代，知识分子的一种生存方式。

“文革”后，章先生前往日本讲学，吕先生闻知，大为高兴，曾写《送章培恒赴日本讲学》赠之：“笔阵堂堂张我军，皋比坐拥策奇勋。访书岛国搜奇逸，此事于今要属君。”表现出对章先生的期待和重视。

像这样的前辈和后学、弟子的关系，绝不是当下那种有了一点资料便秘不公开、占为私有，以包工头老板自居，将学生当作雇工的关系可同日而语。

吕先生平时和善可亲，但也有横眉直树、令我感到可畏之时。记得有一次，一位我认识的学者，因自己词学著作的出版，和上海古籍出版社的编辑有不同意见，商讨之际或许言词有点过火。传到吕先生那里，被说成他讲“上海古籍出版社不懂词学”。那天我见到吕先生，他罕见地沉着脸，直视着我说：“你去告诉某某某（他知道我认识那位学者），上海古籍出版社还有我吕贞白在。”这一方面显现了他对于上海古籍出版社的感情、对自己词学的自负。因为他“年甫弱冠，著作斐然”，江淮之间，已经知名（见陈邦怀《吕伯子诗存序》）。他的话，也反映了他率性的另一面。

真正读到吕先生诗词作品，更深入地认识吕先生学问和人生，是在他 1984 年 10 月 8 日去世之后。那时，我毕业留在复旦大学工作。突然接到了吕先生因心肌梗塞去世的消息，大吃一惊。因为我觉得吕先生身体不错。而章培恒先生事后谈及吕先生仙逝，深沉地对我说：“这对吕先生也是解脱。”

吕先生留下了大量的诗词之作。据喻衡老师的《吕伯子诗存编后记》云：“自甲寅迄壬戌”（1974—1982）九年间，就有十二册十七卷，共八百八十多首。其余“诗词旧稿多已毁于丙午之劫”。而喻衡老师受先生之托和吕先生的女儿吕姮女士一起，将先生手书的词集复印了若干部，由先生的老友顾廷龙先生题写书名，蒋天枢先生写《弁言》，散发给友朋。我有幸获得一册。据蒋先生《弁言》，先生“名传元，字贞白，以字行。亦自称‘吕伯子’。江西九江人”。以“伯子“为词集之名”“亦伯子所自定也”。

1992年，那时我已经奉命出国教学研究，又收到先生的女儿吕姮女士特地送给我先生的诗集。那也是喻衡老师在许多热心的弟子、朋友们的帮助下，从先生的诗稿中选编出来的。有先生的老友潘景郑先生题写的书名，陈邦怀先生写的《序》。诗集由蒋雨田先生书写，蒋先生乃当代藏书家。又蒙台北华侨大学的郑继孟先生、花莲高等工业学校的蔡保定先生资助，才得以影印行世。其中凝聚了众多弟子、友人的心血。

诗集中，可以了解到，先生出生在江西九江，年轻时曾在通州入张謇（啬庵）之门，又曾治词学。先生的学问，继承清代朴学的学风。治学从小学入手，开始是“初学毛诗治郑笺”（《秋夜有感》），由经入史，旁及诸子，诗词。他学习非常勤奋，如在诗中所云：“我初学研经，日日钻故纸。”（《碧双楼呓辞》）

年轻时所著《淮南子校补》，为当时学界所知（见陈邦怀《淮南子校补》）。又读唐代刘知幾的《史通》，曾想笺注，后未成。学问讲求通博。

他撰的《淮南子校补》，曾刊行，而《吕氏春秋校补》则未能出版（见蒋天枢先生《弁言》）。有的学者评论先生年轻时“气冲斗牛”。

先生在民国以来的学界文坛，跋涉耕耘数十年。和吴湖帆、李拔可、马一浮、徐森玉、冒孝鲁、沈尹默、潘景郑、王欣夫、陈从周、胡道静、陈奇猷等学者名流交往，时有唱和。在先生晚年的诗作中，对自己的生平交往多有记载。

怀念吴湖帆先生的诗，令人感到泣血般的悲哀。吕先生在十七岁时，便和吴湖帆先生订交，交往近五十年。诗中写道：在“文革”中，吴湖帆先生卧病斗室，家已“壁立”。“义仆依身旁，不忍离君侧。君喑不能言，吞声已结舌。此时尚念我，片纸情难白。字迹不能辨。”诗中自注：“丁未正月十四日，君遣仆人间道持片纸，书字攲斜，询予安否。”吕先生“睹此伤吾魂”。表现了两人相濡以沫，终身不弃的深厚友情。十多年后，吴湖帆先生“沉冤始得雪”，吕先生参加了“追悼会”，“归途，悲不能胜”，哭之成诗。由此可知晓吴湖帆先生，这位书画大家晚年生活状况的一些细节。

又如《陈奇猷金云峰两翁枉过未晤赋此简之》一诗中，谈到陈奇猷，这位以整理《韩非子》《吕氏春秋》闻名的学者，虽然“藏山事业垂不朽，盈盈积稿堆连屋”，面对同仁的赞许，“君乃仰天发大笑，食蓼能甘耻言禄”。

勤搜方言俗语，“音韵家言贮满腹”的金云峰先生，“比来更访新民歌，工农韵语编入录”。

吕先生的诗歌中，也有他对一些朋友的评价。如《戊午消夏》诗中，写先师王欣夫先生：“蛾学斋能抱道真，三吴学派未沉沦。自从黄顾风流歇，天壤王郎第一人。”

通过吕先生的诗词，可以了解那个时代文坛、学界深层的一些情况。

吕先生不是站在时代潮流风口浪尖上呼号翻腾的弄潮儿，而是和大多数学人一样，抱着拳拳之心，跟随着时代前进。在中华人民共和国成立以后，他投身于新社会的建设。有诗曰：“欣逢海宇清，获睹烽火净。”反映了当时的感想。

据说曾在华东文教委员会（名称可能有误，一说华东文化部）工作，后调到中华书局上海编辑所，即上海古籍出版社的前身工作。“文革”中，和当时的知识分子一样，饱受艰辛。有一首诗这样写道：

鬻尽乾嘉善本书，韭盐换得亦区区。

伤心最有难忘事，曾把丹黄满纸敷。（《戊午消夏诗》）

经历了那个特殊的时代。“文革”后，兼任复旦大学、华东师大教授。关于先生的学术成就以及他所处时代的中国学术历史，那是需要进一步收集资料和研究的。先生的学术著作，恐一时难以全部寻觅，即便如此，仅他的诗词作品，也足以在当代的文学史上，留下值得注目的一笔了。

在吕先生留存的诗词集中，多有关于师母的诗词。师母是先生的表姐，姓罗，名蕙。长先生三岁。是先生四舅父的次女。先生的母亲喜欢这个外甥女，由先生的外祖母指腹为婚。在当时那个时代，也是常有的。先生十九岁成婚。“碧双楼上明灯影，五夜雠书共对时”（《伤逝》之八），是他们当年生活的写照。师母对先生在生活上多有照顾，在学术上，也互相切磋。他们“共事南州师，愧誉读书子”，师母“斗室勤扫除，明窗拂净几。书堆灭蠹鱼，书簏勤料理”，先生“闺中有良伴，得以互砥砺”（见《碧双楼呓语辞》）。共同度过半个世纪，师母在先生六十八岁时因病去世。

师母去世后，先生怀念师母的词作，尤显哀切。如《菩萨蛮》：“双鸳枕角留芳迹，人天从此无消息。腊尽又春生，春来残梦惊。”

在师母去世两年时，先生到苏州灵岩山扫墓，想到范伯子（1854—1905）“草根无泪不能肥”句所作的《江城子》：“草根无泪不能肥，意凄透”，“等恨诉分镌，坠珥遗簪虽再觅，缘已断，梦还疑”。

也是在此前后所写的怀念师母的诗：“七十衰翁枯泪

眼，忍凭虚幌为吾存。”这些诗词字里行间，绵绵的思恋之情和悠悠的悲怆惨痛，扑面而来。

在先生晚年开朗直爽表层之外，深层一直流淌着对于故人真挚的情感和爱怜，有着在夜深人静，回顾漫长人生的老年独有的孤寂和悲哀。

我和先生认识时，先生已经是晚年了。他叫我常去走走，一方面有指点提携之意，真心带我。另一方面或许我在人情世故方面比较憨，无心机，他觉得我尚可交谈。吕先生晚年的这种情感，我是随着阅历的增长，才渐渐品味到的。我脑海中不禁又浮现出以前章培恒先生对我说吕先生“解脱”时的场景。

这时期，吕先生仍在努力出版一些他认为有价值的明清时代稀见史料，如上海古籍出版社影印的《清初善本文集丛书》，许多都出自先生所藏和推荐。李学颖女士整理的《吴梅村集》，得到先生的许多指点和帮助。晚年先生曾校《潜夫论》，稿子也不知尚存否。而另一方面，更主要的，直到先生去世两年前，仍在进行诗词创作。他曾云：“要知诗是吾家事，流派西江须祖述。”（《示姮女》）令人感到在他的血脉中仍流淌着一种悲壮的对于诗学和中国文化的责任感。他用诗词记录自己的生平、情感，也显现了先生的博学多才和真性情。

倏忽间，三十多年过去了。先生的诗词集，仍在案头。喻衡老师也已归道山。吕姮师妹现已没有联系。不知先生的诗稿如何？我曾经和好几个出版社以及先生的学生谈过，能否先把先生的诗词集影印出版一下。至今未有结果。但我不失望，仍在争取着、期待着。

我还保存着上海古籍出版社“吕贞白先生治丧委员会”寄给我的先生的讣告。我不相信人死后有灵魂，也不相信有什么上天世界。但是，夜静之际，仰望星空，我有时还是情不禁要自言自语：

苍天有眼，世事沧桑，人间仍有真情在，贞白先生，您知否？

2015 年 3 月初稿
6 月改，7 月补充

原载《悦读》第 44 卷，二十一世纪出版社，2016 年

爱怜、孤寂、百年风云

——吕贞白先生和他的《吕伯子诗存》

吕贞白先生（1907—1984），名传元，字贞白，以字行，自称“吕伯子”，江西九江人，编辑、学者、诗人。《吕伯子诗存》，是先生的诗集。笔者曾及门受教，受益匪浅（可参前文《博学的真情之人——忆吕贞白先生》）。20世纪80年代末，承先生的女儿吕姮师妹见赠此诗集，多年来时常翻读，感触良深。现把自己阅读的体会，略作整理，就教于海内外专家，以见当代古典诗歌展开状况之一斑，以显当代学人的一些动向，同时也算心香一瓣，奉献于先生灵前。

吕先生年轻时（1920—1929）在通州，先后师从陈祺寿、张謇。陈祺寿（1863—1929），江苏丹徒人。为清代乾隆时期学者陈沆的后人。1920年前后，为南通图书馆长。在民国初期，曾办《东台新闻》，为当地新闻泰斗。张謇（1853—1926）乃清末状元，清末民初著名的实业家、教育家。吕先生受他们的教诲熏陶，学业有成。年轻时就撰有《淮南子斠补》，学界传名。

1949 年中华人民共和国成立以后，先生参加了华东军政委员会文化部的工作。“文革”中退休。1979 年后，任职于上海古籍出版社，为编审，以治词学和目录版本学闻于世。晚年兼任复旦大学和华东师范大学教授。1984 年 10 月去世，倏忽已三十五个年头了。

吕先生去世之前两年，宴请门生和朋友，委托他的学生喻蘅先生整理遗稿。喻蘅（1922—2012），江苏兴化人。原复旦大学教授，擅长书画。吕先生去世后，喻蘅先生在蒋天枢先生的支持下，整理诗稿。得到吕先生在海外弟子们的支持，先整理出了《词集》，影印了若干册，赠送师友。之后，又整理出此《诗存》。

《诗存》收有吕先生诗作 368 首，是从先生晚年 880 多首作品中选出的。前后涵盖 1974 年到 1982 年之间九个年头。诗集按照年代，分为十二卷（其中甲寅 1 卷、乙卯 1 卷、丙辰 1 卷、丁巳 4 卷、戊午 3 卷、己未 3 卷、庚申 2 卷、辛酉 1 卷、壬戌 1 卷）。根据蒋天枢先生《吕伯子诗存弁言》：以“伯子”“为词集之名”“亦伯子所自定也”。

诗集由先生的老友潘景郑先生题写书名，陈邦怀先生写《序》。潘先生，著名文献学专家，学人皆知。陈邦怀（1896—1986），陈祺寿之子，先生终身知己。曾执教南通女子师范、无锡国专，生前为天津文史馆馆员、天津市社科院研究员、书法学会天津分会主席。《诗存》全文，是书法家蒋雨田先生书写的。蒋雨田（1919—2000），名启霆，字雨田，号杞亭，海宁人。写就于20世纪80年代的《诗存》，当时无法出版。后蒙台北华侨大学的郑继孟先生、花莲高等工业学校的蔡保定先生资助，得以影印行世。可见，《诗存》中凝聚了众多弟子、友人的心血。也体现了海峡两岸文化纽带的密切相连。

诗歌，被称为是中国人表现情感的主要文学形式。无情难以成诗。

袁枚曾引尹文瑞（尹继善）诗曰："天意怜幽草，人间重晚晴。"（见《随园诗话》卷一）吕先生晚年的诗中，充溢着将近七十年人生旅途中凝练成的深厚情感。

翻开诗集，扑面而来的是怀念师母的诗——《伤逝》。师母是先生的表姐，姓罗，名蕙，长先生三岁，是先生四舅父的次女。两人由先生的外祖母指腹为婚。在当时那个时代，也是常有的。先生十九岁成婚。"碧双楼上明灯影，五夜雠书共对时"（《吕伯子诗存》卷一《寒灰寱语》,《伤逝》之八，第2页），是他们当年生活的写照。

在学术上，他们互相切磋。"共事南州师，愧誉读书子。"同时，师母"斗室勤扫除，明窗拂净几。书堆灭蠹鱼，书簏勤料理。"给先生以生活上的照顾和精神上的慰藉。"闺中有良伴，得以互砥砺。"（卷一《寒灰寱语》,《碧双楼呓语辞》，第3页）他们共同走过半个世纪的人生旅程。

师母在先生六十八岁时因病去世。师母去世后，先生怀念师母的诗作，倍显哀切。“昨日晴风今日雨，添衣谁更问寒暄。”（卷一《伤逝》之三，第 1 页）无论阴晴变化，即便日常添换衣服之际，也会触发寒暄乏人的悲哀。其他如《菩萨蛮》：“双鸳枕角留芳迹，人天从此无消息。腊尽又春生，春来残梦惊。”春寒惊梦，夜深人静，鸳鸯枕边，往日情景，依稀迷蒙。由当日“芳迹”引发的思恋，发人联想。

“七十衰翁枯泪眼”“梦断采莲歌一曲，鸳鸯头白叹孤飞。”（卷九《戊午消夏诗》，第 51 页）往昔充满生命活力的田田采莲歌，变成了七十老翁哀叹白头鸳鸯孤飞的咏叹调。

在师母去世两年时，先生到苏州灵岩山扫墓，感触清末词人范伯子“草根无泪不能肥”的诗句，赋就的《江城子》：“草根无泪不能肥，意凄迷。”“等恨诉分镌，坠珥遗簪虽再觅，缘已断，梦还疑。”（范伯子 [1854—1905]，原名铸，又名当世，字铜士，又字无错，号肯堂，排行居一，故称伯子。江苏通州 [今南通市] 人。清末文学家著有《范伯子诗文集》）

失去伴侣的伤感，无时不在的思念，催人泪下。

人们常说，时间和年龄会淡化悲哀，抹平创伤，但师母去世八年，七十多岁的先生哀切依然。绵绵的思恋之情和深沉的悲怆哀疼，浸透在先生诗作的字里行间。令人感到，在先生晚年，日常的开朗直爽之下，内心深处一直回荡着对故人的真挚情感和爱怜，流淌着漫长人生中老年独有的孤寂，读来怆然。

有的文学研究者认为，中国的古典诗歌中缺乏男女的情爱，而在现代我国，无论新诗还是旧体诗，老年人的爱情之作，更为少见，吕先生的这些诗作，或可为当今诗坛增添一些色彩。

除了对夫人之外，对于女儿也是充满疼爱和期待之情："垂髫弱女娇憨甚，索写新诗费锦笺。"笔下是不知世事小女孩的天真。

看到女儿能做诗，称赞她："能读我书学我诗，朗诵高吟得吾笔。""衰翁七十拙生事，赖尔晨昏绕吾膝。"这是由衷的欣慰之感。

他对女儿充满期待："要知诗是吾家事，流派西江须祖述。"希望她"当从典籍究今古，新知旧训途无殊。勖尔此言愿不虚，毋将日月荒居诸"（卷三《小姮生日示此勖之》，第 26 页）。

还有《姮儿就业诗以勖之》："汝初涉世途，敬恭所执业，奋发以图强，劳动乃天职。"（卷十二，第 66 页）明白俭朴，显现了对于女儿的疼爱、关切和期待。

诗集中更有对自己遭遇的感叹。

先生曾豪情满怀："狂言读史能资治，未信工诗会坐穷。”对生活比较自信。然而过了还历之年，竟然到了要靠卖书度日的地步，“囊书都卖尽”（卷一《岁暮偶成》，第 5 页）。先生虽“志向书丛作蠹鱼”，但自家的藏书多流失，或卖掉换米度日，有时连这样的“蠹鱼”都做不成。更复何言？这反映了当时知识分子的境遇，知识人的社会地位和经济情况的变迁。

诗中有孤独：“愁苦又一岁，孤抱何所托。风雨复交加，长夜殊寥廓。”（卷二《乙卯除夕》，第 15 页）“悠悠七十春，忽忽忘老至。”“键户息交游，颇得萧闲致。”（卷二《丙辰元旦》，第 15 页）这是一种经历了世事变迁的苍凉和悲凄，一种独立于世的孤傲和深沉。

总之，无情不成诗，先生诗中的情感，有缠绵的，爱怜的，关切的，独白的，共鸣的。可以令人感受到，在先生诗的深层，有着一种“独往冥游于寥廓之外”、“独坐静观”（明钟惺《诗归序》）的孤寂。

有的研究者认为，人的孤寂有两种，一种是独处的孤单和悲哀，另一种则显现了对于独自生活方式、独特感觉和思辨结果的自信（见欧洲旅日学者比艾尔·伽拉达 [日语译音]《自爱和利己主义》[日本，讲谈社，1989 年] 中的论述：“孤独大致有两类。一类是在大众中的孤立的痛苦，即 lonelines；另一类是内心在沉默中的充实，即 solitude，而中国明代的钟惺《诗归序》：“夫人有孤怀、孤诣。”也是感觉到了孤独的不同情况）。吕先生的孤独，也许两者都存在吧。这种人生的苦涩和孤傲，使整个诗集充溢着沧桑感。正是这种深沉的悲哀，融铸了先生的诗魂。

《诗存》表现的真诚情感当然是个人的，但是，个人的情感，总包含有人类共性的内涵。只有这样，作品才能感人。一个没有真诚情感的人，能写就真正的诗吗？至少，我是不相信的。

诗歌不仅是个人情感的展现，同时也展现着诗人所处的世态现实。吕先生不仅是诗人，还是学者，在吕先生的《诗存》中，自然映现出先生所处的现实和世态人情。而其中不少学者间交往的细节，作为史料，对于研究当代的学术文化，不无补益。

在诗集中，充溢着先生对朋友的真情。如《次韵和效鲁见赠之作》所云："盈颠白发两衰翁，三世论交感不穷。最是怕听邻笛奏，几抛酸泪哭欧公。"效鲁，指冒效鲁（1909—1988），别号叔子，江苏如皋人，清初名人冒辟疆的后人。民国间，曾任驻苏联大使馆外交官，后为复旦大学外文系教授，是吕先生的挚友。"邻笛"，指向秀《思旧赋》"邻人有吹笛者，发声寥亮，追思曩昔游宴之好，感音而叹"的典故。哭欧公，指苏轼在欧阳修死后对他的思念，见所撰《祭欧阳文忠公文》，又有《哭欧公孤山僧惠思示小诗次韵》："故人已为土，衰鬓亦惊秋。犹喜孤山下，相逢说旧游。"这些历史上著名的友朋情感的典故，在吕先生心中引起共鸣。

这种情感，除冒效鲁先生外，对于下面要谈到的叶恭绰、吴湖帆，还有其他友朋，也都如此。

先看写叶恭绰先生的诗。叶恭绰（1881—1968），字裕甫（玉甫、玉虎、玉父），又字誉虎，号遐庵，晚年别署矩园，祖籍浙江余姚，生于广东番禺。曾任北洋政府交通总长、孙中山广州国民政府财政部长、南京国民政府铁道部长。1927年出任北京大学国学馆馆长。中华人民共和国成立后，任中央文史馆副馆长，第二届中国政协常委。20世纪60年代，受到冲击。去世数十年以后，才开的追悼会。吕先生为此写了诗。诗题很长，兼有小序的作用：

叶丈遐庵与寒家世谊弥笃。在中日战争之际，戊寅年间，贞与叶丈俱客香港。所居山顶，相距咫尺，朝夕过从。香港为日军沦陷后，迫回上海。丈则闭门不出，画竹石以自娱。解放后，丈奉召赴京任职，并兼文史馆副馆长、国画院院长，居东城头发胡同。予每到京，必诣丈深谈。不幸在丙丁浩劫之中弃世，距今已十三年矣。今岁元宵节，北京书画院为丈举行追悼会。北地南天，相距甚远，未能临吊，惟有临风挥泪而已。微闻丈生前所珍藏金石书画等文物，亦俱散失尽矣，可叹可叹。丈在吴门置有别墅，榜题风池精舍，今亦鞠为茂草，慨叹何极。

诗倒不长："劫运几能逃世网，寇深相与叹特艰。"（见卷十四，第 70 页）是说半个多世纪，历经刺激厄运。最后两句："精舍风池余茂草，低徊赢得泪潺潺。"对叶家和"精舍风池"变迁的哀叹，颇堪回味。

有关近半个世纪的老友，一代画家吴湖帆的诗，更为感人。吴湖帆（1894—1968），江苏苏州人，为吴大澂嗣孙，初名翼燕，书画署名湖帆。书画、金石、诗文俱佳，三四十年代与吴待秋、吴子深、冯超然并称为海上画派的"三吴一冯"。晚年在"文革"中受迫害，1968 年 8 月 11 日，自己拔去治疗的导管，去世。

老友蒙冤去世，先生抚其残卷。1976 年元旦后写的《检视湖帆词笺怆然有作》有曰："痼疾癖烟霞，真手能不坏。"句下小注："湖帆患风疾后，尚能作画。叶遐庵赠以'真手不坏'四字，湖帆刻石章纪之。"

诗曰："论交四十年，披襟吐肝肺。""犹忆君病中，舌僵难言话。匆匆弃人间，解脱天刑械。"（卷二，第 16 页）这是隐指吴湖帆在最后，自己拔去输液管离世之事。

吴湖帆也是在去世十年后，才开的追悼会。诗集有一首 1979 年写的诗，诗题也长：《上海画院为湖帆举行追悼会，距湖帆之逝世已十一年。沉冤得雪而秘箧所藏俱尽，可不哀哉。往吊，悲不能胜。四十余年之交谊，恍犹在目前也》（卷十二，第 64 页）

诗曰："已伤劫烬家俱破，更惜埋忧骨亦灰。""绝怜一代倪黄笔，点染江山不世才。”以吴湖帆比作倪瓒和黄公望，为绝代大家。

在诗的小注中披露：吴湖帆曾师事张謇，受到张謇的赏识。他晚年“患风疾，口喑，不能言者三年”。

1976年以后，“弟子俞子才、任书传诸人，为追念湖帆，集湖帆生前书幅展览”，曾函邀吕先生观览，先生有诗曰：“故人真个骑鲸去，忍忆嵩山旧草堂。劫烬堆中收故纸，寸笺尺幅亦琳琅。”

这些诗记载并透露了一代画师晚年的境遇，可供研究。我想，经过了那个时代的人，都会在这些诗句中读出自己的感受。

在诗歌中，先生从自己独特的角度，记载了一些文坛往事。比如，朱氏结一庐藏书（见卷十二，第65—66页）。

关于“结一庐”藏书，黄裳先生、沈津、陈先行、王世伟等同行、友人，都有文章介绍，此不赘述。而吕先生的诗曰：“遗经那及黄金重，可笑痴儿只癖钱。今日尽归官库度，胜他片纸散云烟。”这是他的见解。

在诗的夹注中，吕先生曰：“仁和朱修伯结一庐藏书七十余柜，多宋元刻本，后归丰润张幼樵，张氏后人不能宝守，现闻悉归上海图书馆。有感于书籍聚散无常而子孙多不见永守世也。”又云：“结一庐所藏宋元刻本、明钞本多清怡亲王明善堂旧藏及宋牧仲旧藏。咸丰庚申年，英国兵焚淀园，京师戒严，怡府藏书多散出于海王村。提银数两即可得善本多种。朱氏即于此时收得，后悉归丰润张幼樵家。”

幼樵，是张佩纶的字。张佩纶为张爱玲的祖父。那么，怎样归张幼樵的呢？先生曰：“传闻张幼樵系朱修伯之婿。朱氏殁后，张幼樵续娶李鸿章之幼女，所得奁资极富。朱修伯之子子清一官潦倒，张幼樵以廉价尽得其所藏，亦巧取豪夺也。”

到了张家以后，这些善本的结果如何？有些精品，如“《花间集》《陆士龙集》《艺文类聚》等，张氏早已售出”“后自北而南，几经迁徙，兄弟析产，争夺涉讼经年，然终没于官”。

藏书大家朱氏结一庐的书，经李鸿章之门转辗流迁，相当一部分，最后归到上海图书馆。吕先生的诗歌从他当时个人的角度，表达了他对这一流变的看法。这一看法是否准确，姑且别论。以上诗歌，映现了百多年时代风云的变迁，则是显然的。

综上所述，诗中所及诸事，景况各异，世间说法，也自纷然，可再探讨。诗中所涉诸人，当然并非都是完人。但他们都在各自的领域，为我们的民族文化、为当今的社会，做出了自己的贡献，可谓当代中国文化苍穹一角的群星，明暗大小不同，但都在闪耀，引人仰望遐想。

吕先生的诗是个人的，也是这个时代的。

中国的诗，形态有变化，在数千年的历史上，从民间的国风，到官方的雅颂；从楚辞到汉代的古诗；从古体诗到近体诗；从唐诗、宋词、元曲，直到近代的新诗。“五四”以降，胡适等人提倡白话“新诗”，传统的旧体诗在诗界的地位，显然衰退。但是，作为一种传统的文学样式，依然有很多人在用此表述自己的情感和思想。文学的发展，不应机械地割裂为“当代”和“过去”。这正如美国学者韦勒克、沃伦《文学理论》第一版《序言》所说：他们“拒绝接受把文学分成‘当代的文学’和‘过去的文学’的观点”（刘象愚等译《文学理论》，三联书店，1984年，第19页）。我想，这是正确的。

吕先生的诗作，是20世纪六七十年代的产物。那么，从古体诗“风雅传承”的角度来看，吕先生的诗歌有哪些特色呢？笔者认为，有如下三个方面：

第一，具有鲜明的上海，或者说沪渎文坛的地域特色。

吕先生的诗中，显现了上海，尤其是上海市中心区域这一特定地区、特定历史时代的诗歌特色。

如，对于上海新雅饭店的变迁，写了好几首诗，讲到了新雅的变迁，反映了上海社会的实际变化。所谓“层楼掌故吾能说，闲依阑干数人过”（卷十四，第71页）。

诗集中讲到在上海襄阳公园散步、复兴公园赏花、会友；还有到苏州的灵岩山扫墓，杭州、常熟、无锡的游览，凡此等等，荡漾在江南的湖光山色画面中，充溢着沪上文化的氛围，带有浓厚的地方特色。没有在上海原来中心区域（原来的法租界，今复兴中路、淮海中路到延安中路一带），没有在江南地区长时间的生活经历，是写不出这些带有鲜明特色诗歌的。

第二，诗中多有人名地名。

关于诗歌中引用地名人名的艺术效果，钱锺书先生在《谈艺录》中，说："狄奥尼修斯《属词论》首言诗中用人名地名之效。"又引述了李特（H.Read）《诗态》（Phases of Poetry）评论白朗宁（Elizabeth Barrett）等诗人诗句的论说："此数语无深意而有妙趣，以其善用前代人名、外国地名，使读者悠然生怀古之幽情，思远之逸致也。"

在吕先生的诗中，虽然没有很多古代的地名、人名，但确实有很多现当代的地名、人名。在诗集中，据笔者检核，涉及的各界人名有：

汪旭初、陈祺寿、张謇、徐森玉、叶景揆、任心叔、刘世襄、吴湖帆、陈从周、蒋天枢、潘景郑、王欣夫、谢国桢、周子美、王西野、胡道静、陈奇猷、金云峰、蒋雨田、夏幼达、蒋梦华、陈邦怀、章培恒、喻蘅、李庆甲等等，不下数十人。

这些人名，在当前看来，或许不一定有"使读者悠然生怀古之幽情，思远之逸致"的作用，但夹杂在诗题、诗中的这些人名，肯定会使人感受到一种当时文化界、艺术界、教育界的氛围，映现出那个时代文化界的许多具体情况，个人关系乃至细微的情感。在隐约的文学话语中，可以领略时代大潮中，中国知识阶层精神世界的变迁。随着时代而推衍，或许就会越来越使人产生“怀古之幽情，思远之逸致”，展现出魅力。

第三，呈现了当代旧体诗的新题材、新意境。

这些诗作，虽说形式还是旧体，但显然已经超越了19世纪末到20世纪初，黄遵宪“诗界革命”时代，“说西洋制度名物”多以“新词”入诗的阶段（钱锺书《谈艺录》三，第23、347页）。

笔者以为，吕先生的诗，有些题材、场景是新的，意境也是新鲜的。比如《仙人掌花盛开喜而有作》（卷九，第48页），写“仙人掌”：“非草亦非木，既含难名状。仙人掌上花，丽色莫与抗。青黄鲜且妍，挺立无依傍。”不仅写花，而赏花之人“对花倾玉卮，酌以葡萄酿”。这当然不是“葡萄美酒夜光杯”时代的“葡萄酒”。这诗中的题材、形象、意境，都是以前诗歌中未见，或少见的。

其他如《天津地震灾难创深》等作也是如此，表现了在20世纪60年代以后中国特定的场景，表现了先生独特的情感和生命力。

中国的旧体诗，在近代中国，其存在的形态，越来越纷然多样：有民众打油诗、通俗化的表现；有干部酬唱，抒发自己情感的形态；还有像陈寅恪、聂绀弩那样的知识分子，以诗歌展示自己的精神世界和生命痛烈。可见中国的旧体诗，历经社会沧桑，作为一种古老的文学样式，仍然生存着。如吕先生这样以大量的作品，汇集成《诗存》这样的形态留存下来，非常不容易，比较少见。可以说，在这些诗作中，中国文化的精魂仍存。吕姮所赠的《诗存》中，印有一方白文方章："宗法西江第几人"，或许就是先生怀抱着某种自负的象征吧。

对于这样的古体诗，作为近当代文学的一部分，是否也可更进一步地做些分析研究，进一步展现、提升其生命力呢？

我们期待着。

原载 2018 年 12 月 28 日《文汇报》

贾植芳先生散记

贾植芳先生去世已经快一年了，总感到应该写点什么。

我和贾先生的接触是片断的，他在我脑海中的记忆也是片断的。但是，印象深刻，渐渐地如浮雕般地定着下来。

一

侯艺兵拍的那张照片（见《贾植芳文集·理论卷》前，上海社会科学院出版社，2004年），非常典型地反映了先生的性格。

倔强的颈项之上是已经斑白萧搔的头发；深邃斜视的目光，透过那镜片，射向前上方；不粗大但非常有力的胳膊连着一只筋骨张露的手，仿佛要挥扫一切不平。

一看就知道，是条硬汉。

他喜欢抽烟，动作带有硬直的机械性。左手夹烟，大口地抽，大口地吐，一种腾云驾雾的感觉。

他写的字，也是直来直往，如棍子搭成一般，不太有弯曲。

年近九十，照样喝酒，吃红烧肉。

大声说话，带有浓厚的山西方言。我不止一次地听到和他接触过的国内外的朋友说，“难懂”。但听惯了，会品味出其中时而露出的机锋和幽默。

二

最早见到贾先生，是在复旦大学的“1100号”——上一世纪七十年代末，复旦大学的文科研究生，都知道这个地方——原来的教师阅览室，那是我们求学的殿堂。

一天，见一个干瘪的老头，在图书室中，翻看着英文、日文的书，我非常佩服。听说，他就是贾植芳——“胡风分子”。那时除了外文系的文科教师，能读外文资料的，为数有限。能读两种外文，更是凤毛麟角。他当图书管理员，对学生非常热诚。

八十年代初，一位有才华但不太走运的朋友——江礼旸，带我去了贾先生家。当时好像是因为要校对贾先生翻译的《契诃夫手记》什么的，闲聊了一会儿，没有什么深的印象。

这位仁兄，在人生路上波折起伏，贾先生提到他，并不以人的沉浮而异样。他后来成了“美食家”，自豪地告诉我，上海的四千多家菜馆，十年间，他已经吃遍了三千五百多家，并要带我去品尝。前些日子，在电视上，又看到了他和美女记者在介绍美食，可见仍在继续着他的事业。但显得更丰硕，面部的纹路也多了。我脑海中浮出两个古老的汉字——饕餮。不知他还记得我们一起去见贾先生时的情景否？

三

先生最早给我的书，是《悲哀的玩具》。书名源于一个日本学者的著作。我开始不明白是什么意思，后来好像渐渐明白了。

学者，文人，应该是献身社会的人，而不是玩偶。不是供人娱乐的玩具——权势者的，或社会上什么人的。

知识分子，成了玩偶是悲惨的。而“悲哀的玩具”还包含着对于实际上不得不成为“玩具”的悲哀。他曾经大声地对我说过：

> 与其唯唯诺诺，还不如该说的就说，该骂的就骂，该大笑的就大笑，该痛哭就痛哭。不然的话，还不如去卖大碗茶，茶叶蛋。

当时谚曰："手术刀不如剃头刀；造原子弹不如卖茶叶蛋。"指知识分子地位低下，收入微薄。后来，我写了篇关于该书的小文章《大时代的悲哀》，发在《文学报》上。后来又把他这话的意思写入了《日本汉学史》的《前言》，他看了，挺高兴。叫我"好好写"。

四

先生的一生，和胡风密切相关。

胡风去世，久久未开追悼会。后来要开了，他很高兴。为了表示对胡风的追悼，1986 年 1 月 10 日，他叫我去他家，要我为他书写给胡风的挽联。关于他写的挽联，已经有不少说法。当时，他给我的纸上，实际是写了四联，而不是一般传说的三联。我抄录了下来，按顺序如下：

其一：今日得平反，聊可慰君于九泉之下；因直而见罪，这个历史教训应记取。

其二：因直而获罪，可叹古今竟这么相似；今日祀忠魂，时代毕竟不是老封建。

其三：焦大多嘴吃马粪，贾府多少讲些人道主义；阿Q革命遭枪毙，民国竟是一块假招牌。

其四：因忠获罪咎，始作俑者应本无后人；以文定罪，这个老文章不许再做。

下署：沉痛悼念胡风同志，贾植芳、任敏敬挽

他问我“哪个好?”我当时觉得，“焦大”那一联比较“冲”，说，“这条算了吧”。他笑了，好像也觉得有点什么。结果我用隶书，书写了第二联。

当时，他还要我把王戎先生的挽联也一起写了。王戎先生的是：

生也坎坷，死也坎坷，人世岂无公道在；人为革命，文为革命，群众终有是非心。

追悼会上，据说先生痛哭。回来后，他对我说，会上对挽联反应很好。

近年有的文章说“1985年”开胡风的追悼会，似不确。

五

贾先生的耿直和倒楣，乃众所周知。

他自我调侃：“妈的，我被北洋军阀关过，国民党关过，被日本人关过，还被共产党关过——四朝元老。”尤其从1955年被关，到1979年解除管制，乃是坐“自己人的牢”，感到有点“那个”。他自称“江湖派”，有两方印章：“洪宪生人”“秦坑余民”。在给我的书的扉页上，特

地盖上。鲜红的，如血。

他说："蹲监狱也是一种人生。"（《狱里狱外》，上海远东出版社，1995年，第159页）在漫长的监狱岁月中，他看到了社会各个层面不同人物的外表和灵魂。

1980年后的六年中，干的是教授以上的工作，拿的是有限的收入。到退休，退休金更有限。但他绝不奴颜婢膝，趋炎附势。

一次，我和他在大学附近一个小饭馆吃饭，一位已经有点腾达的朋友来，见了，和我们打招呼。我与此君可以说是"同年"，所以站起寒暄。而贾先生则毫无反应，坐着照吃不误。我以为他们不相识。坐下后，和先生开玩笑："你是趁机独吃啊。"他也笑："那是某某某，我不想理他。"原来如此。他有自己做人的原则。

1987年1月11日，他写下了自己的座右铭，并特地让女儿贾英（原名桂英）抄了一遍：

在绝望的坚壁前，正是希望的火花闪烁的地方，因为只有这个时候，你才发现了自己，认识了自己的价值，明了了生命的意义，不在于你从世上得到了什么，而是体味到了什么，这里才有诗，才有哲学。我年过七十，饱经忧患，在生命史上，曾有几次被暴力推到死亡的边沿，所幸大难不死使我对人生、历史、社会和自我的认识和体会，不断得到深化。（《贾植芳文集·书信日记卷》，第416页）

每读这段文字，我总忍不住内心的冲涌。

六

在复旦大学，在上海的比较文学和现代文学的研究中，他所倾注的心血，起到的开创作用，有目共睹。

他认为，文学是照耀着人生前进道路的火炬，是战场上挥舞着的利剑，是高举着冲锋的战旗。

关于比较文学，他说："不了解中国本民族的文化传统，不了解中西文化之间的不同体系，不同特点，要建立我们自己的比较文学理论是不可能的，就是连比较文学研究也容易流于形式上的比较。"（《贾植芳文集·理论卷》，第 209 页）我认为，这至今是该学科不易的指针。

这方面，有他的研究生等弟子在，有专门的研究者会去研究，薪火相传。

有的朋友笑称先生为"老顽童"，其实，在学术上，他是很认真的。

七

贾先生硬朗外壳的内部，充溢着对亲人，朋友，学生的爱和柔情。

对师母任敏生病时的照顾，令我们后辈感动。师母多年躺在床上，记得好几次和先生一起在外吃饭，八十多岁的老人还惦念着，要带些比较酥软的萝卜丝饼什么的回去，有时还絮叨着："给老太太吃。"那种真挚的情感，催人泪下。

在《日记》中他写道："我们这对老鸳鸯，是在长期的苦难的中国暴风雨中一块展翅飞翔的，我们有共同的甘苦，因而也有共同的情谊——爱情。我们的爱情就是我们的事业，它不是儿女之情的小天地，是中国的历史和天空广阔的中国大地，苦难的中国大地——医治她的创伤，和她的敌人（内奸外寇）斗争，保卫她。"（《贾植芳文集·书信日记卷》，第225页）

他曾托我为女婿小周找留学的学校。我问他："都走了，你怎么办?"他说："年轻人，要发展。我，过得去。"无须多言，心意尽在其中。

对于学生，他更是投下了良多心血。

对自己的每个研究生，甚至并不怎么相干的文学青年，年轻朋友，他都尽力地为之开辟道路。一位年轻的学生，到日本进修，他写了推荐信以外，还特地写了一封给日本友人的信，让我到日本去寄发。还打印多份，让这位学生带着，仿佛是空头的介绍信一般。

关于这一方面，已经有很多学生写了文章。有本书《给学生们》，好像是李辉编的，可以看。先生特地送给我和我的妻子。

先生喜欢孩子，我的孩子刚到日本时，在小学和同学打架，他知道了，大笑："好样的。"以后，每每问我："你那小子怎么样啦?"告诉我，他自己在日本时，也是"不买账"的角色。在一代代的年轻人中间，寄托着自己的情感。

我坚信，一个没有善良感情的人，不会是好人。

八

最后的见面，是在2007年夏秋之交。我回国去看他，感到他有点衰老了，但还健康。

再后来，2008年冬，我回上海，见到思和，说是进了医院。有的消息说他情况不太好，而又有说，"还好，吃得下睡得着"。而我自己则有其他的事情奔波，就没有去看先生。但是，回到日本不久，就听说，先生去世了。颇感震惊。

我给贾英打了电话，说了自己的悼词：

把大写的人字写在蓝天上的人。

他的弟子们和弟子的弟子们忙碌着，开追悼会。追悼会上，好像没有什么显赫的官方的人物。因为，他生活在民间。

对于自己的一生，自己是怎样一个人，先生曾说过："不管在我生前还是死后，历史会正确地回答这个问题的。"（见《狱里狱外》，第95页）确实如此。

先生曾感慨："唉，自由，在我的一生里实在太短暂了。"现在，先生，你或许可以自由了，永远自由了。

我想，先生的晚年，已经比过去他的同志和先辈们好多了，社会毕竟在进步。

2009年3月草

原载《贾植芳先生纪念文集》，复旦大学出版社，2011年

大时代的剪影

——读贾植芳作品选《悲哀的玩具》

前些年贾植芳先生访问日本，在东京大学发表讲演，我也在座。他曾谈到，打算把自己的经历写出来。近日回国，贾先生赠我一本北岳文艺出版社出版的作品选《悲哀的玩具》，其中就有这方面的内容。

首次见到贾先生，好像是1979年或1980年，在复旦大学的图书馆里。

日后渐熟，由“李庆同志”而“李庆老弟”。酒后茶余，海阔天空，听先生谈到过他那坎坷的人生。正如收入本书的《我的读书记》《在国民党监狱中》等篇所记，他因“抗日”，坐过日本人的监狱；因是“共产党的走狗”，进过国民党的牢房；而后来又不知怎么成了“反共老手”胡风集团的骨干，享受了“无产阶级专政”的铁窗风味。大家曾开玩笑，当今“三进宫”者为数不少，而如此这般的经历，恐怕堪为“进宫”者班首了。戏剧般的人生变迁，固然使人感到惊叹，而我觉得，更可贵的，是在本书中所见的，那种历尽风雨以后的洒脱自如。在这里看不到可怜巴巴的自怜和哀叹，而是淡然一笑，掉转头去，面向现实人生的精神。这需要何等的心胸，何等的气度。

在本书中，有不少篇章是对师友弟子的回忆。《悲痛的告别》记载了作者和胡风数十年交往的风风雨雨。在《记还珠楼主——李涛民先生》中，可以看到在新旧之交的历史转变期某些知识人的心态。《我的难友邵洵美》，表现了这位现代诗坛上的“唯美派”诗人，在晚年仍保持的某些天真的执着。《为了不能忘记的纪念》《我的老乡——王瑶先生》更洋溢着对弟子、对朋友的深切情感。经历过那个时期的人，也许更会感受到这一点。

友情支撑着人生。在朋友的身上，必然会有自己的影子。在这些文字中流露出来的真情感、真性灵，不正是激烈动荡大时代中最可宝贵的东西吗？

《悲哀的玩具》，是作品选，分为“散文诗”“小说”“剧本”诸类。当然可以从不同的角度去加以评论。这当由专家去做。我想说的是，从这些作品中，我们可以窥见作者知识结构的某些状况，可以领略到作者在世界文苑中遍涉古今的肆扬，绝非冬烘学究所能比，诚如贾先生自己所说的，他从来鄙视那些“坐在书斋里连手指头被烫伤都害怕的三流腐儒”，与其如此，宁可去卖茶叶蛋、大碗茶。他追求的是“大领悟、大眼光、大沉痛、大感情、大学问”（见《我的读书记》）。我想，这也许正是作者“漫余双鬓待秋风”，能 “把‘人’这个字写得还比较端正”（见《代序》）的原因，正是支撑着作者，或者说支撑着这个伟大历史时代——向现代化蹒跚跋涉的时代——一切正直的知识分子的精神支柱吧。从这个意义上说，这本作品选堪称这个大时代的剪影。

最后要说的是书名《悲哀的玩具》，原系日本近代诗人石川啄木的一首诗名，数十年前，贾先生曾以此为名，写过一篇文章，现也收入本书。这次贾先生又以此名集，可见对此名的某种偏爱。关于其意义，有兴趣的读者可以去看本书《后记》。

原载《文学报》1992 年 9 月 17 日

思想和往事

——忆王元化先生

元化先生去世，一晃就将近一年了。媒体报道，渐渐减少，在一般人们的视野中，他的身影渐渐消淡。历史长河，依然如故，不停地向前流淌着。

然而，在我的记忆中，和元化先生接触的那些往事，却难以忘怀，他思想的闪光，显得益发明晰。

一

记得去年5月10日，接到元化先生去世的消息，我并不感到过分的惊讶。

3月底，因为要出国，我曾到瑞金医院去看望过他。当时已经不见外人了，他姐姐让我进了病房。当时即使见面，一般也只允许十分钟左右。但是那天，他还是非常费力地和我讲了好一会儿话，主要谈他的病，说是肺部有问题。我给了他一本自己新出的小册子。告诉了他关于他的《著作集》日译本第二卷出版的消息，他说已经知道了。要我到日本后，向有关友人问好。还说了一些其他的事。他感到非常疲惫，向我双手合十，说：“我没有力气了。”

然后慢慢地躺下，闭上了眼休息。

我感到元化先生真是竭尽全力了，失去了往日的神情。直到生命临终，他一直关注着学术和思想的研究。

望着他那因放射性治疗而有些浮肿的脸，由衷地祝福他能早日康复，同时也隐约感到一种不祥。我曾把这一感觉告诉过也非常关心元化先生健康的章培恒先生。这是我见到元化先生的最后一面。

令我感到有点意外的是报纸关于他去世消息的报道：

著名学者、文艺理论家、原上海市委宣传部部长王元化，因病医治无效，于2008年5月9日在上海逝世，享年88岁。

王元化，1920年生于湖北武昌，祖籍江陵。曾任中共上海地下文委委员、代书记，1983年出任中共上海市委宣传部部长。生前为华东师范大学教授、博士生导师，中国《文心雕龙》学会名誉会长，中国文艺理论学会名誉会长，著有《向着真实》《文学沉思录》《文心雕龙创作论》《清园夜读》《读莎士比亚》等。

这里，他是个“文艺评论家”，他最倾注心血的《九十年代反思录》《清园近作集》（以下略称为《反思录》《近作集》）等后期的著作都没有提及。

后来，举行了颇为隆重的追悼会，许多有名望的和没有名望的人都出席了。有关报道中，上述一些著作也终于列入了。可以说，颇享哀荣。

我不知道，元化先生九泉之下有知会怎么想，我也不知道，参加追悼会的人中，有多少是认真读过元化先生的著作，理解、或关心他所追求的、探索的、批判的、反思的内容的。

在报刊的舆论和纷纷扬扬之声中，除了悲哀以外，我感到一种寂寞。

当时，有好几位朋友和我谈起，约我写一点东西。我都拒绝了。不敢去碰那悲哀的创伤。但痛后再想，仍难以忘怀。先生孜孜不倦追求真理的勇气和热情，敏锐而充沛的思维能力，通达而坦诚的生活态度，这些年来一直影响着我，给了我很大的教益。

真正要忘记一个人，也是非常困难的。

二

和元化先生相交，是在他人生最后的十五年间。

其实，在 1984 年，复旦大学中文系举办的《文心雕龙》国际会议上，我是见过先生的，但是，没有直接接触。他当时是上海市委的宣传部长，我是普通的大学教师，只是远远地见过他，也没有什么深刻的印象。

真正开始接触，是在 1993 年，斯德哥尔摩市东南郊的萨尔舍巴登大饭店（Grand Hotel Saltsjobaden）附近的湖边。

我应邀去出席“当代中国人心目中的国家、社会和个人”国际会议。我收到正式的邀请，是因为我写了一本《中国文化中人的观念》的书。我提交的论文《中国文化中“死”的观念》，是全书中的一节。在会议前，我到所住的酒店外的湖边散步。见他一个人，穿着一身休闲服，运动鞋，也在湖边散步。于是打了招呼，这是首次和他接声咳。

那高远的蓝天，飘逸的白云，深湛的湖水，还有绿色的树丛，呈现着北欧最漂亮的夏季风光。在停泊着许多多彩的游艇和小船的湖边，我们简单地聊起来，我告诉他，我是从日本来的。或许当时他看我年轻，不太在意，所以印象中，误认我是去日本攻读学位的留学生。其实，我没有在日本留过学，很久以后，我才告诉他。

此后，在会议期间又有接触，他对我在会议上的发言比较赞许，谈得就深入了。因为我带着照相机，给他，还请人给我们一起，拍了些照片。特别是参加斯德哥尔摩议长在诺贝尔授奖礼堂举办的宴会时，我给他单独拍了一张照片。回国后，他有点执着地一定要我把照片，连同底片一同寄给他，结果，我剪下两张照片的底片寄上，那就是印在上海文艺出版社版的《思辨随笔》和在其他一些书前的照片，而现在我手边底片也没有了。关于那次会议，元化先生曾经发表过文章，其实还有一些有意思的事，容以后有机会再谈。

于是联系渐多，谈论的内容也就海阔天空了起来。他给了我他出版了的主要著作。我大多都拜读了，有不少收益。我曾写过一篇关于《清园夜读》的书评。对他所谈的某个具体问题，提出了不同看法。他非但没有不高兴，还很有兴致地送了我一幅他写的字“为学不作媚时语”，大概是鼓励我的态度吧。

他要我为他主编的《学术集林》杂志做点事，具体是担任“东亚”——当然主要是日本方面的学术联系工作，并且希望我写点有关日本汉学的文章。结果发表了后来在学界引起一些议论的关于中国和日本“疑古思潮”的文章，还有关于留存在日本的一些近代重要人物的遗墨。这成了我和其他年轻的朋友们一起编注《东瀛遗墨》的契机之一。

元化先生 80 岁时，他的学生们为编辑纪念论文集，要我提供一篇文章。我当时想，还是提供一篇没有发表过的为好。因为我正在撰写《日本汉学史》，先生和我的谈话中，又多次问及有关的一些情况，所以，就写了一篇

《投海词人孙点》。孙点是清末到日本的一个词人，后来悲世愤俗，投海自杀。但是，在看校样时，编辑的朋友指出，这是“祝寿”性质的纪念文集，写“自杀”，有点不合适。我开始实在没有顾及，但已经没有办法了，只好改了一下题名。我把这事和元化先生谈了。他哈哈一笑了之，说“没有关系的”。

自从他知道我在撰写《日本汉学史》，就一直给我鼓励。要我不要搞成时下那种“文格渐卑庸福近”（龚自珍诗）的东西。他还对我说，他主持的上海古籍整理小组的古籍整理经费，虽不多，前一时期都支持了《金文诂林》，但你也可以申请。我当然非常感谢他的好意和提携。但是考虑以后，还是不申请。对此，他也没有不高兴。

此后，他曾寄给我了一幅他写的条幅，就是印在《元化先生画传》前的那幅，他在那幅字后，题上了我的名字，或许是对我的鼓励和要求，我一直铭记着。

三

20 世纪 90 年代中期，我回国的次数增多，和元化先生会面的机会也多了。其间多受教诲。我感受最强烈的，是他强调：人的思想会不断发展。一个成熟的人，一个成熟的民族的标志，就是能不能进行“反思”。而“反思是痛苦的。”（《反思录》，第 328 页）

他在晚年的论著中，多次反复地谈到过这一点。如《文心雕龙讲疏序》（上海古籍出版社，1992年），再版的《思辨随笔》（上海文艺出版社，1997年），《反思录》（上海古籍出版社，2000年）中的《近思札记》，《记我的三次反思历程》（见《近作集》，文汇出版社，2004年），等等，都谈到了“反思”。他曾说：自己“重要的文章，都是六十五岁以后写的”。

但是，“反思”不是对过去的完全否定，反思表现在各个层面。笔者在8年前，曾写过一篇有关元化先生《反思录》《九十年代日记》的文章，谈到过他的思想和变化，给他看了，他觉得不错。现在看来，我基本还是那样认识，当然，又有新的感受。

在哲学层面，元化先生主要是对黑格尔哲学认识的反思。黑格尔哲学的整个体系是怎样的，这是一个还要进一步研究的问题。然而毫无疑问，从上一世纪以来，在中国的思想界，黑格尔的哲学，有很大的影响。

黑格尔关于把整个历史作为一种逻辑展开的思想，曾经使无数在黑暗中探求理性之光的青年人感到振奋和倾倒。王元化先生在年轻时期，也同样如此。感受到其中“强大而犀利的逻辑力量”（《反思录》，第26页）。但是，在晚年，他认为，黑格尔过于刚性的思想体系，在现实的展开过程中，出现了许多问题。

在《反思录》中，元化先生说：“从七十年代末，我开始感到黑格尔哲学”的缺陷。在《记我的三次反思历程》一文中，再次重点谈了对黑格尔哲学反思的过程（见《近作集》，第10页，此文为《思辨录》的序言）。他认为，历史的展开和逻辑的展开，并非都完全一致，现实的生活远比抽象的逻辑丰富（见《读黑格尔的思想历程》，《反思录》，第228页）。

元化先生指出：人对于世界的认识，不仅只有感性—理性这样两个对立的层次，还应当有“知性”的阶段，认为“知性是理性认识的一个环节”，有着自己的特点，“把知性和理性区别开来很重要”（见《思辨随笔》，第120—123页）。

他多次在不同的场合，不同的层面，对于黑格尔哲学关于“普遍、特殊、个体”关系的思想，作了阐述。

他说：“黑格尔幻想有一种不同于抽象普遍性的具体普遍性，可以将个体性与特殊性统摄并涵盖自身之内。但这种具体普遍性只存在于黑格尔的逻辑中。不承认独立存在于普遍性之外的个体性与特殊性，实际上也就是用普遍性去消融个体性与特殊性。”

“过去我曾十分迷恋黑氏关于普遍性、特殊性、个体性三范畴的哲学，认为这是他的辩证法所创造的一大奇迹。现在应该从这种逻辑迷雾中清醒过来了”（《与友人谈公意书》，见《反思录》，第92页）。

哲学层面的探究，是元化先生“反思”的基础。这样的思想转变，使得他对许多问题的认识也都产生了变化。

四

元化先生晚年，多次谈到过卢梭的《社会契约论》，谈到过对所谓“公意”的看法。

这个问题，在他晚年的脑海中，盘旋了很长的时间。可以说是他哲学观念在政治学和国家学说中的反映。

对这个问题的看法，他已经写了不少文章，都发表了。如：

1992 年写了《与友人谈公意书》(见《思辨随笔》，第 199—202 页)。

1997 年底至 1998 年上半年，他花了整整 8 个多月的时间，反复阅读思考卢梭的《社会契约论》，探讨其对中国近代思想的影响，写了长达万余字的文章，发表在 1998 年 6 月《文汇读书周报》上。当时我在国外，他特地把文章寄到日本让我看。

2001 年，在《反思录》中，把先后三篇有关的文章收入。题为《卢梭〈契约论〉笔谈三篇》。

在 2003 年 3 月 6 日的《社会科学报》“学术思想”版上，又发表了《研究〈社会契约论〉所作的笔记》。

他特地要我把这些文章带到日本，请日本学者翻译成日文，收入在他的日文本著作集的第三部中。可见，这个问题，他思考探讨了多年。

他在《与友人谈社约论书》中说：“我认为公意说是

《社会契约论》全书的核心。我曾在《谈公意》一文中，将卢梭的公意、众意、私意和黑格尔的普遍、特殊、个体作了比较研究”（《反思录》，第108页）。

“公意”是什么？有各种不同的解释。

元化先生认为，按照卢梭的看法“公意是被宣布为更充分更全面地代表全体社会成员的根本利益与要求的。它被解释作比每个社会成员本身更准确无误地体现了他们应有却并未认识到的权利，公意需要化身，需要权威，需要造就出一个在政治道德上完满无缺的奇里斯玛式的人物。不幸的事实是，这种比人民更懂得人民自己需求的公意，只是一个假象，一场虚幻。其实质只不过是悍然剥夺了个体性与特殊性的抽象普遍性”。他指出，在一定的社会条件下，表面上非常带有“民主”色彩的社会公意，在实际上是非常专制、非常不民主的运作的产物。

有的学者，把公意理解为排斥私意的概念，或认为私意和公意相比，只是一个微不足道的零件。就是“私意”把公意对立起来（见《研究〈社会契约论〉所作的笔记》），元化先生认为，这很成问题。卢梭把“什么是公意，什么不是公意的能力赋予一个立法者”的想法，有其明显的缺陷。他说：“以公意这一堂皇名义出现的国家机器，可以肆意扩大自己的职权范围，对每个社会成员进行无孔不入的干预。一旦泯灭了个体性，抽象了有血有肉的社会，每个社会成员就得为它付出自己的全部自由作为代价。”（《反思录》，第 92 页）“民间社会没有了独立的空间，一切生命活力也就被窒息了。只有在国家干预有所限制的条件下，方能容纳各种需求，使多元性、自发性、独立性的公民意志得以沟通，达成真正的契约关系。这样才可以使原先淹没于抽象普遍性之中的个体性与特殊性，取得真实意义上的存在。”（同上）

可见，他是在关注国家学说。

在九十年代，对于我们国家要不要进行政治体制改革，如何改革，有着各种不同的意见。我们国家的机构形态，应当朝什么方向改革，都还“缺乏理论准备”（《思辨随笔》，第 44 页）。他的思考是在这样的背景下展开的。他有关顾准，有关张中晓，有关反思“文革”的一些文字，都与此有关。

一位前辈学者这样指出：“我们的理论界（无论前辈或后辈）并没有提出过一个比较具体的完整的新国家学说。”（转引自《反思录》，第 124 页）

这显然是我们今天依然应该花大力气去探讨的现实课题。

五

在思想文化层面，元化先生晚年对于“五四”以来，中国思想文化走向的研究和反思，主要的论文有：《杜亚泉与东西文化问题论战》，和李辉以及其他人谈“五四”的文章（上二文俱见《反思录》），等等。

媒体上论说和讨论这方面的文章已经非常多了。

关于《杜亚泉与东西文化问题论战》一文，我印象中，元化先生曾讲到，最初是杜亚泉的家人，把他的文章收集起来编成集，想请先生写一篇序。元化先生在阅读时，触发了许多问题，促使自己去找资料，思考判断。于是，不断展开，成了一篇大文章。

他认为，我们现在看到的关于“五四”的资料，有一定片面性。那是根据后来人的理解整理过，描绘过的画面。因此，应当根据现在已经可以见到的更多，更全面的资料，再进行探索。

和李辉先生对谈“五四”的文章，元化先生也花费了相当多的精力。最初，谈了以后，整理了一个记录稿，他作了修改，排成了要在报纸上发表的样稿。当时北京人民日报社把样稿发到了住在衡山宾馆的元化先生。那几天，我刚好在上海，他要我到他那里去。当时的元化先生，还相当健康、健谈。他把校样改得几乎面目全非。记得直到截稿日晚上十点钟左右，他叫我帮他把改好的校样复印以后用快件发到北京。而当时，只能到衡山宾馆一层的营业服务处发。发完后，他很高兴。还把一份复印件给我。说：“看看，我改了多少。”这份复印件，我还保存着。由此我们可以看到元化先生如何字斟句酌，反复思索。如果把发表的文字，和原来的稿子对照，是可以看出元化先生思想变化的一些线索的。

对于“五四”的独立精神，对于“五四”对于旧制度的批判，对于“五四”以后，面对外来侵略时“五四”时代知识分子的贡献，元化先生都给予非常高度的评价。他并非如有些论者所说的，否定“五四”。恰恰相反，认为他自己是在“五四”思想解放思潮的影响下成长起来的。但是，他也确实认为，“五四”以来的思想走向有着偏颇的地方。具体表现在，某些代表人物，在某些时期，对中国的传统文化，对现实的中国政治和社会问题，采取了一些过激或简单化的态度。

对于“五四”的反思，涉及不少具体的问题。

比如，对于“人”的理解和对“知识”“理性”这些从文艺复兴以来，就被认为是不可逾越的“金科玉律”的看法。他反对自任为“启蒙”者的高傲态度。认为，理性精神和人的力量，并不是万能的，把所谓的“意识形态化的启蒙心态”绝对化，神话，会造成偏颇（见《反思录》，第 123 页，《近作集》，第 21—22 页）。我认为，这一见解，非常重要。

他反对把“思想和学问”“东方文化”和“西方文化”“传统和现代”等等概念人为地对立起来，以这种两极对立的模式来分析探讨思想和文化问题（《反思录》，第 336 页，《近作集》，第 29—30 页）。

我和他谈到过对所谓“文化断裂说”的看法问题，认为，事实上并不存在“全面反传统”的“文化断裂”，对于“五四”是否造成了文化断裂，有没有文化断裂，都可以考虑。他认为这是应该关注和研究的。

和元化先生交谈，我感觉更多的是聊天，而非“受训”，也可以说是探讨——我不知道其他人如何，反正，我有不同看法也就直接提出。他曾和我讲到，认为“五四”时期的人物是反儒家不反法家的。对此，我提出了不同的看法。记得谈过两三次，结果他笑着说，“那就互相保留吧”。并没有一定要让我接受他的见解。

六

先生不仅对于理论问题，在晚年有深刻的反思，而且在具体的文史研究中，也多有创见。

他不是只在思想层面谈思想的思想家，也不是只在文学理论园地内讨论文学的评论家。他在肯定从具体到抽象的作用的同时，深刻地指出，仅仅这样是不够的，因为，还有一个如马克思在《政治经济学导言》中提出的“由抽象到具体”的过程（《近作集》，第 16 页）。他认为：升华了的具体，比“理论”更为丰富。抽象，不应该抹煞具体，只有在升华了的“具体”之中，才会有更丰富的内涵和无穷的生命力。

所以，他始终不断地努力从具体问题的研究中，探寻着自己的理念。

如果说在他早年或中年的论著中，我们可以看到理想主义的鲜明印记：喜爱的是法国作家罗曼·罗兰，是《约翰·克利斯朵夫》显现的热情和坚持（见《思辨随笔》，第 314、328 页），是俄国的思想家、作家赫尔岑、别林斯基、车尔尼雪夫斯基、契诃夫的文学思想和对于真理追求的执着（《思辨随笔》，第 322、325 页等），是英国的莎士比亚戏剧中的美和典雅（《反思录》，第 264 页），但是，到了晚年，作为个案研究的对象，则比较多的带有学术性和现实性。主要有如下一些：

一是对《文心雕龙》的研究。中国的《文心雕龙》研究，在 80—90 年代，有深入展开，是和元化先生的作用分不开的。他根据句容出土的《刘岱墓志》，对刘勰家族世系的增补（见《中华文史论丛》1979 年第一辑，又见《思辨随笔》，第 214 页），对于《文心雕龙》创作论中要有“神思”“感兴”的阐述（见《文心雕龙讲疏》，第 276、280 页）等等，都在学界有相当的影响。他自己也担任过《文心雕龙》学会的会长，为组织这支学术队伍，花费了相当的精力。

一是对龚自珍的研究。他特别重视龚自珍不为“俗风”所惑的特立精神，和“经世致用”的治学态度（《思辨随笔》，第 164 页）。评价他对于“自我”，对“情”的重视（同上，第 165、307 页）。屡次引用龚自珍的诗句："文格渐卑庸福近"，批判时下一些"各领风骚三五天"的"畸形儿"（同上，第 164 页），在当时的学术文坛，有振聋发聩的作用（可参见《龚自珍思想笔谈》，载《中华文史论丛》第七辑，1978 年）。

一是对清末的学者朱一新《无邪堂答问》、陈澧《东塾读书记》等的阐述（见《近作集》，第 92、98 页等）。

一是对近代思想家熊十力、徐复观等的关注。对于熊十力，他有一种很亲切的感觉。那是因为，在中年的时候，曾见到熊先生，受到过他的影响之故（《思辨随笔》，第 176 页以降）。

凡此等等，不一而足。

这些都比较多涉及传统的著作，这和他想对中国文化作更深入探讨有关。他谈到，在他年轻时期，对于胡风的文化"移植理论"是赞成的，但是，到了晚年，他有了一些变化，或者说发展——认识到事情并非那么简单（《近作集》，第 43 页），所以关注传统文化，也就是必然的了。

然而，元化先生绝非"埋头国粹"。他仍然面向世界，绝不受"国学"藩篱的困束。

他关注法国德里达的后现代哲学，美国史华慈的史学，日本冈村繁的古典文学，还有中国台湾、香港等地区的有关学者，余英时、林毓生、杨启樵、杜维明、李欧梵等学者的研究，并和他们保持着各种联系。

他不是那种只套用某种“思维框架”再填入材料的人。他对余英时先生强调完全是从原始的材料中，来理清历史上思想展开脉络的研究做法，表示非常赞同，他自己也是这样做的。他在中外文化的交流中，获取思想的灵感；在世界文化的大坐标中，探寻着中国文化的位置；力求在传统的中国文化中，寻找发掘“具有现代意义，不仅仅是形式，作风，气派而已，而是涉及内质的一种普遍理念的东西”（《近作集》，第 46 页）。

元化先生曾说：“理论的生命在于勇敢和真诚。”（《思辨随笔》，第 368 页）

虽然这些具体的研究，或许有不同意见，有的还没有得出结论，但是他是勇敢的，他的思考方向，留给我们许多思想的启迪。

七

元化先生说过：“我认为，真正的英雄是和我们一样的人。”（《思辨随笔》，第 40 页）我的理解，那是说，即使英雄也都有自己的情感，自己的嗜好，当然也会有不足。

我的感觉，在日常生活中，元化先生是一个情感细腻而重友情的人。

他对于友人的关切发自内心。他告诉我，一位我也认识的老学者，因在五十年代，受到不公待遇，是他坚持将其从外地调入到有关的单位，使之晚年境况稍有改善。

对一位年轻朋友的画，曾再三地赞赏。

他曾和我谈起，一位有才学的年轻学者，犯了一点过失，他特地为之缓颊，认为不应一棍子打下去，还特地推荐他参加有关的国际会议。

一位年轻的学生，去世以后，他曾不止一次地念及他的工作和成绩。

2004 年，我父亲去世。元化先生是从《文汇报》上见到我们家发的讣告的。他特地打电话到我家，表示哀悼。说实在的，这是我完全没有想到的。给了沉浸在悲恸中的我和全家人，以相当的心灵上的安慰。

他还和我谈过，等日本汉学史的研究做完后，可以回来，为学术界或教育做点事情。我至今感受着这种出自内心关切的温暖。

此外，据我所知，他对于一些认真做学问的学者或后辈，比如，研究《文心雕龙》版本的林其锬先生，撰写《龚自珍年谱》的樊克政先生，还有他的学生们和其他人，都曾给过帮助，或加以提携。

当然，对各种人物，他有的赞扬，有的也批评。我的感觉，都不虚吁吹捧，也不意气用事，而是真诚相待，坦述襟怀。我想，这正是他的人格力量之所在。

元化先生晚年的生活，相当简洁。开始时，让我到他吴中路的家中，后来转到衡山宾馆，最后是衡山路上的庆余别墅。

他长期就活动在不大的房间中。简单的桌椅，几案整洁，不像有的学者，坐拥书城，更没有一丝当官的排场和俗气的“豪华”。他有自己的品位。先生对出版的书，讲求装帧典雅大方。比如，《思辨录》封面的墨绿色和《九十年代日记》的紫色，他说，是他自己选的。对于自己著作的线装本，他显得比较高兴，这也感染了身旁其他的人。

他更多地是专心阅读一本书，品味书中的意涵，思考有关的问题。

他喜欢干净。多余的东西，都会叫人拿开。对于他来说，思考就是一种生活的方式，就是一种人生。

元化先生非常注意自己的仪表，注意自己的服装和形象，头发总是理得很整齐，在正式的场合，服装得体。只有到了最近几年，或许是因为熟悉了，热天到他那里，因为服用了治疗癌症的药，有时汗流不止，他会脱衣裸体，用毛巾擦干，但这也只限于在熟悉的人前。

我偶尔拍过几张他较随意的照片，他说，那可不登大雅之堂。

挥墨操翰，在他的晚年，有着一种怡神养性的作用。他写大字，有时是到上海图书馆的一个研究室去，而中小楷，则就在自己的屋子里。拙著《日本汉学史》写完后，要交出版社出版，在他人生的最后一年中，抽空题写了书名，那是给我留下的难忘的纪念。

元化先生的伙食也简单。到他那里，有时谈得时间长，他便邀我吃饭，叫下面的食堂送上来。他吃得不多。点的菜饭，往往有：扬州炒饭、菜肉馄饨、炒面、素鸡、酸辣汤、炒鱼片或虾仁，有时则要一份豆腐干或豆腐。我曾劝他多吃新鲜的绿色蔬菜，他说，他的牙不好，并拿出假牙给我看。

前几年，有时看望他的朋友多了，也一起到饭店吃饭，他挺喜欢做得细致的江南风味的菜肴。晚上弄得晚了，他自己用小的食品粉碎机，把香蕉打碎，搅入牛奶，很满意地说："这个营养很好，来尝尝。"于是，给我一杯，算是点心。

而近几年，身体状况渐差，常服用西药，必须早睡。我回到上海时，他便叫我早上十点左右去他那里。住在附近，晚年常照料先生的生活并帮助先生整理文字的朋友，时常送来一点土豆色拉、豆制品，或烧得比较熟软的蔬菜，他有时也会叫我共享。在小桌子上，铺上摆上几个碗碟，就是一顿午饭。

元化先生不是那种刻意掩饰自己的人，和他接触，感觉就是和一位平和的长者交谈，没有局促感。在自然坦诚之中流露出各种想法，和你交流，和你共享。不时会冒出思想的火花，使你触动。时间则不知不觉中流逝。

这一幕幕的往事，至今时时涌现在我的脑海中。

元化先生曾经说过：“伟大的人格，不是一种先验的独立存在，它是在现实生活里形成的战斗要求。”（《思辨随笔》，第330页）讲这话时的元化先生正好是三十岁，一股青春的热血奔突。

确实，人格是在每个具体的人的生活中展现出来的。

人不仅有理性，还有情感。而每个人的情感都不可能用一个抽象的概念，比如爱戴、敬仰等等来概括，文字永远是单薄的。

和元化先生的接触，他晚年生活中所见所闻，当然只是我个人的一些感受。记忆和认识，总带有个人的色彩和片面性。但是，我相信，正因为每个时代有这样的人，这个世界才有温暖和光明，我们在生活中才有希望和前进的勇气。

2002年2月

原载《悦读》第12卷，二十一世纪出版社，2009年

反思的历程

——读王元化先生《九十年代反思录》《九十年代日记》

九十年代是中国现代历史上一个非常重要的时代。经历了上半个世纪民族独立解放斗争的惊涛骇浪，又经历了后半个世纪在发展道路上的风雨波折，面对新世纪的曙光，对于中国未来的走向，人们在摸索探求。

《九十年代反思录》(上海古籍出版社，2000 年。以下简称《反思》)是王元化先生探索的结果，是他继《思辨随笔》《近思录》以后的又一本力作。虽说出版以后，没有像《思辨随笔》等书那样引起轰动，但是，该书无疑是他思想最成熟之作。本文想以此为中心，结合先生的《九十年代日记》(浙江人民出版社，2001 年。以下简称《日记》)，对他九十年代反思的思想历程，作一些探讨。

一

元化先生曾这样对我说过：自己是从九十年代开始进行深入思考，变得成熟。

那么，在九十年代，元化先生具体作了哪些主要的反思，其思考的历程是如何的呢？

我认为，元化先生的反思，最早是从文学艺术领域开始的。如果说80年代出版的《文心雕龙讲疏》《思辨随笔》，是元化先生以前研究著述和思考的汇集，虽说其中有对美学的探讨，但总还是用相当多的笔墨，去论说具体的对象。与此相对，在《反思》中，则更集中到了比较抽象的美学部分。从他1982年写的《论知性的分析方法》，到1987年写的《黑格尔美学札记三则》，再到1997年的《读莎剧时期的回顾》等文章，或许可以看出他在文学艺术领域中思想发展变化的轨迹。

在《论知性的分析方法》一文中，元化先生阐述了黑格尔在《美学》中所说的“知性不能掌握美”的思想。认为过于孤立，抽象分析的结果，过于理性的追求，在艺术论上，有着僵化的，抹杀个性和情感的可能性。他强调，“艺术作品必须有一个占主导地位的情志”（《反思》，第261页）。认为，人物的性格，是特殊性和普遍性的统一，“普遍性不能外在于个别性”，作家如何通过一条线索把上述二者统一（有机地结合）起来，“是艺术创造真正的困难所在”（《反思》，第 263 页）。在这时，他已经提出了“情志”的概念。但是，对此概念的内涵，还没有具体展开。已经提出了个别性的重要性，但是也还没有达到认为个别性起“决定作用”的地步。

《黑格尔美学札记三则》，是元化先生有关艺术，有关美学的重要论文，反映了他思想中文学艺术论的进一步完成。在文中对黑格尔美学的一些关键性问题，如“观念性的统一”（《反思》，第 242 页），“感性”的“心灵化”《反思》，第 233 页），“情况—情境—情节”和哲学上的“普遍性—特殊形—个别性”的对应关系等进行了研究。指出：“情境及其冲突对于人物来说，是使他不得不行动起来的必然趋势。”更明确地强调了“情志”在作品中所起的蕴存欲发的内在能动作用。还更明确地强调了在艺术作品中，“人物的个性起着决定作用”（《反思》，第 250 页）。这些论断，或可以说是对以前他所说的“情志”的概念的具体展开。由此也可以更清楚地看到，“情志”的概念在整个美学体系中的地位和“个性”的重要性。

《读莎剧时期的回顾》，是元化先生对自己从四十年代到九十年代文学艺术思想变化的总回顾。其中谈到，别林斯基已经认识到“情志”这个概念是“黑格尔美学中重要的思想之一”（第 271 页）。并用自己半个世纪的文学经历，具体地阐发了受别林斯基文学思想的影响，在阅读研究各种具体文学作品时的感受。可以说是对文学艺术中的个性论，“情志—情境”说形成历史的追述，又是这些思想观念在作品中的具体展开。那感性的笔墨，使理论的反思，更增添了生机和活力。

对于文艺思想和美学的反思，在具体文学艺术的研究层次，主要从两个方面展开。

一是结合作品，对文学艺术的具体范畴和表现形式的探讨。如在《关于京剧和文化传统答问》一文中，结合对近代京剧的主要流派和代表性演员的评述，对中国传统京剧中表现的真实性的特征；文学艺术中形和神、情和意、心和物的关系；文化结构中高层文化和低俗文化；东西文化审美感觉的差异等等问题进行了探讨。又如，结合契诃夫、莎士比亚等人的作品，对别林斯基所主张的，平实无华而感人的作品，比徇彩斑斓的更高这一俄罗斯自然派文学技巧观的评价（《反思》，第 269 页），对车尔尼雪夫斯基、别林斯基、杜勃罗留波夫等三位思想家关于思想和文学审美关系的论说（《反思》，第 270 页），都是上述文学艺术反思的具体展开。

另一是向现实世界的展开。也就是对从五四新文化运动以来的文学运动的成就和得失，作了分析。对此，我在下文中还要谈到。

二

元化先生在对黑格尔美学的探讨中，文学的和哲学的反思是并行进展的，二者相辅相成。而哲学的反思显得更为深刻。可以说是元化先生九十年代思想展开的中心所在。其中对黑格尔哲学的反思，最有代表性。

元化先生对于黑格尔的哲学，尤其《小逻辑》，是花过功夫的，这也是支撑着他度过艰难岁月的精神支柱。已经影印出版的他学习黑格尔哲学的笔记，清楚地说明了这一点。他曾是“黑格尔哲学的景仰者”（《反思》，第221页）。他说过：“黑格尔哲学那强大而犀利的逻辑力量，却使我为之倾倒。我觉得它似乎具有一种无坚不摧可以扫荡现象界一切迷雾而揭示其内在必然性的魔力。黑格尔哲学蕴含着一股清明刚毅的精神。”“它增加了我的生活勇气。”（《反思》，第26、221页。）

但是，也正如他自己所说，从20世纪的70年代末起，感到了这一哲学的问题，进行了反思（《反思》，第27页）。他的反思，我以为包括了这样一些方面：

就哲学本身来说，除了马克思早就指出过的，要把黑格尔颠倒了的存在和思维的关系再颠倒过来以外，元化先生强调了人类的认识，不仅像中国当时的哲学界所认为的，只有理性和感性这样两个层次，而应该是如自康德以来，德国古典哲学所主张，马克思在《政治经济学批判》

序言、导言中也论说过的，“感性—知性—理性”这样的三阶段论。他的这一观点，在他参与写作的那篇在20世纪80年代初成为问题，引起轩然大波的文章中，作了相当的阐述，有兴趣的朋友或可以再去阅读（参见《反思》，第223页）。

我认为，这个问题的关键，在于强调了“知性”在人类认识中，作为一个独立阶段的重要性。人类的认识，并非都是由感性直接上升为理性，这样的情况当然也不是完全不存在，但是更多的是要经过虽称不上全面，本质的认识，然而却是不同于感性的，诸如范畴等的知性整理归纳，然后才能进一步抽象为理性的认识。也就是说，人的认识，并非一步到位式地，所有感觉和经验，就都能抽象为理性的认识，而往往是需要某种程度的分类整理——也就是知性的阶段，才能达到全面、本质认识的理性阶段。就实践而言，这正是知识阶层在人类认识中具有重要作用的原因所在。在刚经过“文革”浩劫的中国，从理论上阐述这一点，所具有的重要现实意义，在今天看来，是一目了然的了。

当然，知性就其在人的审美活动的作用来看，它又有相当的局限，过于分析的结果，反而不能把握美的本质。这一点，前面已介绍过，不赘。

对黑格尔哲学另一个重要的反思，是对历史展开和逻辑展开一致性看法的认识。黑格尔哲学一个重要的观点，是现实的历史是精神逻辑的展开，这二者是一致的（元化先生认为："黑格尔本人的著作也是根据逻辑和历史一致性的原则来构成整体的框架的。"《反思》，第 227 页）。这一观点对各种领域都有深刻的影响，一时被认为不易的真理。元化先生原来对此深为信服。但是，这也许正是黑格尔哲学的致命弱点之一。20 世纪以来黑格尔哲学"像死狗"一样被相当一部分哲学家所抛弃（当然，这并不正确），"回到康德"，流行一时。这很大程度上，也许正是由于黑格尔体系的过度刚硬的逻辑体系，抑制了个性展开的生命力。

元化先生哲学观念的一大转折，就是从现实的生活中感知到，在历史的展开中，每一个具体的个性的发展和整体的逻辑展开，并非一致。他说，"从历史的发展中固然可以推考出某些逻辑性规律，但这些规律只是近似的，不完全的。历史和逻辑并不是同一的，后者并不能代替前者。"（《反思》，第 228 页）也就是说，历史的现实比逻辑要远远丰富多彩。

具体而言，就是如何对待普遍性、特殊性和个性的这三者的关系问题。在中国当时的思想界，在论述这一问题时，一般都谈论普遍性和特殊性，而忽视个性，把个性这一范畴归入特殊性之中。元化先生则对黑格尔在《小逻辑》中提出的上述三个范畴的理论"最为膺服"，认为"在黑格尔那里，这三个范畴是紧密相联不可分割的"，主张"三环节"，并非常赞同黑格尔把普遍性分为"知性普遍性"（或称抽象普遍性）和"总念普遍性"（统摄了特殊性和个性的普遍性）。而到近年，对此进行了进一步的反思，认为："知性的普遍性固然不可取，但以为总念的普遍性可以将特殊性与个性一举包括在自身之内，却是一种空想。它在逻辑上虽然可能，但在事实上却做不到。"（《反思》，第 224—225 页）也就是说，更关注到了特殊性和个性的存在。我以为，这是更符合普遍性存在于个性之中的实际情况的。

元化先生进而从更广阔的文化视野，探讨了黑格尔哲学的历史定位。对从启蒙时代以来英国的经验主义到德国的古典哲学，进行了再思考。对理性过分重视和对"知识就是力量说"的反省。元化先生认为，那种 "人把自己的力量和理性的能力视为万能，以为可以无坚不摧，不会受到任何局限，而将它绝对化起来"，"对人的力量和理性过分信赖"的"启蒙心态"，有时就会给"专制主义预备了必要的精神土壤"。认为在英国的经验主义，比如休谟、洛克的思想中，有着值得再思考的内容（《反思》，第 133—134 页）。这是一个非常有意思，非常深刻的看法。我认为，值得进一步探讨。

三

不仅进行文学和哲学思考，元化先生还走出了纯人文的领域，面向社会现实和历史，进行探讨和反思。

他在政治学领域中，作了非常有意义的探索。这方面代表性的论文是《卢梭社约论笔谈三篇》。

元化先生在这些文章中，以卢梭的《社约论》为中心，对卢梭所主张的“社会公意”、民主、国家公权力等和现代国家学说密切相关的问题进行了探索。他认为“公意说是《社会契约论》全书的核心”（《反思》，第108页），“问题的关键还在于如何来分辨什么是公意，什么不是公意?”（《反思》，第111页）。他把卢梭的“公意、众意，私意”和黑格尔的“普遍、特殊、个体”进行了比较，指出二者有着某种逻辑上的一致性，黑格尔过于严密的逻辑性，显出了要把现实强制地纳入自身体系的刻板性。在国家学说上就显现出专制主义的倾向，有着以普遍“消融”特殊和个体的可能（《反思》，第109页）。指出了一般认为是非常强调“民主”的卢梭的思想，和马基雅弗利（Nicoolo Machiavelli，1469—1527）的《君主论》（庆按，又译作《霸术》。王元化先生作《君王论》）的内在联系，在实际运作过程中，存在着导致专制的因素。

也就是说，他对国家学说和国家构造问题提出了自己的看法。他不是泛泛而论地高谈民主和社会公意，而是进一步关注到“社会公意”得以形成的社会机制，探讨了各种不同时期“公意”形成的外在因素和社会内部的原因，指出了在一定的社会条件下，表面上非常带有“民主”色彩的社会公意，在实际上是非常专制、非常不民主的运作的产物，会和非常专制的政治现实相联系。法国大革命时期罗伯斯庇尔的专政就是在“公意”的旗帜下实行的（当然，对罗伯斯庇尔专政的历史评价，是另一个问题）。

历史已经证明，中国新民主主义革命的胜利，中华民族的独立和对于未来社会的构筑，和一个可长可久，具有有效地清除自身污秽，能够新陈代谢，并且永远保持不和“社会相脱离”性质的国家体制的建立，并不是完全同步的。和可以充分发挥广大民众积极性的民主社会环境的确立，也不是同步的。我们在取得胜利的同时，对于国家学说的研究探讨，对于国家构造的设计，显得仓促。这正是我们社会在20世纪后半叶，乃至今日仍不断探索的中心课题之一。我想，元化先生关切的正是这个问题。参考他1998年5月10日所记的日记，联系到这一时期，他正在读《社会契约论》，就可以更明确地感觉到这一点（见《日记》，第440、442页）。当然，他不是政治学的专家，并没有空想地绘制未来国家构造的蓝图——这是一个要由社会实践解决的问题。但是，他和其他的学者都敏锐地指出了我们社会在这一领域的缺陷，非常值得重视。

对具体历史的反思，表现在对被作为中国现代文化起点的“五四”运动，以及对新中国成立后若干重大历史事件的思考。

元化先生由衷地崇敬那些先驱的斗士，热切地张扬“五四”追求“个性解放”和民主的革命精神（《反思》，第 134 页）。因为，他们那个时代的青年，自己的人生都是和“五四”休戚相关的。然而，在经历了将近一个世纪的实践以后，他并不是像有些人那样，把“五四”神化，变成一种信仰的符号，而是在继承着“五四”的革命精神的同时，又冷静地探讨着运动本身的失误和不足。

他说，自己首先“思考激进主义，才对‘五四’作再认识的反思的”（《反思》，第 147 页）。对于“五四”运动的不足之处，他具体地指出了四个方面：庸俗的进化观点、激进主义、功利主义、意图伦理。特别是激进主义，他指出了具体的特征：“态度偏激，思想狂热，趋于极端，喜爱暴力。”认为“它成了后来极左思潮的根源”（《反思》，第 127 页）。对于先生的这些看法，学界似颇有异议。但是作为一家之说，我相信，是会有赞成者的（参见《日记》，第 329、444、483 页等）。

对于鸦片战争以来那些站在社会前端的风云人物以及已经隐于历史阴影中的角色，如陈独秀、鲁迅、刘师培、熊十力、周作人、胡适、杜亚泉等等，元化先生都进行了冷静的审视。他认真地回顾他们走过的坎坷路程，分析他们人生和思想的痕迹，并不因为这些人物被打上了神圣的光环，被抹成了丑陋的花脸而听任舆论的左右，随波逐流。

关于对建国以来的重大历史事件的反思，如对胡风事件（见为张中晓《无梦楼随笔》所作的《序》），对潘汉年事件（见《日记》，第350页），对反右运动（见为顾准《从理想主义到经验主义》，高建国《顾准传》所作的《序》，《谈孙冶方》），对“文革”（见《读莎剧时期的回顾》《自述》）等等，国内外已经多有评说。关于这些具体问题，并非本文论述的主题，在此不一一引述了。

要之，元化先生并不因为那些人和事都已经是过去的历史，便视为包袱，丢弃脑后，而是认真地分析思考，吸取教训，以便不重蹈覆辙。特别是《九十年代日记》所记近年对于上述事件和人物研究中的风风雨雨，文坛上各类人物的态度，更是多有一般人所未知者，读来令人玩味。

四

元化先生的反思，是在东西文化冲突和交融的大背景上展开的。

他不赞同一度非常流行的“文化断裂”“全盘西化”的主张，反对认为反思就是“学术压思想”，认为一谈中国传统文化，便是“保守”，便是“国粹派”的看法（参见《反思》，第20页，《日记》，第423—424页）。同时，也绝非故步自封的国粹主义者。他认为“研究中国文化不能以西学为坐标，但必须以西学为参照系。文化不是一个封闭的系统。不同的文化是应该互相开放，互相影响，互相吸收的”。同时，又坚定地批判“只承认文化传统的特性，不承认各个民族由人类共性所形成的相等的价值准则，因而拒绝遵守国际公法和人性原则”的所谓“东方主义的理论”（《反思》，第 20 页）。

他研究《文心雕龙》，研究龚自珍，读《无邪堂答问》（见《日记》，第 388 页以降），读《王国维遗书》等等，都不是为了发思古之幽情；攻读黑格尔，翻译莎士比亚，研究车尔尼雪夫斯基、别林斯基，探讨卢梭，也不是为了炫耀博识，而是为了思考，为了探讨人生，为了追寻真理。正因为有着这样宏阔的视野和汇东西文化于一炉的学术蕴藉，所以，他的思想才显得深沉。有些海外的学者，把元化先生的著述和一些“与时俱迁的大海上的灿烂浪花”的文字相对照，比作“暖暖发光的沉潜自在的大海本身”（《日记》，第 357 页），我想，他们看到的也正是这一点。

真正的思想和学术并不抵牾，学术是探求思想的原料和基础，而思想则是学术的结晶和升华，都是人类文明的组成部分。我至今不相信有什么抛弃一切人类文化传统，站在原始荒原上，一拍脑袋，便能发明救世箴言的天才（笔者曾在 1987 年就发表过这样的意见。又见拙作《中国文化中人的观念》，上海学林出版社，1996 年，第 800—803 页），而坚信只有燃烧在人类文明基础上的真理之火，才会有持久的光辉。

元化先生曾经引用张中晓的一段话，说明“哲学性的自我反思和一般理智思考的区别”：“前者是思考自己，即把自我的全部心灵，作为思考的对象，后者是逻辑分析。”（《反思》，第 336 页）先生的反思，不只是逻辑的推理，不仅是理性的，而是对“自我的全部心灵”的思考，是把理性融汇在自己丰富的人生经验之中，充溢着情感的展开。在《读莎剧时期的回顾》一文中谈到在那非常时期内心情感的冲涌：“在这场灵魂的拷问中，我发生了大震荡。过去长期养成被我信奉为美好的神圣的东西，转瞬之间轰毁，变得空荡荡了。我感到恐惧，整个心灵为之震颤不已。”（《反思》，第 275—276 页）在叙述夫人张可时，一改再改，说“她无法依靠思想和意志的力量来强制自然迸发的感情，只有听凭善良天性的指引此才能臻于这种超凡绝尘之境”，所表现出的那一片深情（《日记》，第 414—415 页）。在他的日记中载，到清华园，旧居重游，和现居住者那多少带有一些少年式固执的“较劲”（《日记》，第 374—375 页）。又在读王思任论汤显祖《牡丹亭》的评语，读辛弃疾“少年不知愁滋味”词，张岱书信时自然流露的感触（《日记》，第 386 页），凡此等等，都使人感到一股灼人的热切，感到一种难得的真诚，感到那是一个活生生的人。

这些文字不是纯粹外在的冷寂的逻辑条理，而是发自内心的火热的诗情独白，读着他的论说，不是在听说教，而更觉得是在聆听一个知心朋友在倾吐衷肠，是在和一个睿智长者的恳切交谈。他是用自己全部的生命之火，在进行反思的。字里行间，显现着先生的人格。

有的朋友认为元化先生或许因发现了自己长期信奉观念的误讹而感到痛苦（《反思》，第157页）。痛苦或许是有的，但是我以为，未必全都是痛苦。相反，我想先生更多的是会为发现了过去对所谓真理认识的偏颇而感到欣慰，并力图把自己人生经验所感知的和认真思考所探得的成果贡献给这个社会，奉献给他所挚爱着的人类。这是超越了一般世俗功利的追求。

如果说他有什么伤感，我想，不应是对既往偏颇或失落的苦衷，而是对自己感知的真理未被更多的人认识而感到的孤独。而这样的情感，在每一个时代的转折时期的先驱者身上，也许都不难发现。在他的日记中，曾记录了胡适给雷震祝寿时引用的杨万里的一首诗："众山不许一溪奔，拦得溪声日夜喧。等到前头山脚尽，堂堂溪水出前村。"也就是说，他的情感不是面对过去，而是面对未来的。如果不是如此，他就不会因此"感到一股深沉的暖流在胸中升起，为之感动了"（《日记》，第358页）。

五

概览元化先生的著述，如果说《思辨随笔》带有着鲜明的思想火花，主要是在文学的领域中闪耀光芒，《近思录》带有明显的时代变化和应对的痕迹，那么，这本《九十年代反思录》则显得更为深厚，走出单纯的文学领域，走向思辨，走向了政治学和历史哲学，展现了更高远的视野和更深邃的思辨性、系统性。而《九十年代日记》则好像是《九十年代反思录》的背景资料，两书互为表里，比较具体地揭示了反思得以形成的社会环境和一些人事关系。互相参照，可以更明确地了解《九十年代反思录》在时代大潮中的位置。

反思，是成熟了的人的思想特征，当然也是成熟了的社会的思想特征。每一个时代都有自己的文化坐标，我以为，元化先生就是 90 年代中国文化界的一个坐标。他是专门的，又是宏通的；是思辨的，又是实践的；是历史的，又是现实的：不仅是中国的，而且在一定的程度上带有世界性。不管赞不赞成他的看法，你都无法绕过他。我相信，随着时光的流逝，大家会越来越感觉到这一点。

自从 1993 年斯德哥尔摩和先生相交以来，倏忽八年。由于在海外工作，交流多有限制。然回国之际，时蒙教诲。所著图书，屡屡见赐。拜读之余，深受教益。对于先生所论，同感者为多，有些或尚待再思考，当然，也有一些不赞成之处，凡此，都已当面对先生谈过。当然，我在此文中，难以尽言。先生所赐手书“为学不作媚时语”的条幅，时置座右。记得先生在《从理想主义到经验主义》一书的《序》中，曾引用鲁迅的话“灵均将逝，脑海波起，茫洋在前，顾忌皆去”，认为作者在写作时“对个人的沉浮荣辱已毫无牵挂，所以才超脱于地位、名誉、个人幸福之外，好像吐丝至死的蚕，燃烧成灰的烛一样，为了完成自己的使命与责任，义无反顾，至死方休”（见《反思》，第317页）。每读及此，便脉张血涌。对于先生的《九十年代反思录》和《九十年代日记》，我想，也当作如是观。独立的人格精神，对人类文明的尊重和对真理的诚挚追求，这不正是先生反思的基本所在吗？不知先生以为然否？

2001年10月15日完稿

原载新加坡《新世纪学刊》第二期，2002年9月，斯雅舍出版

童心来复梦中身

——写于来新夏先生九十寿辰

据说，在人生的泥潭中跋涉得久了，见到、接触到的各种事物多了，人就会渐渐地迟钝麻木起来。然而，生活之树常绿。生活中，总还有触动自己情感的人和事。日前收到来新夏先生赐的书，接到先生从远方打来的电话，就使我内心荡起波纹。

1978年，作为“文革”后首批的文献学研究生考上复旦大学，当时可以读到的新出“目录学”的著作中，来新夏先生的《古典目录学》，给我印象颇深。此后，撰写《顾千里研究》，先生的《近三百年人物年谱知见录》，更是常用的工具书。

在古典文献学领域中跋涉，先生关于方志学、关于中国近代史的著述，也时时拜读，心仪已久。后来，我到东瀛执教研究，埋头《日本汉学史》的写作。仿佛“十年一觉”，再回到国内参加学术活动时，来先生已经退休了。

世上的事情，说偶然是偶然，也有着必然的因素吧，在国内的学术会议上，竟遇见了久仰的来先生，鹤发童颜，精神矍铄，颇感惊喜。在当今中国的学术舞台上，各类人物纷杂登场：有的声势喧嚣，有的坦然淡定；有的张扬，有的沉潜；有的市侩十足，有的幽愤深思；至于为稻粱谋，为往上爬，弄块垫脚石、敲门砖的，自不难理解，当然也不乏脚踏实地的真实之士。来先生是古典文献领域的老前辈，言谈儒雅，赠书赐教，和顺亲切，颇令作为后学的我感动。

说来凑巧，先生的一个后辈，也在我忝执教鞭的日本金泽留学，于是联系就更直接了。收到先生所赐的随笔著作，读来感触不已。

先生数十年专心学术，有关目录学、方志学、近代历史的著作自不用说，就是最近，年届九十，还出版了《书目答问汇补》这样厚重的专著，在北京见到此书时，不禁使我联想起梁启超先生“战士死于战场，学者死于讲堂”的豪情。在学术的田野中，持续耕耘近七十年，没有坚强的毅力和对学术的真切追求，恐难以做到。

来先生说，近来精力稍减，无法多查检文献，故多写随笔。在先生的笔下，可以看到中国文坛中各种各样的人物琐事，更可以感悟到先生自身的跌宕悲欢，读来兴味盎然。

先生的《砚边余墨》（内蒙古教育出版社，2011 年）

中，有一篇《题字种种》，讲到了“南顾北启”。“南顾”是先师顾起潜（廷龙）先生，“北启”，是那位在自撰《墓志铭》中自嘲“中学生，副教授”，而被后学尊为“人杰人瑞”的启功先生。这两位都是当今书法的大家，我非常尊重的学者，加上对书法有兴趣，来先生谈两人的书法题签，读来自然感想翩翩。

先生自谦，说是不擅书法，但此文后附了一幅先生的书法照片。工整谨严，意味隽永。写的是顾炎武《与人书》中的一段话：“尝谓今人纂辑之书，正如今人之铸钱。古人采铜于山，今人则买旧钱，名之曰废铜，以充铸而已。”（文长，下略。此文见《顾亭林诗文集》，中华书局，1983年，第93页），由此可见先生治学的基本态度。这段话笔者也曾多次引用过，尤感心犀相通。

其他的随笔作品，《关于〈来新夏的名字〉》，记的是上一世纪六十年代他接受“政治审查”不得“发表作品”时的事；《从“陈垣同志遗书”说起》说的是七十年代陈垣先生逝世后，藏书移赠过程中有关藏书印的小事，从中可以感受到当时知识分子战战兢兢的心态和笼罩着整个社会的氛围。没有经历过那个时代，至今“为赋新诗强说愁”，空谈“文革”的年轻人，如果仔细品味，或许可以成长得更成熟些。

在先生的笔下，可以看到先生与各种人物的交往和流露的情感。《〈匏园诗集续编〉后记》中，有对先人深沉的怀念；读《我的自纠状》，可以感觉到先生自我解剖的真切坦诚。在《〈震动与回响〉序言》，《〈草堂书影续集〉序》等文章中，饱含提携、奖掖后进的苦心；在《故乡的思念》中，流淌着先生对故乡的深情——将自己的藏书捐赠给故乡，这是货真价实的奉献，而不是虚张声势的作秀。而《岁末半月记》中，则有对当今文坛上的一些明星炒作的明确批评，毫无吞吞吐吐的晦涩。

文章是人格的显现，在先生的随笔文字中，显现的正是先生的自身。

读着先生的文字，回想着先生的神情，我脑海中不由浮现出也是浙东的龚自珍的诗句：

少年哀乐过于人，歌泣无端字字真。
既壮周旋杂痴黠，童心来复梦中身。

来先生将届九十高龄了，在这九十年波澜跌宕的社会大潮中，不管先生中年经历了几多波折，如何被迫“周旋”于世，也不管有怎样的身世起伏和表面变化，在我看来，先生内心的深层，一直荡漾着的，正是这种“真”的波纹。在年老之时，“童心”复萌，洋溢在文中，洋溢在生活中，这正是先生之文、更是先生本人的感人之处。

真实、真情、真切、真诚，对真的追求，是我们这个民族文化中最可宝贵的因素之一。有真情的文化，有真情的人，有真情的民族，才会有希望。

仅以此文，为先生寿。

2011年11月11日草

原载《友声集——来新夏教授九十初度暨从教65周年纪念集》，中华书局，2012年

徐鹏先生的《孟浩然集校注》和其他

《孟浩然集校注》是我的老师徐鹏先生的遗著之一。

这是20世纪60年代，先生四十岁前后校勘注释的旧稿，因“文革”置之箧中。到了80年代，经过整理，由北京的人民文学出版社出版，为近代第一本孟浩然全部诗歌的整理注释之作。

这部著作的主要成果，是在对现存孟浩然诗集的文本流变做了详细调查的基础上，用收录诗歌比较全的《四部丛刊》影印明刻本为底本，以宋蜀刻本、明正德铜活字本以及明嘉靖年间的《唐百家诗》本等七种文本对校，并参校了其他五种诗集和十种早期的总集等，进行了周密的校勘辨析，为研究者提供了准确、完备的文本。

其次，在对诗人生平、交游考证研究的基础上，对诗歌做了注释。注释包括词语典故，交游生平，地理风俗等诸方面，并加以编年，为读者和研究者提供了便利。

再次，对孟浩然的思想和文学做了探索阐述。或许由于李白的诗句“我爱孟夫子，风流天下闻”，在世间广为流传，孟浩然给人们的印象，仿佛就是一个超然出世的隐者。言孟浩然，多注重他的诗中的山水田园，诗风的清脱淡雅，语言的平易整炼。先生通过对其生平以及诗歌的研究分析，指出，孟浩然也有“冲天羡鸿鹄”的政治向往，诗风也有“气吞云梦泽”的雄浑壮阔。勾勒了孟浩然从“身在江湖，心怀魏阙”，到应举受挫，旅途蹉跎，最后退隐山林的变化脉络，比较立体地展现了诗人的人生和诗歌风格。

还有，在体例上也独具特色，不仅校注诗集，而且附有相当的资料，包括：其一，辑佚。这又分两部分，可以确认为孟浩然的作品，为“补遗”；存疑之作，为“附录”。其二，传记。其三，唐代诗文中相关资料。其四，著录考，汇集了自宋以来有关“孟浩然集”的著录。其四，作品系年。这不仅为读者、研究者提供了比较全面的资料，也为整理古代作家的诗文集，提供了一个很好的范例。

此书原来是作为人民文学出版社“新注古代文学名家集”的一种出版的，鉴于“名家集”体例上的限制，也鉴于原是先生在四十岁左右之作，所以，正如徐师自己在《前言》中所说：会有“疏漏和错误”，期待各方的批评指正。如果考虑到当时的社会环境，考虑到当时唐代文学的研究状况、唐代文献的整理程度；在既无网络检索系统，又无“研究经费”的情况下，徐师一人，目验手书，就可知撰成此著所花费的精力，远非今时可同日而语。

由此书的再版，我又想起了徐先生的若干往事。

徐鹏师生于1926年，上海市南汇县（现为浦东新区）人。1956年毕业于复旦大学中文系，后留校工作。其间，为王欣夫先生助手，跟从王先生学习古典文献学。长期以来，一直从事古典文献学和古代文学的研究。

在“文革”以后，先生先后整理了先师王欣夫先生的遗著《藏书记事诗补正》《文献学讲义》，《蛾术轩箧存善本书录》，参加了朱东润先生主编的《中国历代文学作品选》的编撰，参加了20世纪70年代的《二十四史》中《新唐书》《旧唐书》的整理，参加了《汉语大词典》的编纂，并担任复旦大学编写组的负责人和《汉语大词典》分卷的主编。这部《孟浩然集校注》，是先生整理的三种唐宋作家诗文集之一，另外两种是校点的《陈子昂集》和校注的《于湖居士集》，上海古籍出版社已经重印。

先生和这个时代的知识分子一样，有着为社会贡献力量的责任感。在“文革”以后，担任了学校和社会上的不少行政工作：在复旦大学，参与了古籍整理研究所的组建，担任过中文系主任和复旦大学图书馆馆长。在社会工作中，曾为上海市人大代表、上海市民盟副主委、全国高校“大学语文研究会”副会长、上海文史馆馆员。先生为人秉直，不尚多言。关心社会的变化，痛恨各种腐败现象。

谒见晤谈时，多有言及。

笔者在 1978 年秋，考上复旦大学中文系文献学专业的研究生，忝列师门。在先生的教导下，步入学林。

就学时期，先生严加教导，要切实打好基本功。从文字音韵训诂、目录版本校勘，到方舆地理、行政制度、历史事件，乃至学界掌故，无不指点。确定我的论文课题，并撰序奖掖。

毕业后留校，又在先生的指导下执笔撰写了《中国文化史名著举要》。和同门共同参加了先生主持的《历代正史艺文志》的汇辑汇校工作，惜因故未能最后竣工。

先生对于学生具体研究方向，一般不加拘束，任其自由发展。对于学生的成长，感到由衷高兴。或许爱之切，教之严，尝谆谆教导我：处事为人，勿“心缺城府，口无遮拦”。此与家父庭训时的教戒，意思竟完全一样。可见本人朽木不可雕。先生还常叮嘱：努力学术，当戒傲气，深思谨言，勿作表面文章。我时刻铭记在心，不敢忘却。

先生行政能力强，与做学问时的谨严，风格迥然不同。抓住肯綮，当机立断，不拘枝节。记得研究生毕业前后，南京大学程千帆先生把他弟子的一部著作寄先生处，请先生审阅。先生正忙，即交我抓紧先看。不日，我列出若干看法，先生把文字细节处尽删，列出关键意见，叫我速买火车票，直送南京大学程先生家。当时没有动车、高铁，邮政更费时日，如此，很快解决。可见先生抓住关键，对效率的讲究。

他接任中文系主任后，凡有关教师调入、住房等问题，都在可能的范围内，尽力协调解决。得其助者，为数不少。记得在复旦时，有一次和王水照先生在食堂排队买饭凑到一起，闲聊之中，他说："你的老师行政能力真是很强。"此恐有感而发，令我记忆深刻。

先生后来担任上海市民盟的领导职务，又到市人大任职。据说，负责各种文件最后文字把关工作，经常弄到深夜。

先生嫉恶如仇，他在市人大任职，看的资料比较多，言及当时社会上"倒卖批条" 走私货物、盗取国家资产的怪现象，颇为愤恨。学生中有被他认为行动不合规矩者，则冷而待之，不再多谈。

在日常闲谈，曾讲复旦中文系典故。对蒋天枢、朱东润、鲍正鹄诸位先生颇为推崇。

讲到蒋先生在20世纪50、60年代，特地到广州拜谒陈寅恪先生，据说入门就叩拜。当时复旦有的教师坚持反封建的革命立场，嘲讽蒋先生这完全是封建主义，而徐鹏先生则只讲此情况，不置可否。

曾说道：朱老（朱东润先生）对学生多鼓励奖掖，总称好处；蒋先生常严加批评，多指缺点。问：你们如何看？

刘（大杰）先生的文学史，讲得生动，从事实，到理论；从《红楼梦》的林妹妹，到摩登女郎的玻璃丝袜，随手拈来，铺展开去。学生爱听，常常座无虚席。王（欣夫）先生的文学史作品，拿着一包书，讲几句话，转过身去板书。学生寥寥。但先生的板书很好看。

又说道：鲍先生是老师中最有才华的，50 年代就被派往国外讲学，当时对国际学术的掌握，学校难有其匹。

章（培恒）先生是他们这一辈中做学问思路最明悉的，写的考证文章，曾得到国家最高层领导的首肯。要我们好好学习。而小吴（称吴中杰先生），有理不让人，他不瞎闹，但闹必有理。

听之，渐渐知晓，对人对事，舆论和民心，行政和学界，有不同的价值判断标准。知此，可明白很多当今事物。

先生直言，对熟悉者更是如此，如对章培恒先生，两人在“文革”前和“文革”中，关系甚洽。因此，相互讲话，直来直去。往往直称名讳：“徐鹏”，“章培恒”，不加任何敬语。有时，章先生则和顾易生先生等熟悉的老师一起，戏称徐先生为“厂长”，因为徐先生在“文革”中，自己装矿石收音机，被任命为校办小工厂的“厂长”。

改革开放以后，章先生和徐先生共同创办复旦古籍所。因此，相当多的人员得以留在复旦。但在办所的方针上，两人并不完全相同。

80 年代初，我国高校古委会，想叫复旦中文系和古籍所创办“古文献专业”，章先生得知，似有意为之。

问：“哎，徐鹏，侬看那能？（上海话）”

答曰：“侬勿要搞了，开个专业，弄一大批学生，毕业之后，派到啥地方去吃饭？”完全是现实主义的态度。

章先生此事依从了徐先生的意见，结果被上海师大的杨先生接收过去，上海师范大学设立此专业。

在办古籍所的具体问题上，有不同意见，于是，徐先生离开古籍所，到中文系接替章先生当主任，章先生则专事古籍所。当时有各种说法，实际二人关系并非如外传闻那样，“老死不相往来”。

徐先生离所前，因为当时我在古籍所管点事，离不开。吩咐我说，“你留下来，章培恒觉得你不错，你要帮他做好工作。”

此后，我出国了。每年回国，都会往两个先生处拜谒。有时则当传声筒。

因两人乃通家之好，家属和孩子们之间也都熟悉。有时就会相互问候。

徐先生说：“侬去跟章培恒讲，勿要一日到夜熬夜，身体坏掉了，没有意思的。”师母也在旁帮腔：“是咯，是咯。（一口南汇本地话）”

章先生则关心：“徐鹏的房子还没有改善？要快点弄。”“他们家小儿子怎么样了啊？（章先生知道徐先生的儿子出国留学）”

我照样转达。

上世纪之交前后，章先生查出有病，有朋友送他冬虫夏草，便叫我："你把这些带给徐鹏，我不能吃这个。"又加了一句："劝他少吃油腻。"

还有一些事情，不多罗列。反正，他们各自在自己的领域中行走，相互还是互通音问。

进入 21 世纪，有一次，顾易生先生从国外回来，我正巧也在沪上。章先生说："顾易生回来了，侬去跟徐鹏讲，我们一起吃顿饭。侬也来。"

一起吃饭，聊了各自的情况，无所拘泥。我则在边上恭听。有段对话挺有趣：

讲到年纪大了，要吃肉，章先生说："要吃精肉。"

徐先生接着："纯精肉有啥吃头？还是要有油水的好吃。"

顾先生则笑笑："哎，吃饭，吃饭。"

可见性格一斑。

徐先生到六十岁，据说是和当时校方的某些领导意见不合，虽说他是人大代表，市民盟的负责人，按惯例，当可延迟退休（这被认为是一种待遇）。但他按时交班，毫不恋栈。退休后，曾到日本游览，当时我和钟敬华、吴悦诸兄，陪同先生游览东京、镰仓。先生颇乐，回国后，给我来信，说，看到照片，值得留念。

晚年，和王欣夫先生的哲嗣一起，把欣夫先生的遗稿手泽托付给我。这事，我在别的文章中已经讲过了，不赘。

缅及三十多年来的恩惠教诲，心潮难平。

先生八十岁时，正值孙子考上国外的大学，子女们给他做寿，拍了一张他系着红领带的照片，寄给我。先生微露笑容，甚感宽慰。

不久，就听说先生中风倒下。这恐怕和他的饮食习惯有关系，先生喜“浓油出酱”的上海本帮菜，晚年又不喜运动。我劝过多次，先生唯笑笑作答。此后就住进了上海市的第一人民医院。在他女儿芷芷的照料下，走完人生的最后一段。

2012 年 6 月 25 日，我在上海刚动完手术，躺在医院的病床上，言语尚感困难之际，接到先生之女蔚芷电话，告知 24 日凌晨，先生归道山。闻之痛心，无法出声，泪流湿枕，长夜不眠。后在内人扶持下，尽力到先生寓所灵前致哀，而无法出席公开的追悼会。其间，复旦中文系主任陈思和兄曾邀我写一篇悼念文章，当时也无力执笔。病愈，和各有关方面联系，期望先生的成果为更多读者、学者所用。承蒙人民文学出版社周绚隆兄鼎力支持，经社方允准，决定再版《孟浩然集校注》，藉此，草成此篇，附于卷末，以求略表寸心于万一。

2013 年 12 月，于日本金泽

附记：

此文原是寄到北京人民文学出版社，想附在重版的《孟浩然集校注》后，以示纪念。但结果未附。出版社的朋友说："哎呀，忘了。""对不起。"那也没有办法。这次编辑此书，找出旧稿，又略事补充，成为目前的样子。

还要补充一句：先生去世后，师母不到半年也谢世。子女们把他们安葬在上海的"滨海古园"。无独有偶，过了不久，章先生的孩子，也把章先生安葬在那个陵园。而在此之前，我的父母也安葬于此。陵园大门牌楼的"滨海古园"，乃顾廷龙先生所题。这些情况，各自事先都不知晓。冥冥之中，真有偶合。

罗宗强先生二三事

2020 年 4 月 29 日，正值日本新冠病毒肆虐之际，看到罗宗强先生的讣闻，深感悲痛。

罗先生是我尊敬的学界前辈。虽和罗先生见面的次数不多，但每次交谈，都受益匪浅，颇感投洽。最初闻罗宗强先生的大名，是在 20 世纪 90 年代。当时，并不认识。他被称为是国内中生代古典文学研究学者中的佼佼者。门下有不少学生。

到世纪之交，读到罗先生的《隋唐五代文学思想史》，觉得很有新意，他所讲的“文学思想”，不仅在于探讨各个时代文学理念、创作手法、审美意识的变迁，还着眼于对文学作品中所包含的人生态度、个人情怀的分析，以及对这些与社会思潮关系的探讨。有着打通“文学”和“思想”，这两个不同领域的意向。当时曾和有的学者讨论过这部著作和其他“文学批评史”论著的异同，我认为，这

罗宗强先生

部著作的特点不在收辑材料的详尽、具体个案的分析，而在于别开了研究的视角，有新的创意和开拓。这是在还没有和先生相见之前的事。

本世纪初，章培恒先生主持在复旦大学召开一个古典文学的国际研讨会，请了不少学者，我也参加了。开会前一天的晚上，吃饭的时候，章先生和我在复旦大学的宾馆，安排到达的与会代表。有同学来报告说，罗宗强先生到了。章先生让我去门口迎接。我见到了先生，说“章先生正在里面忙，让我来接您。”先生很高兴。我问先生，“您的行李呢?”先生转身示意，他身后一位年轻的女士提着行李箱。我当时脑子有点“短路”，打算去接箱子，脱口而出：“是您女儿啊?”这一问，先生不由得“哈哈”地笑了，那位女士也显得有点不好意思。先生说，“那是会议组派到机场接我的。”“她在你们复旦古籍所读书。”

这下轮到我尴尬了。出国前，复旦大学古籍所的学生不是很多，大多认识，出国后，古籍所有很大发展，许多学生，我都不认识，结果造成这样的“误会”。这是首次和罗先生见面。后来我遇到罗先生，他还曾提及此事，当作笑话。

记得也是在那次会议前后，章先生告诉我，罗先生不仅研究古典文学，也研究当代的诗歌。他对“海子”的诗评价很高。这在古典文学学界很少见。

章先生问我，“你知道海子吗?”说实在话，我 1988 年前往日本之前，对于国内的当代诗歌，仅仅知道有朦胧诗，知道有舒婷、顾城、北岛等人的名字，要说研究，是绝对没有的。海子的诗歌，当时我根本没有读过。不觉有点汗颜。

此后，我读到了罗先生发表的关于海子诗歌的论文，先生对海子诗歌中所表现的“失望、寂寞、孤独的情绪”，他的故土情怀、历史观念和哲学思索进行探讨，分析了海子诗歌的语言、精神和诗歌表现中流淌着的民族的“血脉”。读后颇为触动。先生对于海子的评价，并非仅限于“面朝大海，春暖花开”那样的流行诗句，也不是探求他去世原委等大家一度关注的话题，而是从民族、历史、文化的视角来探讨他诗歌所表现的人生和意义。我想，这样的思考和研究方向，和后来他晚年一直进行的文人心态的研究，一脉相承，和章先生所主张的文学古今演变的理念可谓互相贯通，所以他们惺惺相惜。

进入 21 世纪，见到罗先生，是我到天津南开大学开会，到先生家中拜访。那时他住在新居了。北方式的新建房子，几楼，我忘了，进门以后，宽敞的大厅和书房相连。先生请我在大厅喝茶，聊天。还带我进入书房参观，可谓“坐拥书城”。先生问及会议情况，我的会议论文是关于内藤湖南“唐宋变革论”的问题，向先生介绍了我的看法。先生又问及日本汉学的情况，因为先生研究六朝和唐宋文学，我告诉他，日本有位女学者井波律子先生写过关于《世说新语》的书。又谈了自己在写《日本汉学史》的一些事情，先生表示首肯，鼓励我写下去。

罗先生说看过我写的《钱谦益的心态》，那是 1989 年我发表在《复旦学报》上的文章，后来被人民大学“报刊资料中心”转载了，他说写得不错。他认为研究文学，是要注意文人的生活方式，注意他们的心态，这样才能把握他们的文学和思想。这和我的想法不谋而合。

他告诉我，他也写过有关魏晋六朝时代嵇康、阮籍心态的文章，我告诉他，章先生和我们翻译的吉川幸次郎先生的《中国诗史》中有有关内容，他说，“知道的”。总之，聊得挺投洽。

印象深的一次见面，是在 2008 年 12 月，到广州中山大学开会。会议是关于文体学的。就餐的时候，我和罗先生、中山大学的黄天骥先生坐在一桌，事后又一起喝茶聊天。他们都是广东人，谈了一些广东菜的特色，也聊到当时学界的一些情况，回忆当年的一些老师。

晚上我到先生房中拜访。他告诉我，前些日子大病了一场，家中有一女儿，外孙也因注射疫苗而得病，现在总算都恢复了。谈到当时社会的状况，又谈到了各自的研究。先生说，他现在从六朝时代转到明代研究了，正在探讨明代文人心态，历史是有借鉴意义的。当晚，有位年轻的学生也到房间来，他是先生的学生张毅教授的弟子，在中山大学吴承学教授处读博士。先生勉励后辈，要努力探索，独立思考。对当时学界的一些情况进行了批评，说到“大学要培养人才，不要培养奴才”，可谓警世之言。深感先生真是尽心培植桃李，启导后辈。

那次会议期间，组织代表游览广州市，我又与先生同车相邻而坐，边游边聊。先生谈了自己的一些经历和生活态度。谈到他是潮州揭阳人，有一个哥哥，一个姐姐。研究生毕业，曾被分到江西的乡下。好不容易回到南开，从事文学理论研究。倏忽便已近八十。话语中，令我感到特别有生命意识。先生说到自己的生活态度，是“吃肥肉，少运动；死生有命，富贵在天”。听罢，我笑曰：“您老真是独辟蹊径，反‘常’道而行之。”又谈到了当时文学界的一些争论问题，我讲了自己的看法，颇得先生首肯。当时，他的学生们正在为他编辑一部纪念论文集，先生对我说：我如有文章，可和他的学生联系。我已记不清事后我到底联系过没有。

此后，先生把他的大著《明代后期士人心态研究》，寄给我。令我受宠若惊。可惜此书我放在上海，不在手边，无法展开叙述。

最后一次见先生，是 2011 年 8 月，到北京开会，那是首都师大召开的会议。正值先生八十大寿。首都师大的左东岭教授，还有年轻的刘尊举博士等，都出自先生门下，特地请先生出席。那次见先生，给我记忆最深的话，是说自己已经退下，“布衣”“草民”而已。在家时而练练字画。又说，日本的毛笔很好使。而写字，“不仅要间架结构，更要注意用笔得气韵”。那种坦然的胸襟和恬淡的态度，给我留下了很深的印象。当时，拙著《日本汉学史》将要出版，和先生谈到此书，说一定奉呈先生请教。先生很高兴。

2012 年夏天，回到上海，把已经出版的《日本汉学史》五卷本按照先生告诉我的地址，寄到天津南开大学文学院。没想到过了几天，书被原封不动退了回来，颇令我意外。接着我回到日本金泽大学任所，又和罗先生联系，再寄，先生才收到。2012 年秋，收到惠赐的大著《当代名家学术思想文库》的《罗宗强卷》（北方联合传媒集团、万卷出版公司，2010 年）。先生特意签了名，还附了一封用毛笔写的亲笔信，说明了上次拙著《日本汉学史》之所以被“南开大学文学院”退回的原因，乃是因为“文学院所在大楼，因院中无人值班，门卫不敢签收”，并对我加以鼓励。八十多岁高龄，挥毫给我写信，我想有其深意在。内心当然是非常感谢的。

本想以后再见先生，但 2012 年以后，世事匆匆。杂事碌碌，我自己也曾生病开刀，就一直没有机会再拜会先生。有时国内外会议上，遇到南开大学的同人，都说先生尚安康。

时间的流水就这样默默地流逝，2020 年 4 月 29 日，突然得知先生去世的消息，深感悲哀。先生年近九旬，或也可以算是安然驾鹤西行了。和在南开的朋友联系，表示了哀悼之意。写了一副挽联：

博览文史，探究古今心态，学界重镇鸿儒，
开拓新路，培植南北桃李，自称布衣草民。
后学李庆，遥望海天，敬叩于东瀛金泽。

据说，先生家属不办追悼会等，我想，这不仅是因为疫情，也符合先生的人生态度。

谨以此文，献于先生灵前。

原载自澎湃网，2020 年 6 月 8 日

古今文学自纵横：关于章培恒先生学术思想的二三事

夜幕沉沉，赶到华山医院病床前，先生已是奄奄一息的状态，双眼依微，无言。

是夜，乌云翻卷，大雨滂沱。延至凌晨，竟成永别。

自初次见到章培恒先生以来，三十多年间的情景，不断在脑海中翻卷，难以平静——人生是没有几个三十年的。想写点东西以寄托哀思，然头绪众多，方寸未安，未能下笔。

接到复旦大学古籍所朋友的来函，说是中国古代文学研究中心的《中国文学研究》要办一期关于章先生学术思想的特刊，希望我写一篇文章。所以，就先以和先生学术思想有关的二三事为中心，谈谈自己的一点感受和理解。

一、“卡片”的甘辛

复旦大学古籍所、中文系中，和我差不多年纪的朋友，谈到章先生，不少人马上就会联想到“卡片”。

这里说的“卡片”，并不是章先生自己摘录卡片。他不靠卡片做学问——或许年轻时摘录过。先生的记忆力特好。已经有不止一位学生回忆：“每次讲课都不带资料，空手而来，光凭记忆讲话。”“在黑板上写，也不看任何资料。”（见日本京都大学金文京《追悼章培恒先生归道山》，这是金文京先生给我的文稿。又，原《复旦学报》的编辑张兵先生也和我谈到过）

章先生叫学生们抄卡片。

一是我研究生刚毕业的时候。

我们这批学生是“文革”以后，1978 年刚恢复研究生制度，全国正式公开招收研究生，通过正式考试入学的。鉴于当时全国所招的研究生为数不多，不少同学颇为自负。尤其是被“择优”留在复旦工作的，更有洋洋自得者。但是，当时身为系主任的章先生毅然给这批学生兜头浇了一盆冷水：留校的二十多个研究生，全部到图书馆或资料室，抄写三个月各自专业的图书卡片。

于是议论纷起，有的甚至愤然——岂有此理。但是系里的决定，还是必须从命，去抄了三个月的卡片。

二是古籍所建立的前期。

1983年复旦大学古籍所成立。这是高校古籍整理研究委员会直属的全国重点研究所之一，最初主要的研究方向是明代。

复旦大学有的学生在上章先生课的时候，觉得他非常有特色，思绪飞扬，所以毕业后要求来古籍所工作。但是想不到进了所以后，就是安排抄卡片。摘录有关明代文献中的人名和碑传资料，或明代人文献著作目录。每天有工作量安排。望着外面眼花缭乱、翻腾变化的世界，这里却是古书卡片，有人难免叫苦连天。

有的受不了这样的磨炼，离开了古籍所，别求发展。

多年后，我和先生闲谈，又谈到当时研究生毕业抄卡片的事。我说："当时也真亏你老先生想得出来。"他有点得意："当然要去抄。"我问先生，"你抄过卡片吗？"他说，年轻时抄过。因"胡风"分子问题，被打入另册，派到资料室，就是抄卡片。后来搞《辞海》也还是要抄卡片。

又说："你看，当时抄卡片抄得好的，都有出息。"——他这是指我们这批以及后来的学生中的一些朋友。

先生的意思是，通过抄卡片，可以使学者了解在自己研究领域中的整体研究概况，可以积累系统的资料，可以养成严谨的治学作风，可以使浮躁的心态平静下来。而明代人物传记和文集资料的卡片，则是集体研究必需的基础工作。

随着时代的进步，研究手段的发展，有了电脑，有了互联网。查检资料，方便得多了。或不需再如前那样用笔抄卡片。但是，任何科学研究，基础的构筑和沉潜的精神，依然是必不可缺的。那时抄得的数万张卡片，我相信，在以后的研究中，肯定会有用，因为那是第一手的原始资料。

还要说一点，现在的“博士生”，流行“老板制”。博士生或沦为导师的打工仔。但是，章先生并没有将卡片作为自己的私产，而是作为古籍所共同研究的基础。他对于学生后辈们的研究成果，都明确在出版的刊物、书籍中注明，多加提携。这和当下一些拿了国家的研究经费，当包工头，当“老板”的人迥异。

抄“卡片”或许是先生自己早年的经验所得，而作为学者，要潜心治学的精神，在复旦中文系，有其传统。我亲耳听蒋天枢先生这样说过：“别忙着写那些报屁股文章，好好地沉下心来，读几年书。”其他的老师也有类似的要求。

这样的经历，现在都积淀在这一代人的人生记忆中。我也抄了很多卡片。有不少，在以后的教学和研究中，起到了很好的作用。

当时抄卡片的学生，有不少已经成长为不同领域的专家。这抄“卡片”的甘辛，经历过的人或许感觉不同，但应该说都深有印象。我想，值得回味一辈子。

二、“不仅要整理古籍，更要搞好研究”

复旦古籍所成立后，关于古籍所的办所方针，章先生和其他老师有过分歧。

他曾半开玩笑地对我们说：我们古籍所是“挂羊头卖狗肉”——“不是要卖假货——因为现在的行情是狗肉远比羊肉贵。”听罢，大家大笑。

先生是强调，古籍整理应该和学术研究相结合。古籍整理，不仅仅是表面上的“整理”古籍——“挂羊头”，更重要的是要研究，要在古籍所这一平台上，创造性地提供给社会更好的成果——“狗肉”。这包括研究性的成果和培养研究梯队。

他这样说，也是这样做的。

先生整理古籍的早期成果——《洪升年谱》(上海古籍出版社，1979 年)以其考订的精到和资料的详备，为学界所称许。他关于洪升家系，关于《长生殿》思想内容等方面的考证成果，多为学界采用。这是在古籍所成立之前的事。

复旦古籍所以及后来的中国古代文学研究中心，多年来，在先生的领导下，坚持了这样的方针，不仅古籍整理的成果丰厚，而且，在中国古代文学研究领域中，也多有建树。更重要的是，在先生的影响和指导下，带出了一批批的学者，活跃在当今的中国文学、中国文化的研究舞台。

多年以后，有了一定的学术阅历，回味先生所言，深感他的远见。带着我们走出了一条实实在在的学术之路。这是一条把学术继承和开拓创新相结合，把基础资料研究和理论探索相结合的学术道路。

真正的学术研究，不能离开学术的积累，不能断裂历史，必须努力地继承前人的成果。然而，这绝非俯伏在前人的脚下，不越雷池一步，不敢创新开拓。

但是这样的创新，必须建立在实证的资料基础之上。不掌握详尽的资料，没有确凿的数据，就像是无源之水，无本之木，就谈不上深入持久的研究，即使有思想的火花，也只能在历史的夜空中一瞬即灭，无法燃成燎原大火。

如果没有理论之光的照射，没有思辨的火种，那资料也就只能沉睡在历史的黑暗之中，焕发不出应有的光辉，提升不到新的高度。如果一个民族永远只“唱着古老的歌谣”，那也只能是一种历史的“忧伤”和悲哀。

回顾这三十多年来，在中国古籍整理研究领域中取得真正成果的，大多是坚持走整理和研究并重道路者。

三、学林中的“一刀流”

先生为人，表面言语不多，但思维细密，特立独行。认准的事情，断然直前。这种风格，也反映在学术研究上。

中年时期，尤为如此。

先生早年写的有关《官场现形记》等清代谴责小说的文章，即以观点鲜明、逻辑严密而受到好评（见《论晚清谴责小说的思想倾向》，载《学术月刊》1964 年第 12 期）。

“文革”后，先生重新走上学术舞台，意气风发。他先后提出的“《辨奸论》非邵伯温伪作”说（见《〈辨奸论〉非邵伯温伪作》），有关《西游记》的作者是否是吴承恩的疑问（见《百回本西游记是否吴承恩所作》），有关新发现《水浒传》作者施耐庵的墓志为伪造的见解（见《施耐庵墓志辨伪及其他》），关于《三国演义》夹注的时代问题（见《关于嘉靖本三国志通俗演义小注的作者》），关于日本残存《聊斋志异》稿本卷第篇目的考证（见上海古籍出版社版《聊斋志异》会校会注本前言，又见《再论聊斋志异原稿的编次问题》等），晚年提出的《玉台新咏》的编者问题（见《文学评论》2004 年第 2 期），凡此等等，提出之际，都引起学者的极大关注，在文坛上翻起波浪。对于这些问题的深入探讨，起到了推动作用（以上诸文，除注明者外，皆见先生所著《献疑集》，岳麓书社，1993 年）。

先生喜欢看武侠小说。金庸的小说刚在国内流行，先生便颇为关注。由此涉及中国传统小说评价问题，对当时颇被有关方面重视的长篇小说《李自成》展开了评价，进行过争论。

我曾和先生谈到过他的研究，认为他总是能发现问题，有新的切入点。

他还是带着那种常有的冷幽默口吻，说："你大概最近不太看武侠小说吧，我是武侠小说中的'一刀流'。"——哄堂大笑。

也就是说，在个案的研究中，先生的特点讲求单刀直入，切中要害；精准明快，一刀封喉。

先生写这些文章的背景和社会状况，多有不同。他在不同时期或许也有不同的考量。学界对他的看法也还有不同意见——这是正常的。包括我本人，对个别具体问题的看法，也有保留。

但是，在这些论文中，我们可以看到先生深厚的学术功底，广阔的学术视野和严密精确的逻辑分析。

他有在"公认"的"常识"之中，发现问题的敏锐慧眼，不迷信权威，敢于挑战。

他对于史料，讲求"考究一字必精纯"。他的新论，不是拍着脑袋的梦呓胡说，而是建立在对每一宗史料，都仔细咀嚼，详细分析，研读探微基础之上的。

他在推敲证据和逻辑推理上，滴水不漏，严谨缜密。诚如先生自己所说："没有一篇是随声附和的。"（见《献疑集》的《自序》）

因此，无论赞成或不赞成先生的推论和观点，我们翻阅先生的辩论文章，可以发现，在有关问题的基本史料的掌握上，先生总是走在最前端，在探讨的当时，鲜有超过他对于基本资料掌握者。对于他推理的严密性，有口皆碑。他有关邵伯温《辨奸论》真伪的文章发表以后，和他意见不同的一位宋史老专家这样半开玩笑地说："你的推理天衣无缝，但是我不相信你的结论。"也就是说，虽然由于研究的视角或对资料的理解不同，推得的结论不一样，但是对于先生的分析和逻辑的严密性，还是颇加赞许的。

先生有时提出了一种看法，也并非一定认为自己所说便为"定论"，不容讨论。对于不同看法，他也总是倾听着，思考着。正因为如此，他把自己的论文集定名为"献疑"。一部《献疑集》就是探讨、求索的论文汇集。

学术研究是一个无尽的过程，我们的看法，都是一定历史阶段的产物。只有从不同角度的不断探索中，才能逐步接近事实的真相。绝对论的本身就是一种无知的表现。

要之，学术研究，必须具有科学的理性。必须讲求对史料的准确理解，推理合乎逻辑，这样，结论才能供学界共同复验分析，才能使研究在正确的基础上一步步地推进，否则，无法在科学研究的道路上走下去，只能是一种主观的感想。

这就像望着月亮，可以舒展"不知天上宫阙，今夕是何年"的浪漫，可以低吟"寒窗冷魂"的忧伤——这当然有其存在的理由，有其价值，但是，这和"神舟"的探月计划，和派人登上月球的研究，完全是两回事情。

近年不少的“名人”，愤愤不平地指责中国文化是“酱缸”，是泥潭，是混混污污的垃圾，是不可知晓的神秘主义，不一而足。这样的议论，在一定历史时期，或有其合理的因素。但是如果深入地思考一下，这其中有些人物的所作所为，是建立在科学理性基础之上，是严密分析的结果吗？恰恰相反，在他们思维的深层，和传统中那些混沌、神秘的做法，是否是在同一水平上的反复呢？或许只不过把古代的袈裟换上了一件时髦的服装而已。他们仍在酱缸中搅和，在泥滩中扑腾。贪得无厌地在泥潭中捞取这样那样的好处，津津有味地品尝着酱缸残渣的滋味。缺少的，恰恰是脚踏实地的努力和冷静理智的思辨。

中国文学的研究，是否应该建立在更具理性的科学的研究基础之上呢？这或许还有不同看法。而章先生“一刀流”的方法中，充溢着的正是科学理性的精神。

四、中国文学古今演变研究

在先生的晚年，主要关注中国文学古今演变研究的问题。

已经在中国古代文学研究领域颇有盛名的晚年，先生为何把精力倾注在这一问题上呢？

我认为，是出于如下的一些考虑。

首先是出于对中国文学价值的判断。

中国古代文学作品，作为中国文化的重要组成部分，对人类的现代和未来是否具有价值？是否有应当肯定的内容？实际上答案各有不同。先生曾指出：有的学者，尤其是一些“海外主张新儒学”的学者，流于表面，对古代文学发展的趋势知之有限，主张所谓的“断裂论”，认为中国文化“断裂”了；在对“五四”运动的评价上，出现了偏颇误解，甚至把“文化大革命”说成是“五四”的结果，这是由于没有很好地理解中国文化流变的复杂性（见《中国文学的古今贯通》，载《解放日报》2004 年 7 月 4 日第 8 版，这是 2004 年先生在复旦大学的讲演）。

而他是注重分析的，指出：“我们往往把古代文学中并不是通向未来的东西认为是很好的东西，或是把中国文学中具有通向未来的因素看作是应该否定的东西。”

也就是说，到了晚年，他对于文化的“断裂论”，对中国文化，对中国文学，有着自己的价值判断。这是他研究中国文学古今演变的出发点。

先生关注这一问题，也出于对中国文学教育、研究体制改革的苦心。

中国文学的教学和研究体制，延续的是从旧苏联而来的模式。文学和史学，按时代（中国更是按朝代）区划，又把理论和事实的研究割裂开来。

先生对此是不满的。一次闲谈中，我们一些学生，同先生开玩笑：现在创立新学科，建立新体系非常容易。比如建立中国“厕所”学，可以划分为“先秦两汉”厕所史，再加上厕所史料学、厕所学概说、厕所学理论，等等，于是便可以创立一门新学科，编成一大套讲义，可以获奖。先生大笑。

因为在相当长一段时期内的教育、“研究”，有些部门是完全不考虑实际的状况，只套用旧的模式，用旧的资料，照搬照填。如果我们看不到任何概念，都是一定历史的产物，都有各自的局限性，只是把各种资料填塞到旧的概念、体系之内，那在研究中，就永远不会有新的突破。

先生提倡“中国文学古今贯通”还出于对于文学研究方法的思考。

先生和我谈到过，他参加一个中国文学的会议，会间，与一位古代文学研究的中年学者闲聊。那位学者还是颇有成就的，先生也很看重。他们谈到女作家张洁（《沉重的翅膀》的作者）。那位中年学者问道：“张洁是什么时代的？写过什么？”——先生愕然。

他曾不止一次说过，现在有的古代文学的研究生，连鲁迅、胡适的书都不看。只抱着几本简单的教科书，那是不行的，成不了大气候。

并不是说，先生否定古代文学和现代文学研究的区别，主张每个专家都要成为“万宝全书”，面面俱到，而是认为，作为文学研究者，对于现实的文学处于一种漠然的概况，那是一种缺陷。

先生对当时——或者说现在也还是如此——的中国文学研究方法，有着自己独立的思考，先生曾指出：

在戴望舒《小巷》的诗情中，荡漾着和李煜词中相通的情感和意象。

如果弗洛伊德的学说有科学性，那么，在分析《红楼梦》中也可以使用。

现代文化中的许多新的研究方法和分析在古代文学研究中也可起到作用（以上均参见《中国文学的古今贯通》）。

我们当然应当尊重中国传统文化中带有科学性的研究方法。但是，我们不能仅满足于停留在宋明理学、“乾嘉学派”的阴翕之下，必须向前迈进。我想，这也是章先生强调“中国文学的古今贯通”的原因吧。

五、走出“五角场”

二十多年前，我应邀要到日本任教；其时，另有一些朋友也要到国外留学，先生都非常支持。

临行，我问先生：“日本如何？”——因为他是“文革”以后第一位应邀前往日本教学的中国文学专家。他望着当时还很昏暗的复旦大学校外五角场的路灯说：“路灯比这里的好一点。”又说：“不能总待在五角场吧。”我的理解，是要我们在年轻时到更广阔的世界上走一走，要“走出五角场”。

二十多年后，我在先生离五角场不远的家中，拿着他在病榻上为拙著《日本汉学史》写的《序言》——这大概是他最后一篇学术性的长文，感到一种说不清的沉重。先生在文中指出：“当前的中国文学史界可以说同时受到美、日的影响，这两种影响都值得仔细研究。”（见拙著《日本汉学史》卷首《序》，上海人民出版社，2010 年）认为对此开展的还很不够。

走出先生家门以后，望着已经是颇显灯火璀璨的五角场，感触良深。中国文学研究应该走出传统的束缚，吸收国际上研究的新鲜成果，应该面向世界，展现自己的特色。

时代在变化。先生关注中国学术和国际学术的联系——这是先生多年来一直在用学术生命书写的一篇文章。

先生是“文革”以后前往日本的。在日本的一年间，和日本的学术界建立了相当的联系，也领略到当时日本中国研究的许多值得我们学习的地方。

回国后，他担任复旦中文系的领导工作，始终要求学生在打好扎实的专业基础的同时，必须学好外语。面向世界，这是时代赋予我们的使命，是我们这代学人的责任。

面向世界，就要确实地了解海外学者在有关领域中的研究成果，加强和海外学界的交流。先生率先带领古代文学和古典文献学专业的学生翻译国外的学术论著。他和学生们一起翻译了《中国诗史》（安徽文艺出版社，1986 年；复旦大学出版社，2001 年），虽然他翻译得不多，但是，对每个人的译稿，都认真看过。我现在还保留着当时他写给我的一份审稿意见。先生要我对日语中那些比较委婉的说法，对于一些特定词汇的意义，重新斟酌，显现出他一贯的严谨的学术作风。

在王元化先生的支持下，1984 年，章先生、王运熙先生和复旦其他老师共同努力，在复旦召开了第一届《文心雕龙》的国际学术研讨会。这是改革开放后，对中国古代文学研究有相当影响的一次国际会议。我负责翻译冈村繁、兴膳宏、竹田晃先生的论文。过了很多年，我和章先生在日本福冈和冈村繁先生见面时，大家还兴致甚浓地谈到那次会议以及其对近年中日两国《文心雕龙》研究所起的作用。

先生在主持复旦中文系和古籍整理研究所工作时，非常注意和国际学界的交流，请国外的学者到复旦讲课。比如，请冈晴夫先生介绍的日本戏剧和中国文化的关系，还有日本李渔研究的概况，请矶部彰先生讲日本的小说研究，请伊藤漱平先生讲《红楼梦》在日本的传播和研究，请尾崎康先生讲日本对中国“正史”的宋元版研究，不一而足。此外，他和美国学者白亚伦关于小说的讨论，他在美国密西根大学所作的关于中国文学研究的讲演，凡此等等，都在相当程度上打开了学生的视野，起到了沟通中外学术的作用，在中外文学研究界产生了相当的影响。

面向世界，就古籍研究领域而言，还包括调查了解散失在海外的中国古籍状况，把重要的古籍复制回来。这方面，先生也做了大量的工作。比如，利用在日本教学的机会，把国内已经亡佚，或版本不全的“三言”（《喻世明言》即《古今小说》《警世通言》《醒世恒言》）“二拍”（《拍案惊奇》《二刻拍案惊奇》）复印回国，并整理出版，成为现行最为基础的文本。

可以毫不夸张地说，二十世纪八九十年代以来，章先生主持的复旦大学古籍所，不但是我国高校古籍整理的一个重要机构，也是我国古代文学研究界和国际汉学界交往的一个重要通道。

最近，听说教育部要求各学科的研究，要多关注世界有关研究前沿的动态。这是一种进步。而早在二十多年前，先生已经在这样做了。先行者，就是早在风起于青苹之末，便已觉察并能开时代风气之先的人。关于这方面的情况，可待专文论说。

总之，先生认为，中国的学术，不是孤立地形成的，在近代中国的学术研究——他主要关注的是文学研究中，无论研究的角度还是研究的方法，都和世界上的各种思潮，和世界上的各种动向相关联。因此，我们应该把自己的学术视野扩展开去，这样，我们才能更准确地把握我们的方向，更深入地进行探索。

充分地把握资料，敏锐地发现问题，严密地分析探讨，冷静地推论判断，古今贯通的学术视野，面向世界、面向未来的学术方向，这是我所理解的章培恒先生学术思想的主要精神。

这一切的根基上，是把学术研究和人生融会贯通的理念。

记得二十五年前，先生带我到杭州参加《全明诗》的主编会议，当时先生刚过五十。那时学者出差的规定，老先生，蒋天枢先生是单人房，“中年教师”的章先生和我则同屋。他在白天的会议后，回到房间还执笔写作。写的是我们共同翻译的日本吉川幸次郎先生《中国诗史》的《前言》。当时章先生可谓下笔立就，一气呵成。写成以后，便给我看。其中一句话，我至今印象深刻：该书的翻译，“使我又一次经验了一生中的最好的时期已经浪费净尽的悲哀”（《译者前言》，见《中国诗史》，复旦大学出版社，2001 年）。这使当时三十多岁的我，感到一种生命的触动。

多年以后，先生在《中国文学史导论》中又说：一部文学史，应该显示的，“是在怎样地朝着人性指引的方向前进”。当然，先生这里说的“人性”，“不是抽象的，而是在社会进程中具体地变化、发展的”（《中国文学史》复旦大学出版社，1996 年）。同样明显地看到把人的生命与文学研究融汇成一体。

文学是人生的写照，学术研究是人生的有机组成部分。虽然先生曾不止一次地说过，无须把我们自己的研究看得过重。甚至称自己所写的一些文章是如生活中洗面、刷牙般的“琐碎事”（见《献疑集自序》）。然而，他在从事这一工作时，是认真投入的。把学术研究作为一种生存的形式。这种态度，贯穿在先生整个学术生涯中。

古今文学自纵横。在这无尽的追寻中，凝聚着自己的生命。

我以为，先生的一生，正是这样的缩影。

原载复旦大学中国古代文学研究中心《中国文学研究》第 18 辑，中国文联出版公司，2011 年

一个可对话的心灵窗口消逝了：褚钰泉逝世两周年

2016 年的初春，我回到上海，春寒料峭。突然接到朋友发来的消息："褚钰泉先生走了，你知道吗？（2016 年 2 月 1 日）"

什么？望着电脑，我觉得是否看错了。

怪不得我前几天到沪后给他打电话，没有人接。我还以为他又到南昌去编发下一期《悦读》的稿件呢——近年，每过几个月的月初，就会去那里。他曾说，那里手机的接听状况不好，以前也有过接不通的情况。

我完全惊呆了，脑海中一片空白。

就在三个月前，我要离开上海，前往海外的任所前，我们还在黄浦江畔的餐厅吃饭，望着江边林立的高楼和璀璨的灯光，江面粼粼的波光灯影，谈笑风生。议论着刊物和稿件，约定好下次再聚。

做梦也没有想到，怎么一下子就天人相隔了呢？这可是四十多年的老友。世间有几个四十年无话不谈的人啊！

如雷震耳，如电穿心。欲哭无泪，欲诉无言。如何悼念，不知所措。世界上有些事情，真是令人无可奈何。当时除了情绪的涌动，一切都显得苍白。

随着时间的流逝，往事如山中的泉水，在记忆的缝隙中潺潺流出。

老褚的音容笑貌，报纸上刊登的他那张拿着手机，臂上搭着上衣，笑容可掬而又略显行色匆匆的照片上的形象，时在我脑海里翻卷。

人生在世，最难得的是朋友，是坦诚相待、无话不谈的朋友。如果还能互相理解，经常不谋而合、意气相投的知己，那就更是“可遇而不可求”了。鲁迅先生所谓“人生得一知己足矣”，说的或许就是这种感觉吧。

我和老褚，前后相交四十余年，从青年，到中年到或可以算得上的“老年”。在陕西南路的卢湾区图书馆，在威海路的文新大楼，在衡山路的庆余别墅，在静安寺宾馆茶室饭馆，在外滩的江边饭店，我们交谈读书的心得和对社会上文学、哲学问题的看法，一起徜徉在人生之途，度过共同的时光。

和老褚相识甚早，那还是在 20 世纪 70 年代“文革”时期，我在还没进大学。

“九一三事件”（林彪等在温都尔罕“折戟沉沙”）之后，社会环境有所变化，当时卢湾区图书馆的几个馆员，很有点想干一番事业的壮志，积极组织读者进行书评活动。我因和当时在陕西南路上的卢湾区的图书馆有点缘分，带着年轻人的稚气和追求，参加了那里的书评活动。

当时的“老褚”也年轻，从复旦毕业，在《文汇报》工作。我们在那里相识。我不善社交，限于认识而已。我的记忆里，我最早发表在《文汇报》上的小文章，就是图书馆的朋友交给老褚的。

后来，1977 年恢复高考，我考上了复旦大学中文系的研究生。学古典文献学，毕业以后，留校工作，后又奉命出国教学研究。老褚在 1985 年以后，忙于办《文汇读书周报》。这段时期，偶尔见面，联系不多。

和老褚会面增多，是在 20 世纪的 90 年代，我们都过了“不惑”之年。或许是由于生活的经历，使我们都领悟到人生道路上友情的分量，不是“天意怜幽草，人间重晚情”吗？（见《随园诗话》卷一）

当时他的工作地点在威海路的文新大楼。离我家不远。每年我从海外回国，常在那里见面。因为我学“文献学”，又在海外工作，他要我写点关于海外汉籍的文章。我写过几篇小文章，登在《文汇读书周报》。

我们更多的是在文新大楼的茶室喝茶、聊天，可谓毫无拘束。比如，我告诉他，少年时的绰号叫“大头”，为此曾和小朋友打架。他听了微微一笑：说自己的绰号也叫“大头”，可见命运相同。言罢相对“哈哈”。说，绰号“大头”者不少也，以后可把这些事都写下来。

因为他联系的不少作者，我也都认识，所以共同话题很多。往往海阔天空，无话不谈，颇感投契。

他告诉我，原来的汪道涵市长非常重视《文汇读书周报》的工作。认为可以反映一定的社会思潮和知识界的情况，有着促进思想解放，推动改革开放的作用。这是《周报》刊行的背景。我想，他就是抱着这样的宗旨在办这张报纸的。

给我印象深刻的是他对新事物、新动向领悟的敏感性。能够抓住社会上和书籍中的新思想、新信息，及时在《周报》上披露，因此，《周报》创办不久，这张版面不大，用小字排印的小报，就受到知识界和社会的重视和好评。比如，1985年的创刊号上，介绍《回忆王稼祥》一书，刊载由胡耀邦同志撰写的代序：《深切地纪念王稼祥同志》一文，披露："王稼祥是正式提出'毛泽东思想'这一概念的第一人。"

这在当时，是甚为引人注目的信息。

1987年12月5日，发表《汪道涵：应该有一本〈四马路志〉》的消息，透露了汪道涵喜欢书籍，建议编一本《四马路志》（也就是今日的福州路），"希望这条文化街建设得越来越好，做到南北呼应，使得传统文化与现代化以及世界文化结合起来"的愿望。

此外，他先后约来了巴金、草婴、黄宗英、王蒙等文化界人士的稿件；还介绍了许多历史人物的轶事和有关书籍。如 2000 年 10 月 7 日刊载的罗继祖先生关于王国维家族和罗振玉家族在“文革”后的交往，朱维铮先生关于章太炎、吴稚晖关系的文章等等，都引起过许多读者的兴味。

那个时期，我特别有印象的，是 1999 年 5 月 1 日，《文汇读书周报》用整整两个版面，刊载的王元化先生《对于五四的再认识答客问》这篇长文。强调对“五四运动”要“再”认识，认为“外来的思想如果不和中国传统文化思想资源结合起来，就很难在中国文化土壤上扎根”。在当时的思想学术界，引起了很大的反响。

在九十年代，在衡山宾馆，庆余别墅的王元化先生那里，我见到过老褚。王元化先生不少文章，也都在《周报》上发表。

总之，这份篇幅不大，貌不惊人的报纸，得到各方支持，办得可谓风起云涌，有声有色。

20 世纪初，到了退休年龄，老褚从《周报》退了下来。当时有件事，使他略有遗憾。他告诉我，自己在办公室中留存的不少和作者、读者以及朋友的信件，因来不及整理，都流失了。网上曾有人拍卖某人给他的信件，他摇着头，略带苦笑地说：“李庆兄，我从来没有拍卖过一封朋友的信。如果这些信件都在的话，那该多好啊。”

但是他并没有因此退出读书和文化资讯的领域。

他退休后，我和他见面，就改在我们两人都方便的静安寺附近。坐在那在闹市之中，却不嘈杂的茶室，玻璃窗外流着人工的泉水，促膝而坐，喝茶聊天，交流着各自的生活、思想、工作和追求。

他想办一个和读书和文化有关的出版物。这一想法，得到了当时复旦大学出版社社长贺圣遂以及其他老师、朋友的支持。先在复旦大学出版社，用“以书代刊”的形式，出版了《悦读》创刊号和前面几辑。后来又受到江西二十一世纪出版社张秋林先生的关照，将《悦读》转到那里出版。

他打算悠着点办，一年不定期，出两辑（两本），每本都 300 多页（其实，这也已经挺够呛了）。出了几辑以后，社会上反响很好，于是逐步增加到一年出三到四辑。

有的朋友劝他，是否可以搞成每年四期的定期刊物？那样经济效益会很好。他淡淡地笑着说：“我不想这么做。”“要那么多钱干什么？”确实，他对于生活上的物质享受，并不怎么在意。记得有时，我们谈得投机，到了傍晚，兴致仍浓，就在延安路上的一家小饭馆吃饭。他和我都属“好酒而无量”之辈，不能“对酒当歌”成酒肉之交，于是，几个小菜，两碗米饭就打发过去了。记得他对那家饭店的“干烧鳊鱼”，是挺喜欢的。

他说：“我现在这样，基本上一年出四期，可以自己掌握，没有压力，比较自由。如果成了定期刊物，那到时候就一定要出，何苦呢？”

这本《悦读》基本上由他一个人操办，大到栏目设定，约稿审稿，编辑整理，小到插图版式，花边补白，乃至使用的纸张，无一不亲力亲为。他非常讲求书籍的品位和质量，比如，每一辑中，他都设计有一枚精致的书签，以便读者阅读使用，堪称独具匠心。

我问他这样累不累，他说，做自己喜欢的事情，不累。

当然，退休以后，办这样一个刊物，是很辛苦的。记得前些年，我家中因楼上人家漏水，不得安宁。他说，他也曾有类似的经历。所以退休后，重新整修房屋。他说，如果不抓紧，以后又要搞杂志，又要修房子，那是要吃不消的。

他又告诉我，曾想陪自己夫人一起到欧洲旅游，因为怕刊物受影响，结果就没有去。

谈到这些，他都淡淡的。设身置地，可以感觉得到他的付出。

老褚交游很广，所谓人脉丰富。然而他不是一个张扬显露的人。谈及一些被他称为“半瓶醋”的“专家”，或一朝“显贵”便对师友“前恭后倨”的“名人”，他往往是淡然一笑，认为“算不了什么”。曾经沧海难为水，数十年来，“不是见得多了吗？”

正因为他的尽心尽力，这本《悦读》，不到十年间，出了四十四辑，广受读者欢迎。

老褚是编辑。编辑不仅为他人作嫁衣裳，更是在构筑精神的世界。

老褚又不仅是编辑，更是一个有思想、有真情的人。没有思想的编辑，编出的书本就没有灵魂，没有生气。他编出的报纸、刊物之所以会有这一股与众不同的生气，是由于他自己有着灵魂，有着真情。这才能和作者、和读者的心灵的沟通。

《悦读》中有各种栏目，有历史的，有文学的，有思想的；有全球动向、历史画卷，有个人轶事，文坛趣闻；有上万字的长篇宏论，也又上百字的点缀花絮，一册在手，琳琅满目，令人眼前一新，又引人思考。

他绝不因求销路而媚俗取宠，他有自己的见解。所约的贾植芳先生、章培恒先生、陈四益先生等的文章，他组稿或摘录的有关中国近现代社会、历史的资料、有关“《四库全书》”等社会关注问题的文章，有关对瞿秋白、毛泽东、王稼祥、张爱萍等老一辈革命家或章伯钧、胡风等社会名流的回忆中，贯穿对历史真实的探索，对独立人格的强调，对真诚、对友情、对为事业献身精神的赞颂。

除了各类文章外，老褚写的《悦读》的卷首语和一些补白，可反映出他的思想。他曾这样写道：

《悦读》中有些文章“内容似较琐碎，有的纯属个人的家事，可是，它却能让我们感受到历史的脉搏。”“历史离不开人的经历，千千万万人创造了历史，如果人们通过各种形式叙述往事旧梦、人生经历，将帮助我们更具体而感性地了解历史。”

这话说得多好啊。

他生前编的最后一本《悦读》上，刊登了我之前给他的稿子，是怀念先师吕贞白先生的。或许是冥冥中有定数，这和前一期发表的我谈新编京剧《金缕曲》的短文——那是经他催促写成，我寄给他的稿子的最后一篇稿子——谈的都是人的真情，人生的知音、知己。

2015年8月8日，立秋那天，我用电子邮件，把稿子寄给他。我是这样写的：

老褚：好。

这几日如在水深火热中：天气热之外，家中杂事累累，又加上身体有点不适，惟有自己调适当而已。今日已见好，天也到立秋，不必担忧。

只有到了晚上，夜静，心静，写点东西，也算是自我调适。写了篇上次谈到的看京昆剧《金缕曲》的文字，奉上聊供消暑。你看看，如果有点意思，那最好。如果乏味，弃之便了。

我们都是过了人生“立秋”季节的人了，望善自珍摄。

第二天，8月9日，他就给我回了邮件：

李庆兄：你好！

看来这出戏是打动了你，文章写得很好，你写的剧评丝毫不亚于你对古典文学的研究。正巧启宏先生前几天给我来信，他说近年来写了几出戏，刚从希腊回来，是去演出评剧《城邦恩仇》，是改编埃斯库罗斯的三联剧《俄瑞斯特亚》，最近又在排演自己写的昆剧《李清照》，真是精力旺盛，像这样的剧作家确是罕见了。

多望保重！

钰泉

想不到这竟成了我们之间最后的话语。

我自知自己古典文学研究的水平有限，所写的那篇短文更谈不上戏剧评论。列出这邮件，是为了留住老褚给我的这最后的要求和勉励，留住对这位数十年老友的怀念。

老褚去世以后，复旦大学中文系和江西二十一世纪出版社，举办过追思会。我也曾和一些朋友谈过，是否可以把《悦读》中，老褚写的《卷头语》、“补白”等文字汇集起来，出一本集子。听说，江西的出版社已经编辑出版了。可见，还是有不少朋友在挂念着他。

老褚走了，我觉得一个可对话的心灵窗口消逝了。几次想动笔写些文字，都因思绪反复，内心方寸不定，搁了下来。前人不是早就有“事如春梦了无痕”“故人不用赋招魂” 之说吗？（苏轼《正月二十日与潘郭二生出郊寻春

忽记去年是日同至女王城作诗乃和前韵》）

两年很快过去了，老褚渐行渐远。从今而后，便纵有千万话语，更与何人述说呢？翻着他寄给我的书和报纸，抚卷哀思，情不自禁，泪水潸然而下。还是要留下点心中的怀念吧。拉扯写了这篇文字。

尽管大潮翻卷，时光流逝，但我相信，老褚编的那些报刊，一定会留在世间，留在二十世纪到二十一世纪之交的中国文化的天地之间。

原载澎湃网，2018 年 1 月 9 日

撑得起大场的佳作

——观看新编京昆剧《金缕曲》有感

朋友送了张《金缕曲》的票子，说是新编的京昆剧，问我有没有兴趣。我对于京昆剧，本是外行，但清初顾贞观的《金缕曲》，我是非常感兴趣的，所以抱着权当对京昆剧“外行看热闹”的心态，前往上海大剧院。

顾贞观的《金缕曲》，以书信形式写词：“季子平安否？便归来，平生万事，那堪回首？”“归日急翻行戍稿，把空名料理传身后。言不尽，观顿首。”是写给远在北国的老友吴兆骞的。该词以其敏感的历史背景、独特的艺术风格，在清代词史上，广受关注。顾贞观乃是明代著名东林党人顾宪成的后裔（他为顾舆沐之孙。顾舆沐为顾宪成之子。顾贞观曾与其祖辈、父辈共同编成《顾端文公年谱》，见《北京图书馆藏珍本年谱丛刊》第53册），无锡人，与吴兆骞为至交。这首词，是送给吴兆骞的。吴兆骞，平江人，明末清初有才名。曾主复社的文人团体。

入清后，为举人（清李元度《国朝先正事略》中，附《潘耒传》）。吴兆骞清初，因顺治丁酉年的“科举案”，被流放到宁古塔。

顺治丁酉年的“科举案”，可以说是清朝众多的科举弊案中最早的有名案件。当时的刑部左侍郎杜立德，告发“内院学士胡兆龙”徇私舞弊，朝廷要对参试的举人进行复核，引发全国多处弊案。结果顺天、江南等的新科举人，有的被革除功名，有的被严惩流放（参见清蒋良骥《东华录》卷八“顺治十五年”，中华书局，1980年，第123—124页）。关于此案，史学界有多种看法。而关于吴兆骞之所以被流放，也众说纷纭。一说是因为他胆小怕事，在朝廷复试检验的时候，惊惶失控，所以答卷失准，写得很差；另一种说法，是说他不满复试，交了白卷，以示反抗，结果受到严惩。

这部新编的京昆剧《金缕曲》，系根据郭启宏先生的话剧《知己》改编。尽管这个案件在史料中，记载不一。但郭先生并不追求猎奇，去进行历史细节的考证，而是发挥戏剧这一舞台表演艺术的特点，强调了作品的“传神”。正如他所说：“本剧只为写人，背景不过依托，因此事件的先后、时间的长短均不必‘过细’、但求合乎逻辑，即可放怀高蹈。”（见郭启宏《知己创作札记》）抓住《金缕曲》这首名词的关键所在，重点表现人物的精神世界，直接切入知己“友情”，这一最容易拨动人们心弦的话题来展开。

京昆剧的改编者和导演们，可以说，沿袭了这样的思路，而又充分发挥了京昆剧的特长——一幕之间，可以跨越时间和空间，一幕之中，可以跨越主体和客体的界限，使全剧更加集中地凝聚到这一点上。

剧中虽然或许是虚构地增添了作为顾贞观“知己”的云姬这条副线，但总体干净利落，围绕着顾贞观为救朋友，日夜思念，说动寄寓主人纳兰成德，最后使得朋友回归这样的线索展开。全剧没有当下一般戏剧曲艺节目的噱头和喧哗，没有传统京剧凭以叫座的武打翻腾和华丽的装饰，也没有充满欲求的缠绵爱情和出其不意的曲折情节，可以说，显示了原作和改编者追求《庄子》中所谓“醉者神全”的“神全”，高扬“醉态思维”的“脱俗”格调（郭启宏《知己创作札记》中语）。

那么，这样一部中间没有休息、一气呵成、长达一百三十五分钟的长剧，又凭什么吸引了观众，博得阵阵掌声和满堂喝彩的呢？（至少在我看的那场，确实如此）

靠的是演员出色的表演。

顾贞观梦中见到远在北国的吴兆骞，还有吴兆骞接到以词代信的《金缕曲》那两场戏，几乎都是大段的“内心独白”，独唱独演。关栋天演的顾贞观，在偌大舞台上，独自一人，边唱边舞。时快时慢的脚步翻腾、时卷时舒的水袖功夫、时而高亢，时而低回的唱腔，和京胡的乐曲旋律，鼓点的快慢起伏，混成一体，以巨大的艺术感染力，冲击着观众，博得满堂的掌声和喝彩。而陈少云演的吴兆骞，读、唱《金缕曲》这首名词，以时而短促，时而平舒，时而悠长，低低沉沉，哀哀婉婉、几如一气呵成。把那哀切、思恋和无奈的氛围、心情，表现得透彻感人。使《金缕曲》这一书面作品，在音声和画面的烘托下，以立体的形象展现出来。

不仅一个演员独擅大场的戏如此，众人合演的场面，也多精彩。如最后，吴兆骞回到京城，宰相明珠设宴庆贺那场戏，吴兆骞不慎酒洒明珠靴上，跪地欲拂拭；明珠（邓沐玮饰）一脚独立随着鼓点倒退，吴兆骞双膝跪地，随着鼓点前行。两人对应之外，周围之人也随之移动，那各自的表情、动作，互相配合，互相应衬，不花大力气大概是演不好的。

此外，云姬（熊明霞饰）对顾贞观的仰慕追随；纳兰成德（金喜全饰）对于《金缕曲》赏识和对顾贞观所作所为的逐步理解，在全剧中，也都有很好的表现。

新编京昆剧这些场面的演出成功，和话剧相比，除了演员的功夫之外，还凝聚着编剧、导演等对唱词唱腔的设计、音乐作曲者的精心创作、演奏者的出色演奏。一部出色的佳作，必定是由整个剧组团队共同努力的结果。我们应该为这个团体的艺术追求喝彩。

或许是由于对美术的喜爱吧，我关注了这场戏的舞美设计，觉得颇有特色。舞台的背景：时而一朵莲花，挑出于水；时而一汪清水，波纹粼粼。舞美工作者又充分利用现代投影和灯光技术，使得画面上浓淡墨色，如烟如雾，漂浮而出，有效地从视觉上，烘托了剧场气氛。而在前台大幕上方悬挂下来的红色朱文篆刻印章“顾贞观”“吴兆骞”，不仅点出了场上的角色，还和背景的画面，融成一体，宛如一幅水墨画，别具匠心，显现了舞美设计者高雅的审美风格。

沉浸在出色的艺术氛围中，又使我进一步思考这部作品的主题何在。

关于这部新编京昆剧的主题，在剧场中和剧场外，听到有些不同的看法，有的认为，是反映了对“生为知己者死”的友情观念的质疑。你看：顾贞观那么费尽心血地营救吴兆骞，但是，等回来的，却是个在权贵面前低三下四、完全丧失了铮铮傲骨的人物。他虽感到失望，但还是理解了——这是一种不乏现实味的认识。也有的认为，主要反映了对顾贞观“知己”观的某些遗憾：他虽然为知己奉献了自己的青春年华，但是，他实际上不懂真正的“知己”是什么，他不是完全辜负了云姬对他的一片“知己”之情吗？——这是个有特色的见解。

此剧原本从话剧《知己》改编过来，主题当然是表现了和“人”的交往、了解、友情有关。纳兰成德对顾贞观，从对他作品的赏识，逐步深入到对他所作所为的支持，是一种“知己”；云姬对于为了救朋友，忍辱受屈，被迫跪下的顾贞观的理解和敬慕也是一种“知己”。而在我看来，作者要表现的“知己”，是在岁月的长河中，不同经历，不同际遇的朋友，尽管有的表现为对于权贵的鄙夷反抗，有的跪倒在权贵的脚下猥猥琐琐，在形形色色完全不同的表象之下，在更深层次上，他们相互之间依然保存着对于对方人格的透彻认识。诚如《金缕曲》所云：“问人生到此凄凉否？千万恨，从君剖。”“数天涯，依然骨肉。”

剧中顾贞观最后听到从地上爬起的吴兆骞口中，吐出的那个“滚”字，顿时感到了在他内心深层，依然翻卷着的自负和傲然之气，感受到在他灵魂深处磨灭不了的不屈的独立人格，这才是真正相互理解的“知己”，这才是全剧真正的点睛之笔。

任何一部作品问世，就不再属于作者个人。演出、改编、再演出；作者和改编者，编导和演员，演员和观众，都在用各自的经历充实、丰富着作品。不知作为一个外行的感受，这样的认识，能否算在某种程度上，读懂了作者的初衷呢？

走出灯火辉煌的大剧院，望着夏夜的星空和高楼的霓虹，我情不自禁地把这部新编京昆剧，和刚才那灯光璀璨的大剧院联想起来。

每个国家都有自己的“大剧院”，都有支撑着自身舞台的剧目：伦敦的“莎士比亚”，法国的“茶花女”，莫斯科的“天鹅湖”，美国百老汇的“妈妈迷呀”，等等。那么，我们这个大剧院，究竟只是作为给上述剧目流动表演的预备场馆，还是应该作为表现我们民族戏剧精华和时代精神的舞台呢？这或许是不言而喻的。那么，撑得起这大剧院“台面”的，又是些什么、又应该是些什么剧目呢？或者说，我们拿得出多少足以支撑得起这建造得颇具“现代化”剧院的 “台面”、当之无愧的剧作呢？单靠模仿别人，搞点小噱头，或请外国的“名牌”“大腕”来溜上一圈，就可了事吗？我认为，这部《金缕曲》，堪为撑得起这个大剧院“台面”的佳作。我们期待着更多的这样带有民族文化底蕴，又具有现代色彩的佳作出现。

2015 年 7—8 月，酷热之中

原载《悦读》第 42 卷，二十一世纪出版社，2015 年

悼念李庆立先生

我和李庆立先生，相识较晚，是在本世纪初，明代文学的年会上。

当时他将近六十，我也五十多，都非“为赋新词强说愁”之人了。

相见次数不多，可数得清。但意气相投，相见恨晚。

他是山东人，我也祖籍山东。

他搞明代诗歌，我也涉猎其中。

他讲求文献实证，我也不尚空言。

他评人论文直言不讳，我也不假虚辞，不拘情面。

他想回报社会，做点有用的事情，我也同有此念。

故虽远隔海天，但略通音问，互赠著述，心心相印。

每次相见，必畅怀漫谈，无所虚饰。他曾曰：不干权贵，无求利禄。来则平气接之，去则平气送之。闻之，如空谷足音，清风入怀。

也曾互相谐笑。吾云：彼“李”此“李”；有“庆”有“立”，有“庆”无“立”。

他对曰：有“庆”可有“立”，有“庆”可无“立”。无“立”即“立”。

相对大笑。

近日写就东瀛汉学史，重回“阳明”研究。本拟出版后送他斧正。不意今突接先生弟子崔建利邮件，曰：先生已于5月3日去世。且因经办丧事碌碌，通知晚了。不禁怅然。

当今庆立，坦然远行。环宇茫茫，有“立”无“立”，可也？否也？凡世学界，真无“庆立”矣。悲哉，悲哉，复何言哉！

而建利要我写点悼念文字，也理所当然。

就把想到的如实写下，聊作心香一瓣，奉于老友灵前。

2015年5月9日于日本金泽卯辰山麓

原载《聊城大学》校刊，2015年

长风，归来！

春寒料峭之夜，接到长风家打来的电话：“长风去了。”虽说早有预感，但仍不禁潸然泪下。

长风姓邓，原是上海古籍出版社的编辑。十多年前，命运的波澜把他载到了美国，而我则去了日本。

多年来，搞古典文学的朋友出国者不少，多数或迫于生计，或别有所图，渐渐脱出学术园地，投身现实大潮，乘浪翻波，各有作为。长风则是固执于中国古典文学的少数之一。先是看到他的《明清戏曲家考略》出版，知他在华盛顿的美国国会图书馆中钩沉考证，剔抉爬梳，颇感钦佩。接着是收到他的来函，要我帮他查找资料。章培恒师也嘱我：“长风是个读书的人，你帮他找找。”于是越过太平洋，书函往复。时而交流心得，时而倾诉衷肠，也可说是“相濡以沫”吧。

长风执着。为了证明《真文记传奇序》不是伪作，以此推断现作为通说的明末文学家祁彪佳生平之误，他接连来了好几封信，直如催命。我帮他在日本各地查找石渠图书《贞文记》，没有结果，只提供了可能在台湾的线索。原以为就完事了。孰料他锲而不舍，直到去年从台湾学者处寻得。数年来孜孜于查寻一条资料，在当今立马可就，下笔万言的名流诸公看来，也许就难免有不识时务之嫌了。

长风坦白。他曾写过《满汉西厢记》的文章，因轻信了国内某些权威性“全书”之类，误以为自己在美国所见为海内孤本。后知有误，过了三四年，仍在所著《考略三编》中坦然认账，不加虚饰。这在满纸荒唐，却自诩“六经注我”，以文过饰非为常习的当今文坛，诚属难见。

我寄资料给他，他曾来函表示要付我费用。我暗忖：这位仁兄何时也学会了“银货两讫”，婉拒了。但他在出版的书中，念念不忘交情，数次言及。直到去年末病危，还为他的一篇要在台湾发表的文章中，被编者删去了致谢的话而耿耿于怀。读着他的信，我的心颤动了，不仅对我，对其他朋友亦然。长风是个念旧的人。

长风在美国，并没有发洋财，自然也并非“水深火热”。后来得知，为了要有点研究和出版的经费，他坚持夜间打工，白天则泡图书馆，四十多岁的人，长年累月，或许就因此病入膏肓。他的书有学术而没销路，要补贴出版，在当今社会也是无可奈何之事。每一个人都有自己的追求，长风的生命凝聚在那三册厚厚的著作中。每念及他赠我书上“长风四十后作”的红色印章，眼前就像浮现出一片淡淡的血痕……

长风走了。带着他的执着、他的孤寂，也带着他的真诚。他一直把华盛顿当作旅寓。我作为朋友，我写下这些文字，并非为了给长风戴上什么冠冕。聊献心香，寄托哀思之外，只是想说，在美国、在海外，在这大千世界里也还有着这样的一种人，平常而有着学术良心的人。世界本来就是多彩的。

长风走了。长风，归来！

原载 1999 年 10 月 29 日《新民晚报》

生死之际

静寂的夜，一个普通的医院的病房。旁边的病人都已经睡着，整个世界仿佛都凝固了。微弱的灯光，照着静脉注射的滴液，一滴一滴地在往下滴；父亲平静地躺在那普通的病床上，一动不动。我望着父亲明显消瘦的脸庞，简直不敢相信，这就是在两个月前还和我一起散步的他。特有的像老寿星似的长眉毛，显得更加颖长，而一头银发披散着，那是由将近一个世纪的岁月染成的。

泪水从我的眼角情不自禁地淌了下来。

父亲，你不是说，还有好多话要和我说吗？你还能和我说吗？你为什么不早和我说呢？

我的记忆中，父亲有很多谜。

幼年的记忆已经淡漠了，只记得，父亲常年不在家。

他为什么老不在家？记得小时候，妈妈和他吵架，有时甚至要打起来："你为什么不说，你去干什么了？""你就不要这个家好了”，接下来还有更难听的话。脾气暴躁的父亲怒不可抑地瞪着眼，“你，你，你，吵什么吵？”狠狠地一挥手，满肚子的话说不清似的：“真是的。”就没有下文了，他还是远出了，还是没说“去干什么”。

父亲，你为什么连奶奶和妈妈都不告诉呢？

说实在的，当时，我也不太想父亲回家。那是因为，他到家的第一件事，就是要检查我的功课。学校的功课，我倒不担心，成绩都好，他找不到什么茬，不怕的。问题是他给我定下的“功课”——每天要写一页大楷和小楷的毛笔字。练字，我并非不喜欢，但经常是在外面玩得昏天黑地，回到家里吃完饭，脑袋便昏沉沉，还没碰到枕头就睡着了。时间一久，欠的债就多。所以，每当奶奶得知父亲过几天就要回家时，便紧张起来：“还不快补，你爸爸就要回来了。”——这是她可以威慑我的“王牌”。不完成，她怕我挨板子。当时还没有什么“儿童保护法”之类，老子教训儿子，天经地义。于是，奶奶既当监督，又兼“伴读”，帮我研墨，找字帖，数着日历上的日期，一张张地补起来。有时，我一天能干它个十几张，凑到交差的数目。但是，这样的结果，总是不太好，父亲回来，不知为什么，总能一下子就能把“补”上去的那些抽检出来，瞪着他那大而令人生畏的眼睛：“把手伸出来。”或者：“怎么像画符似的，你小心点！”——我知道，这算是“缓期执行”了。

我为什么要写字？人家的孩子为什么不写？我心中一直想质问父亲。但是当时没有勇气当面说出来。那时我虽说胆子大，但还没大到敢和老子“当面开销”的地步。

有时，父亲回家，我也挺高兴。他会带着我到外面的饭店吃饭。比如，那时锦江饭店的炒虾仁和牛肉丝，淮海路上东华饭店的罗宋汤什么的，比现在的似乎好吃得多。他还带着我，或者再带上弟弟去浴室洗澡——家中虽然可以洗，但父亲似乎更喜欢当时淮海路上一家浴室的气氛。在热腾腾的空气中，脱光了衣服，大池中泡完澡，可以在包房中很舒适地休息。父亲喜欢泡上一杯绿茶，静静地躺着，有时要上一盘青皮红心的萝卜什么的，分给我们吃——父亲很喜欢这山东老家的土产，而我终究不明白那萝卜有什么好吃。有时，他一边品着茶，或咬着萝卜，一边看着裸露着身体、玩耍着的孩子，会显出一种快慰感，或露出难得的微笑。这时的父亲，是我记忆中最为亲切的时刻。

记得有一次，在浴室中，他躺在睡榻上，拿着报纸什么的，看着我。不知为什么就讲到了写字。“写字和做人一样，字不正，人也不正。字大气，人也大气。”我听不太懂他的意思。“为什么？”我问。父亲看了我一眼，没再说话，看他的报纸去了。

几十年后，我也做了父亲，我对儿子的要求是要他每个星期，写一篇作文。儿子比我当时有勇气，不客气地在他的“作品”中质问：“我最恨爸爸了。为什么人家小朋友不写，你一定要我写？”我没能给他类似父亲的回答。

后来，父亲回到上海来了，到一个文物商店工作。我不久也就离开了家，到一个寄宿的中学念书去，我的还算幸福的少年时代就结束了。

父亲写的字，到他躺到这医院病床上为止，一直都是端端正正的。

父亲，你还记得那些日子吗？我多么想和你再聊聊，当时你是怎么想的呢？现在，你还能感觉到我要对你说的话吗？

四周静得连我自己的呼吸声都听得见，使我感到窒息。只有那心脏监视器的波纹，微微地移动着。突然，心脏监视器发出了响声，父亲的血压和心跳数一直往下跌。医生闻讯，赶来，匆匆忙忙地做些什么。脸色都是例行公事般的毫无表情。

父亲躺着，眼睛还张着，直直地望着，我不知道他是否是在盯着看什么。我下意识地感到，他也许再也坐不起来了。但是，我又多么期待着再一次地像以前那样出现奇迹啊。

父亲是一个非常倔强的人。

“文化大革命”了，高呼着“红色恐怖万岁”的“红卫兵”“造反派”（那时，这些光荣称号，比现在的“总裁”“领导”“博士”更时髦）把“红色恐怖”的风暴刮到了我们家。

大字报铺天盖地从家门口，一直贴到了弄堂口。父亲成了瞩目的坏人。我当时搞不懂，父亲这样一个在绝对算不上当权派的平民，为什么会受此殊荣。后来听说，是一个飞黄腾达的新贵的夫人，当了我们区的领导，批示要把父亲当成“典型”来打。

面对这一切，父亲表面上似乎也没有什么大的变化，只是不太说话了，很多的亲戚朋友都避而远之，不到我们家来了。有的甚至尽快“划清界限”，揭发罪行。记得我读过鲁迅先生的文章，说到，有谁经历过家境败落的吗？那是很可领略到世态炎凉的。确实是如此。

不久父亲被“隔离审查”，也就是变相地关起来了。

开始时，我非常害怕，把家中的一些“四旧”都“处理”（烧掉或撕毁）了——父母在豪华的大厅中拍的结婚照片，父亲穿西装的照片，一张藏在家里一幅油画后面的大彩色照片——那是一个老头，着将军服，戴着顶高帽子，挂着绶带，还握着把军刀；还有我奶奶当成宝贝的很厚的《李氏族谱》等等。我也说不清我当时为什么会这样做，只是觉得害怕，觉得这些东西，弄不好，会给父母惹更大的麻烦。风声紧了几个月，渐渐地，我或许麻木了，也就不那么害怕了。

从外面的大字报上，我知道了父亲在解放前，当过什么“大合食品公司”“丽华大戏院”“通济轮船公司”“益民公司”等许多公司的总经理，还有什么老板等等，也不知是真是假。

但即使那些人想尽方法朝他身上泼污水，也拿不出半点诸如贪污盗窃，腐化堕落，卖友求荣那样有悖中国一般做人准则的事实。单凭我当时的水平都暗中好笑——就这么点破烂货色，能把人打倒？我还知道，父亲的确曾经很阔气过。而解放后，长期不在家，那是去了香港。但为什么去？去干什么？依旧是谜。

我们无法见到父亲，而那时，我特别想看到父亲。在一个偶然的机会，听到了父亲的一些情况。批斗他时，他被人打过，人家说他“犟得不得了”。造反派问他历史上的人和事，他或是不说话，僵持着；或是“这事组织上知道”。问他什么组织，他又不说了。

我不明白，他为什么不说。

父亲“死不认罪”的结果是：跌断了胯骨，倒在床上的奶奶被造反派几次逼问，在饥饿和恐惧中死去。

我们兄弟姐妹四人全部被赶到农村——这就是在当时，也是违反政策的。但，有谁管呢？

妈妈一直埋怨爸爸害得我们家破人亡。她每天和小弟弟只能喝清水汤。

父亲被审查了一年多，直到林彪事件以后才结束，连奶奶去世都没放他出来看一眼。事后，他曾多次默默地望着奶奶的遗像发愣。我知道，这事像一把刀，剜了他的心。

父亲从小和奶奶相依为命，他孝顺奶奶是有名的。

父亲回家时，我们简直就不认识他了，头发全白，一身是病。有的医生说，他活不了多久。他知道家中的一切以后，沉默了好多日子，只吐了一句话：“这不合共产党的政策。”在他脑海里的共产党绝不是这样的。

此后，他对那些造反派，采取了坚决回拒的强硬态度。

上班，下班。此外，一概不问。

开会，不去。

审查结论，不签字，不承认。

要他退休，不答应。甚至不领工资。

看你们能把我怎么样。——他只有这点抗争的能力。一个人真的横下心，到了“要命有一条”的时候，也就是那么回事了。那时，不仅是他一个，还有好多人，不，或者说整个社会不都在生死之际搏击挣扎吗？

家里担心的是他能抗得住、活得下去吗？

现实的苦恼是没有钱。经过大风暴之后，我们家真的败落了。值点钱的东西，几乎都变卖光。

讲到家里的经济，母亲总要翻老账。什么“大合公司的钱，哪里去了？”什么“把十根金条忘在车上，遗失了”。特别要提的是“通济轮船公司”的“芷江轮”沉没之事。在1946年，这曾是轰动上海滩的客运海难事件。外滩附近的公司大楼被上千受难人的家属围住。父亲是“总经理”，有人劝他出去避避风头，但父亲拒绝了。只身前往公司，面对众人。他当场表示，就是把家产都变卖了，也要做好善后处理。结果也确实是卖掉了房子，才处理了这件事。在当时社会上，传闻一时，而这只是父亲跌宕生涯中的一个插曲而已。后来父亲谈到这事，漫不经心地说：“那有什么。”好像小菜一碟。

难怪奶奶生前说：“你爸爸手指缝宽，无论多少钱，到他手里，都得漏光。”

用父亲自己的话：“手中的钱，就像潮水一样涌过来，又像潮水般涌去，随手挥挥即可，不必在乎。”

父亲知道我处理掉自己家的那些照片什么的，没多责怪，淡然表示：“那些陈芝麻烂账，没了算了。”

但听到那个“老头”的彩色大照片也烧掉了，他不由得“啊”了一声。说：“这怎么向二爷交代呢？那是他托我保管的呀。”“二爷”是张学良先生的胞弟张学铭，父亲的至交。我这才知道，那是张作霖六十岁时拍的、唯一的一张照片。过了好多年，父亲和张学铭先生的夫人朱洛筠女士联系，还反复地表示歉意。在他的心里，有负朋友之托，是远比自己的损失、甚至比自己被整得快死了都还重要。

家徒四壁，四周是白眼和各种辱骂。

母亲悲鸣：“你叫我们怎么活啊。”父亲照样衣履整严，几案净明，坦荡度日。

他竟然奇迹般地活了下来。

那都是三十多年前的事了，时光一晃而过。望着渐渐见老的父亲，我总想找一点时间，和他聊聊，谈谈他的各种事情。但不知为什么，一直拖了下来。父亲总是说："你忙你的去吧，我挺好的。""以后总有时间。"

现在，躺在床上的父亲，你还能再一次出现奇迹吗？还会有时间吗？生和死之间，是否真的没有绝对的界限呢？人生之路真可以永远向前延伸吗？

改革开放了，我们的家境稍有好转。

脾气刚烈的父亲，似乎变得平和多了。作为一个不显眼的小百姓，他依然故我地，每天上公园打拳、看报——这是从我记事开始，他就没有变更过的习惯。他喝茶，然后就是和各种朋友谈天、看书、看字画。朋友中有许多平头百姓，也不乏官员、名流。

再后来，父亲又从平民成了"离休干部"。

听奶奶生前说过，在解放前夕，有些爸爸的朋友，要离开上海，到北方好像是叫"西北坡"（ 西柏坡？）的什么地方去开会。父亲曾拿了很大的一笔钱给他们。但父亲从来没有提起过这事。

又一次，也是在不经意的情况下，我翻开了放在父亲写字台上，某民主党派送来的内部"党史资料"。资料说该党在上海的地下分部，就成立在"某某路某某号"，嘿，那不就是我们家吗？父亲当时还是"市委财政委员"。这事父亲也从来没和我们说过。

我问他。他不无动情地说："当时一些朋友反蒋。社会上贪污腐败成风，我看不惯，帮了这些朋友的忙。""有一次，从我们家出去，一个朋友就被抓进去了。我们大家都差一点被干掉。"原来，生死之际的界河，他早就蹚过几回了。"那是玩命，不是玩花头。"他说。

当看到或听到社会上的贪官"玩花头"的事情时，他会愤然地"哼"一声："真他妈跟解放前的国民党差不多了。"在他的眼里，解放前国民党政府就是败在贪官污吏手中的。我不知道他仅仅是鄙视，还是带有某种失落感。他最瞧不起的就是那种癞皮狗般的无耻贪婪、卑躬屈膝。他是否有一点因自己曾为之献身的理想国的破碎而悲哀呢？

他的朋友中，确实有没忘记他的人。离休，据说就是一位也饱受了折磨的老友，在偶然的情况下，知道父亲的情况，挺身而出，为他办理的。父亲对"离休"当然高兴，而更使他感到欣慰的是，在这个喧嚣的世界上，毕竟还有人不忘旧情，毕竟还有光明。至少在这一点上，我知道，父亲心中的火焰没有完全熄灭。

我们兄妹数人，因不同的原因都出国了。望着远行的子女，父亲并没有多的话："到国外，别为鸡毛蒜皮的小利，丢人现眼。"他的意思是，人活着要有点志气。"能干点事，就干点；不能干，就挣口饭吃。"那是说，当一个平凡的人，自尊自立也就可以了。

后来，总算有了一个条件比较好的住所，他还是一如既往地，戴着他喜欢的法兰西帽，拄着拐杖，在那绿草如茵的草地旁，或在春天盛开桃花树下，迈着他特有的步伐，一步步地继续着他人生的跋涉。四周的邻居都知道有这么一位白发苍苍而又每天坚持散步的老人。

那天在我早晨到医院去的路上，在小区的门口，遇见了一位素不相识的乡下老妈妈，她操着浓厚的本地口音问我："你们家的老伯伯怎么这些日子没有看到他出来散步？"当得知父亲住院病重时，深深地叹了一口气，说："真是好人啊。"我不知道她为什么会这样说，但我感到一种心灵的冲击。

苍天有眼。人心自在。虽说就父亲而言，曾经沧海难为水，这一切，他早就置之度外，非常淡然了。

我劝他有空写点回忆录什么的，他开始是安然不理，后来写了。

这次回国前，我下了决心，一定要和父亲详细谈谈，解决一些多少年来埋在心头的谜，那么多的事情，他为什么都不说，是说不清，不能说，还是不想说？真是"欲说还休，欲说还休，却道天凉好个秋"吗？

但我刚到家，得到的消息便是，父亲在前一天倒下，进了医院，病情严重。真是突然的打击。我到处奔波，有的医生说这样，而又有的医生说那样，我总还抱着希望，期待着。

在前一天，他平静地对握着我的手，说："孩子，你别忙了，你没有回天之力呀。”又说：“你做你的事去吧。我想睡觉，最好一觉不醒。”

眼前的现实是，虽说静脉注射液还在不断地滴，但，显示心脏器的数字在一步步地向下滑。父亲难道真的就这样一睡不醒了吗？

初春的夜，那么阴冷，那么静寂，一切都像绷紧了一样。

我眼前一片漆黑，脑海中一片空白。

父亲终于没有能再站起来。

父亲在昏迷前，把他在人生最后几年间写的回忆文稿交给我，我还没来得及细看，但数百页的稿子，字字端正大气。

你人生的那些谜，我能在这里找到答案吗？父亲，我去问谁呢？

记得前人说过，天下事，无不以不了了之。用父亲说法，他的一生，“就是那么些陈芝麻烂账”。

也许谁都说不清生死之际有没有一条绝对的界限，活着的人，谁也没有死亡的经验，这是无法经验的。

每一个时代，每个时代的价值观，都有着自己的风云，也都有着自己的局限。

在每个时代，无论是伟大的巨人、猥琐的侏儒或芸芸众生的平凡百姓，都有着自己的追求，有着自己的悲欢。辉煌也好，平淡也好；高洁也好，污秽也好；浪漫的理想，粗狂的欲望；淋漓尽致地挥洒、拘泥谨慎地勾画，每个人都用自己的生命，涂抹着人生的画面。

现实是各种色彩的交汇。

一个时代过了，一个生命终结了，而新的时代，新的理想，新的生命追求，又会展现出新的风采。生命是要死去的，生命又存在于无穷的长河中。生命之光永远闪现在生与死之际。

父亲，这人生的“陈芝麻烂账”，你算是了结吗？

我本来不想开什么追悼会之类，但其他人要开。我认真地写了一篇悼念的文字。虽说我曾经非常冷静地在国际讲坛发表过《中国文化中“死”的观念》，但在父亲的告别仪式上，我情不自禁，毫无忌惮，号啕大哭。

父亲，你还听得见吗？

火化前，有关人员问我：“要不要把头发留下？”我毫不犹豫地回答：“不要。”我肯定地知道，父亲如果有知，一定不会答应留下的。我把戴在他遗体头上的那顶缎子做的紫红色的帽子拿掉了，露出一头峥嵘的、饱经风霜的、银丝般的白发。

让它伴着父亲，随长风去吧。

2004年4月23—25日

原载《上海文学》2005年第6期

福永光司和道家文化研究

——写于福永先生逝世一周年之际

日本的北陆地区又到了风雨交加的冬天，去年，就是在这样的时节，一位年轻的朋友告诉了我福永光司先生仙逝的消息。一晃就一年了。这一年来，我一直想为福永先生写一点什么。

听到福永先生仙逝的消息时，我简直不敢相信自己的耳朵，真有点愣住了。就在这两个多月以前，在福冈大学召开的第53届日本中国学会上，我和先生见面，并听了他有关日本文化和中国文化关系的讲演。他还显得那么有精神。记得那天中午，吃完饭，在会场外面临时开设的书籍市场的走廊上，我正和另外两位学者交谈，福永先生从边上经过。我用日语和他招呼，向他问好。这是我第一次、也是最后一次和他当面直接交谈。他看了我的胸牌，用日语说："啊，李庆'桑'，好、好。"我问他是否健康，他笑着说"还可以吧"，顿了一下，说："内人病了，我还要洗衣服呢。”我正想再问他一些有关学术的问题，这时，主持下午大会的山田敬三先生走来，说“会议要开始了”，拉他快走。又对我说：“以后再谈吧。”我当然不好再说什么。就望着他在敏捷的山田先生后面，移动着颇为壮硕的身躯，走了。当时的情景历历在目，没想到，不到两个月，就变为天人之隔，再也没有“以后”可以“再谈”了。

我真的有不少问题想当面向先生请教。

我知道福永先生之名，是二十年以前的事了，我在复旦大学，研究生刚毕业，翻译先生和山井涌、小野泽精一一起主编的《气的思想》，曾和他通过信。他当时已经是日本著名学者，是那部书的主要负责人之一，他在书中所作的有关先秦道家的“气”的概念，尤其是《老子》和《周易》的观念和《淮南子》中的“气”的关系的论说，关于魏晋南北朝“气”概念流变的叙述，给我留下了深刻的印象。

来日本以后，多次打扰先生。一次大约是在20世纪90年代前期，当时，中国内地和中国台湾、香港地区的学者一起筹备召开道家文化的国际研讨会议，会议的筹备者给我来电话，希望我能联系一些日本著名的研究道家文化的学者。我冒昧给先生打了电话。先生说是年纪和身体关系，不能前往。但是把自己两篇有代表性的论文寄给我，其一就是后来我翻译成中文的《昊天上帝、天皇大帝和元始天尊》。在文中，先生对为什么朱熹在《朱子语类》中对把“昊天上帝”置于“元始天尊”之下感到不满（见《语类》卷一二五“道教”），这些“神”在历史中的演变情况等作了独特的探讨。其中，他提出，道教的最高神，“元始天尊”出现的时期，最不会早于“公元六世纪后半”（见拙译，载《道家文化研究》总第四辑，上海古籍出版社，1994 年，第 369 页）。这个问题后来引起了日本其他一些学者的反对（拙译小林正美《六朝道教史研究》，四川人民出版社，2000 年，第 155 页），成为日本汉学界中国道教史研究中的一个话题。

和上述问题相关联，是福永先生对道教的定义以及道教起源问题的看法。而这个问题，又进一步涉及日本的神道和中国道教的关系。这也引起了相当的争论。日本学界有所谓“双福战争”之说，就是指他和福井文雅先生的论争。这两位先生我都很尊重，和我也都有点联系。具体的论争，就不详说了。要之，福永先生认为，中国的道教的形成，有先秦以来各种有关“道”的思想影响。关于什么是“道教”，他这样定义：“道教，是以中国自古以来的巫术或鬼道之教为基础，在其上多层次复合地采纳了墨家的上帝鬼神思想信仰、儒家的神道及祭祀哲学、老庄道家的‘玄’‘真’的形而上学，还有中国佛教的业报轮回和解脱或济度众生的教礼仪理，以和在隋唐五代时期作为宗教团体的组织、仪礼，以及神学教理达到大致完成的不灭之

‘道’——宇宙和人生的根源性真理以及真实的世界——成为一体作为最高理想的汉民族（中国民族）的土生土长的传统性宗教。”（《道教思想史研究》，岩波书店，1987年，第469页）他还认为，日本的神道和天皇制度的形成明显地受到中国道教，尤其是六朝道教的影响，并对否认这一点的看法进行了批判。这可见所著《道教思想史研究》《道教和古代的天皇制》等书。

对于他的这些看法，当然有着争论。

到了晚年，他从更广阔的视野，针对当时在日本非常流行的日本文化起源于“骑马文化说”（即北亚的蒙古草原）进行了批评，提出了“船来文化说”。认为日本的文化主要起源于南方船只舶载来的文化。尽管他知道自己的说法不合潮流，但仍坦然自若。当时，他曾特地把他在报上发表的文章汇集起来寄给我。后来这些文章汇成为《马的文化和船的文化》一书出版。这个问题在日本的学界也引起了相当的关注。而他最后在福冈中国文学会上的讲演，谈的也是这个问题。

凡此可见，先生是一位非常有坚实个性和独特见解的学者。每想到他那厚重的神色，我就情不自禁地想起前几年他给我的贺年卡上，那首以他独特字体写的俳句：“干枯的冬天，坐落于庭园中，石块的色调。”那是否就是他自身的写照呢？

我写的《日本汉学史》，前三部已经交稿。先生的事迹，我是放在第四部的，原本想在福冈，就上述问题向先生当面请教，而那次又因为一些别的原因，会后我没再去造访先生。世界上的事情，有时就是那样，失于交臂，便再也无法挽回，一失即纵。人生历程中，是会有这样难以弥补的遗憾的。

福永先生生于 1918 年，卒于 2001 年。关于他的生平事迹，他自己的著作中有所涉及，日本的著名学者兴膳宏先生，神塚淑子先生也都有专门的悼念文章发表（分别见《日本中国学会通讯》第 1 号，2002 年 4 月；《东方宗教》第 100 号，2002 年 11 月），我不重复。他在战争年代曾被征兵，派往中国，是亲身体验过战争残酷的一代。我觉得，在他的文集和著作中，从不回避这一点，而是以自己的亲身体验，表达着反对战争的意愿（见《道教思想史研究》《中国的哲学、宗教、艺术》的后记等）。

福永先生在 60 年代的日本汉学界，是独树一帜的重镇，并任京都大学、东京大学两个大学的教授。据我所知，这是仓石武四郎以后唯一的汉学家。现在日本的道教研究领域的不少研究者，还有一些欧美活跃的中国道家文化专家，是他的学生，或曾受到他的影响。他是一位在道教研究领域有世界影响的学者。

先生对道家文化的研究，成果硕硕。所注译的《老子》（朝日新闻社，1958 年），是日本多种本子中最有代表性的一种。注译的《庄子》（同上），被广为诵读。记得日本报纸曾报道，当小渊孝三当选为日本首相时，日本政界元老送给他的就是福永注译的《庄子》。晚年福永先生致力翻译注释的《列子》，被收入日本有影响的平凡社版《东洋文库》丛书中。

先生有关道教的著作，除了上面已提到过的以外，还有《中国中世的宗教和文化》《中国的哲学、宗教、艺术》《道教和古代日本》《道教和日本文化》《道教和日本思想》《道教和东亚》《日本的道教遗迹》等多种，有些是专门的论著，有的则是一般的教养性书籍。在中国思想史和日本思想史领域的其他著作，在此就省略了。

先生非常喜欢老、庄之学。曾经认真地把“个人的生命和悠久不变的天地造化的根源性法则”联系起来思考，引用《庄子·大宗师》“无古今，而后能入于不死不生”之说，表现了一种非常坦然人生态度（《中国的哲学、宗教、艺术》，人文书院，1988 年，第 242 页）。如今先生骤然仙逝，或正如先生所说，归于无古无今的大化之中了。《老子》有曰：“死而不亡（忘）者寿。”先生对道教和中国文化的业绩，我想人们是会记住的。在先生仙逝一周年之际，谨以此文，略表一个中国的晚学对先生的敬意和悼念。

2002 年末—2003 年初

原载《弘道》2003 年第 14 期

想起了山井涌先生

最近，我翻译的《气的思想——中国自然观和人的观念》一书，历经多年，又再版了，朋友们纷纷表示祝贺。但是，拿着这四十多万字，承蒙出版社关照装订得堪称精美的书，却没有一般著译者看到自己作品时的兴奋，反而在心间浮起了缕缕哀思——我想起了此书的主要编著者山井涌先生。

其实我和山井涌先生也谈不上什么特别的交往，但在以翻译《气的思想》一书为契机的联系中，却有好几件事留在我的记忆里。

《气的思想》是一部探讨中国文化中自然观、人的观念以及这些观念在各个领域中表现的学术著作，是三十多位日本学者历经四年共同研究的成果，翻译此书，是十多年以前的事。当时研究生刚毕业，当上头一两批的“硕士”（国内尚无博士学位），像是刚出炉的烧饼，还算吃香，故劲头十足。每天晚上，从远在郊区的大学赶回家，便趴在灯下啃这块“砖头”，自己觉得津津有味。虽说出版的事八字还没一撇，也就不管三七二十一地给此书的主要编著者写了信。当时，主要是出于对作者的尊重，倒也并不企望他们答复。出乎意料，几位主要作者，都给我回了信，表示支持。其中山井先生的信尤为详细，不仅告诉了我哪一种版本较好，并特地把原书其他作者工作变动的情况也附上；还告诉我另外还有一位老学者也曾打算翻译此书，不知动笔否，叫我和他联系，以免“撞车”。字里行间，我感受到了一种对工作、对共事者、对他人的关切之情。一种设身处地为他人的细腻之感。历经了十年动乱的我，对此，实在是觉得：久违了！

由于国内出版学术著作的不景气，此书译成以后，几经周折，未能出版。其间，我应邀到日本金泽大学任教，和山井先生虽时通音讯，但因身处两地，未能相见。1989年5月，我到东京出席东方学会的国际年会，并拟在会上作专题发表。我把这个消息告诉了山井先生。尽管先生心脏曾动过手术，且那天还有事，但他还是表示，尽量想办法到位于东京中心“虎之门”附近的会场来。

那天上午，我在会场中巡视了一圈，见先生的胸标还留在登记处（出席会议者为了便于互相交往，都领有写着自己名字的胸标），他尚未来。吃过午饭，眼看下午的会议就要开始了，先生的胸标还放在那里。此时，我多少感到有点失望，但转念一想，也很自然，像他这样一位老学者，又何必搁下自己的工作，专程跑来和我见面呢？于是，我朝电梯走去，想上楼为下午的发言作准备，就在这时，从底层上来的电梯门打开了。我进了电梯，和一位身材不高， 满头鹤发，戴着金丝眼镜，精神矍铄的老人打了一个正照面。不知是为什么，我的脑海中突然跳出了："山井先生?!"的念头。老人望了望我，又望了我别在胸前的胸标，问："李庆先生?"而我几乎是下意识地脱口而出："山井先生！"他笑了。我这才感到了自己的唐突，也笑了。然而，想不到真的就是山井先生！

下午的会上，他颇有兴趣地和我就我发表的《阳明学和明末文学》的问题进行了探讨，并特地送了我一册他写的书。从他的平稳的话语中，我感受到了他对于后学者的关注和期待，事情已过去很久了，但当时的情境，却时时浮现心头。

《气的思想》终于在国内发排付印了，当把这个消息告诉山井先生时，我所在的日本北陆地区，已是大雪纷飞时节。1990 年初，我收到山井先生寄来的贺年卡，卡上写着：今年正值他退休满五年，心脏动大手术十年，而又是他七十岁的一年。对于《气的思想》中译本的即将问世，他十分高兴。望着窗外纷飞的大雪，远处起伏的山峦，我感觉到了一位老人洋溢着的对生活的热情和对人生道路所抱的自信，我在心中为他祝福。

雪化了，春来了。樱花开了，又谢了。阳光灿烂的夏天又快光临。我打算再次前往东京，收集研究资料。在和一位朋友谈到自己赴东京的种种打算，想再拜会山井先生时，他突然放低了声音说：“山井先生前几天过世了，你不知道吗？”走得那么突然，实出意料。一种说不清的滋味，浮上心头。我不知该说什么才好。

这以后，对于《气的思想》一书，我总觉得像欠缺了点什么似的。每念及此书，总会联想起山井先生，浮现出和他的交往情景。

山井先生在中国思想史方面的研究，造诣甚深，他所著《明清思想史研究》，所译《孙子》等，中国学者也多引用。他在东京大学任教数十年，退休后，又在大东文化大学执教鞭。有位日本朋友告诉我，他是《四库全书》中收录的唯一一本日本学术著作《七经孟子考文》的作者山井鼎的后人。最近，翻阅他学生编纂的纪念文集中，多有感人的文字。总之，山井先生走了，自有他的朋友学生在，自有他的业绩著述在。大概无须，也轮不到我来说三道四。但我相信，在中国文化研究的园地中，人们是会记住这样一位耕耘了毕生的老人的。而且，即使漫漫的时间之流，冲刷了人们的记忆，那横跨大海无形的中日文化交流的大桥，不正是无数为之献身的人们精力和生命构筑起来的吗？从这样的意义上说，山井先生的业绩不朽。

春天又要到了，樱花又要开了。山井先生逝世周年纪念日是 4 月 19 日，愿将这篇短文，聊作心香一瓣， 奉于先生灵前。

1991 年初于日本金泽兼六园畔，1996 年改

原载新加坡《艺术天地》1996 年第 8 期

山根幸夫先生和他的明代史研究

一个老人，一步一步地，在丛山中跋涉，艰辛地朝着山巅攀登，最后倒在山间的丛林中。我听到山根幸夫于2005年6月24日去世的消息以后，在脑海中多次浮现出这样的画面。

一

说到山根幸夫先生，在日本的明代史学界，几乎是无人不知的。

在中国的学界，知之者或许没有那么多，故有必要先简单介绍一下他的生平。

他1921年生于兵库县神崎郡越知村，1938年兵库姬路中学毕业，进入姬路高等学校文科。1941年进入东京帝国大学文学部东洋史学科，1942年因肺结核病休学。

在早年，他信奉的是禅宗的一派——临济宗。

1945年10月，复学。1947年东京帝国大学文学部东洋史学科毕业，是帝国大学的最后的毕业生。为东京大学大学院特别研究生。1949年因病复发，后左肺完全无法恢复。10月，再次为东京大学特别研究生。

1951年，发表了《15、16世纪中国赋役劳动制的改革》(1951年《史学杂志》60—11)，次年，在《东方学》杂志上发表了《关于明代里长职责的一点考察》(1952年《东方学》3)，着眼于明代“里长”这个可以说是统治金字塔最底层的职务的作用和性质，进行了独特的研究，引起了学界的关注，后来，他把这些论文集汇编成《明代徭役制的展开》(东京女子大学学会，1966年)出版。

1952年特别研究生学业修完。1953年为东洋大学文学部助教授，后被无理解聘。1954年，参加东洋文库研究部工作。1954年为都立大学人文学部讲师。1955年由山本达郎为媒，结婚。1958年由山本达郎介绍，为东京女子大学文学部助教授。同时兼任东洋文库研究员。这时，他渐渐地相信基督教，后来成了基督教徒。1961年为东京女子大学文理学部教授。同时，在东京大学、早稻田大学等任教。此后多年活跃在明代社会经济史的研究领域。多年的论文，后来汇编成《明清华北定期市的研究》(汲古书院，1995年)

1966年，参加关东地区的学中国研究联合会的学生访华团访问中国。1974 年主编《明代史研究》，以后每年出版一册。1977 年 3—4 月，访问中国，以后多次访华。4—10 月在京都大学人文研究所研究半年。1990 年从东京女子大学退休，为东洋文库研究员，一直到去世。

在晚年，他花费了相当的精力，投身于近代中日关系史的研究。这方面的著作有：较早编的《辛亥革命文献目录》(东京女子大学东洋史研究室，1972 年，1983 年再刊)。

进入 20 世纪 90 年代后，编著有《近代日中关系史研究入门》(共编。研文出版，1992 年。1994 年增订版)、《过来之人——作为中国史家》(燎原书店，1990 年)、《近代中国的日本人》("研文选书"，研文出版，1994 年)、《过来之人(续)——生存在中国研究中》(燎原书店，1998 年)、《在大正时代的日本和中国之间》(研文出版，1998 年)、《大安社史：1951—1969，日中出版文化交流的一个时代》(大山茂著，山根编。大安社史刊行会，1998 年)等。在 21 世纪初，又出版了《建国大学的研究——日本帝国主义的一个断面》(汲古书院，2003 年)等。

回顾山根先生的一生，虽说他始终在学术的田园中耕耘，然而，他的一生颇多波折，最初他信佛教临济宗，后来转信基督教；他开始从事考证性的作业，后来转而在社会经济史领域大显身手；他是研究明代史的专家，而后来又从事近代的日中关系史研究；他年轻时身体并不好，却坚韧不拔地走完八十多年的蹉跎岁月。一位后学在悼念文章中感叹，山根先生的一生，是一种“特异的生涯”（川胜守《山根先生的学恩》，《汲古》48号，2005年，第92页）。

二

山根先生作为学者，研究的领域比较广泛，包括明代的社会经济史和近代的中日文化交流史等几个方面。这里主要介绍对明代史的研究。

在日本战后的明代史研究中，山根幸夫先生的《关于明代里长职责的一点考察》（1952年《东方学》3），起到的开拓性作用，是大家公认的。

早在50年代，他就参加了由他的老师和田清主持的《明史食货志译注》（东洋文库）的工作。这被山根称之为“明代经济史研究的大基石”。他在这基础上，又从传统的文献解读注释、官制等传统研究，转为对社会构造的探讨，即社会经济史的研究。

他关注的是明代社会最底层的社会形态——里甲制。“里甲”制中，最基础的负责人是里长、甲首。山根特别对里长、甲首的职责即所谓“里甲正役”进行了研究。指出，他们担负着向国家交付税役、兴修水利，兼有“里老人”和“粮长”的责任。除了“正役”以外，还对“杂役”作了概述。他认为，里长、甲首作为明朝行政的末端，其实是非常辛苦的，除了法令规定的“催办钱粮，勾摄公事”外，还要负担“上供物料”（为宫廷在内的中央政府所需要的物品材料）和“公费”（地方性的祭祀和公共活动等费用）。这篇论文受到学术界广泛重视，被认为是具有划时代意义之作（参见谷口规矩雄《明代徭役制度史研究》一书中有关这一问题研究历史的论说。同朋舍，1998 年，《东洋史研究丛刊》54）。

这一看法引起了争论。根本的问题是如何看待明代乡村的里甲制度的性质。

山根认为，里甲制度，是以摊派徭役、征收钱粮为目的，由当权的权利者由上而下制造出的机构，不管其中有多少“地方自治”性的机能，那都是次要的。要之，其根本上是一种由上面权力控制的组织。

以小山正明、重田德、田中正俊等为代表，在当时日本的史学界，占有相当的影响力量的学者则认为，里甲制，是一种带有农村乡绅的“地方自治性的”组织。在此基础上，展开了中国明代社会的“乡绅支配”体制论。此后，岩见宏、岩井茂树等又提出了不同见解。

要之，日本的明史研究，在一段时期内，是围绕这个问题展开的。后来，他把自己在这方面的论文汇编成《明代徭役制的展开》出版。

这个问题的延伸，是如何看待十五世纪以后的中国社会。具体而言，是对明代中后期“一条鞭法”的形成和执行过程的研究，在这一方面，他又和岩见宏、藤井宏进行了争论。

一条鞭法实施，是以纳银为基础的，那么，当时的农民是如何弄到银子的呢？主要是来自集市贸易。山根重点研究了和北方农村的社会结构密切相关的“集市”。他早在1960年，曾发表《明清时代华北的定期市集》（《史论》第8集，1960年）对中国华北地区的“市”情况，作了概括性的论说，又有《华北的庙会——以山东地区为中心》（《史论》17，1967年）。此后，在1977年，发表了《明及清初华北的市集、绅士和豪民》（载《中山八郎教授颂寿纪念明清史论集》，1977年。以下引文，都出于此文），1978年有《明清时代华北市集牙行》（《星博士退官纪念中国史论集》，1978年）。

在这些论文中，讨论了从元末明初，在华北地区经济逐步恢复的背景下，集市的出现和设立过程，认为：“城市集市的设立，开始于洪武、永乐年间，可以推知，到了成化到正德年间，集聚地增设和扩大了，与此相对，乡村集市的普及当稍晚一些。”对于这些集市的设立，“首先是该州县的知州、知县”起了主导作用，而“乡村集市的设立”，“多数场合，是由当地的绅士和实力人物倡导”。这些集市，到明末，由于受到战争的影响而荒废，到清初又得到了恢复。

他具体地研究了集市运行过程中的若干问题。比如，管理和课税。有的县是按照交易的品目，分别课税。负责征收商税的是“巡栏”。他根据地方志中的有关记载，认为：“因为市集上的交易，是以当地民众的生活必需品为主，所以交易金额不会很多。”即使课税，也不会很多。当地官员和士绅等致力于集市的设立，其主要目的，“也不是为了商税的收入，而是为了促进货物的流通”。

还有所谓的“义集”。在一些地方，除了要收税的集市以外，还设置了不收税的“义集”。他注意到，义集的设置者，除了当地的实力人物外，还有生员（读书人）主导设置和商人自己筹资设置的情况。

市集中反映出来的当时社会的黑暗面。有的是豪绅把持集市，“以扼农民，贱取其粟，转鬻他境，使粟死金生”（万历《汶上县志》卷二“建制志”），有的是“市魁”“奸牙”（牙，指牙行，即经纪者）“市棍”等黑势力横行。

他的有关论文，后来汇编成了《明清华北定期市的研究》。如果说，《明代徭役制的展开》是对明代政权的基层组织和个人及政府关系的研究，那么，《明清华北定期市的研究》是以和人民生活密切相关的“集市”为中心，对明清时期中国华北地区社会生活状况的研究。

在上述的研究中，我们可以看到山根先生在研究上注重从地方志等文献中去发现新鲜资料，注重实证研究；在研究中，注意中国不同地域的差别性；同时，用现代社会分析的方法，对明代社会的基层组织和基础生活状况进行特色的研究。

三

山根先生的研究建立在坚实的文献考释基础之上。

在长期的明代史研究的历程中，他一直不断地在进行基础性的文献研究和整理工作，为明史研究的基础工程，添砖加瓦。

他发掘影印了许多明代史料，比如：《正德大明会典》（汲古书院，1989 年）、《和刻本大明一统志》（长泽规矩也共编印，汲古书院，1978 年）。编制的文献目录有：《新编明代史研究文献目录》（1960 年，1962 年，东京女子大学东洋史研究室版，1993 年增补本）、《新编日本现存明代地方志目录》（原有 1962 年，东京女子大学东洋史研究室版。1971 年东洋文库有增补本。汲古书院，1995 年新编本）、《日本现存明人文集目录》（原有 1966 年，大安本。东京女子大学东洋史研究室版。1978 年有增补本）、《明代经世文分类目录》（东洋文库，1986 年）等。编制的索引有：《日本现存明代地方志传记索引稿》（主编。小川尚、松山康子共编，东洋文库明代史研究室，1964 年）、《日本现存明代地方志传记索引稿》（东洋文库，1964 年，油印本）、《千顷堂书目著者名索引》（东洋文库，1996 年）等。

这些都是明代研究不可缺的基础性的建设工作，为明史研究，提供了很大的方便。

当然，文献研究不仅仅是编印资料，更重要的是对文献的解读和把握。对于各种史料，山根先生都结合有关的研究课题，一字一句地探讨研读。

有的后学谈到，在山根先生主持的明代史研究会上，他们定期进行读书研究。而这时，平常非常和蔼的山根先生，却常常会为了一条史料的解读，为了一个字的理解，与其他学者争论得不可开交。他回忆当时的情况，往往是山根先生和另外学者争论，“围绕版本上一个地方的解释，有了纠纷，几乎是千篇一律般地产生激烈的交锋”，这使得那些“后辈”的学者无所适从（川越泰博《追忆山根幸夫先生》，《汲古》48 号，2005 年，第 93 页）。

正是在这样严谨的史料研究基础上，他的研究才显得坚实可靠。不是抽象的“以论代史”，把材料嵌入到固定的框架中去，而是从基本的细胞分析，以解明整个生物的构造；从最基层的砖块垒起，逐步建筑起整个大厦。因而，不管你赞成不赞成他的看法，他的研究，总是摆在所有研究者面前的、不可忽视的存在。

四

任何一个学术领域的发展，都离不开学术团队的形成和整体学术水平的提高。日本明代史研究之所以能取得相当的成果，和山根先生为组织研究团队和培养新生力量倾注的大量心血是分不开的。

山根先生非常注意明史研究的学科建设。

学科的发展，需要固定的组织支撑。山根先生和同仁们，组织了“明史研究会”，数十年来，坚持不断地定期聚会，共同研究。在会上，交流情况，探讨问题，启迪思想，开拓新的课题。在会上和会后，山根先生和其他学者对后学循循善诱，造就了一批批的研究者，使得日本明史研究队伍后继有人。一位有成就的研究者这样说：“明史研究会的经历，造就了自己现在研究的基础。”（浅井纪《怀念山根幸夫先生》，《汲古》48 号，2005 年，第 73 页）

学科的发展，离不开和世界学界的联系交流。山根先生非常关注各国有关明史的研究动态。他和中国的明史研究界有密切的联系，他曾多次出席在中国召开的明史国际研讨会。他也关注韩国以及世界各国的明史研究。

学科的发展，需要专门的学术阵地，日本明史研究的专门杂志——《明代史研究》是以山根幸夫先生为代表编撰的。1974 年问世以来，每年一期。对前一年明代研究的成果和动向，加以介绍，到 2005 年，已出版了 36 期。对推动日本明代研究的开展，起到很大的作用。

我想强调的是，虽说山根在日本的汉学界是一个有名的学者，他如果要去申请一点什么出版资金等大概也不无可能，但是，他主编的《明代史研究》杂志，每一期，几乎都是他自己手写以后影印的。内容包括研究的动向和有关的论文、当年明代史研究的论文目录等。几十年来持之以恒地做这样工作的学者，在我孤陋寡闻所见之内，世界汉学界中，没有第二人。他的这种坚韧的精神，学者们都觉得难能可贵。

五

我在 1988 年渡日，由吴杰先生介绍，认识了山根先生。他是我在日本其间接触颇多的前辈学者之一。

记得是 1989 年 5 月 18 日，我到东京出席学术会议，冒昧地给山根先生打了电话，没想到他非常热心地在东京女子大学，他的研究室中接待了我。当时，我还担负着国内编写《全明诗》，调查明代文集和收集有关资料的工作，对于编有《日本现存明代文集目录》的山根先生非常敬仰。记得他非常高兴地听我谈了有关的想法，把自己编的《目录》送给我。

当时我还在计划撰写《日本汉学史》，有点不知天高地厚，把自己的大致设想和他谈了。对于我的写作，他或许抱着将信将疑的态度，只是说，“那可是非常大的计划啊”。然后，非常热忱地表示，以后如果需要，可以找他。由于我的《汉学史》越写越无法结束。他曾劝我，可以先发表一些阶段性的成果，可以看看社会的反映。最后经过十多年，《日本汉学史》终于出版了前三部，前两部我都给他了，他显得非常高兴，勉励我进一步写下去。

20世纪90年代以来，我几乎每次去东京，都拜访他。他介绍我加入了东方学会。常告诉我日本明代研究界的历史、现状和新的进展。记得他曾非常有兴味地介绍川越泰博、佐藤文俊、浅井纪等的研究成果。他还介绍他的学生和来访的中国学者和我见面。我想，他的意思，是希望我和日本学者有更多的交往。有时两人从东洋文库他的办公室走出，到六义园附近的小饭馆吃饭，记得他挺喜欢吃酱烧茄子的套餐，他曾带我到他的家中，谈到自己信奉基督教，讲到自己年轻时的一些遭遇。他还关心我的家庭和孩子的情况。在他的身上，我感受到的不仅是学者，而且是一个长辈在对后辈的关切，感受到了一种浓厚的人情味。

我本来想在写完《日本汉学史》以后，去参加他的明代研究会。2004年秋，我到东京查阅资料，和他联系，他家中人说先生进了医院，未能相见。2005年春天，我再次到东京，家人说还是在医院。情况不太好，想不到竟成永别。

这几年来，多次感受到死别的痛苦，使我越发感觉到生命的短暂和脆弱。死亡，会使许多梦想都失去了实现的可能，在死亡面前，个人的努力，有时就会显得那么苍白。在近日出版的《汲古》特刊和《东方学》杂志上，有那么多的学者怀念山根先生的文字，可见他的为人。有的中国学者表示要翻译山根先生的论著，我期待着中文译本的早日问世。

一个人的人格，一个人的本质，是要经过很长的时间才会逐渐显现出来。山根先生是一个勤奋的学者，是一个执着的学者，是一个有个性的学者，是一个有人情味的人。我还想说的是，他其实也是一个真情的人。“情到真处方孤独”，在他那孜孜不倦几十年如一日地，用笔一个一个字地抄写复印出的《明代史研究》的字里行间，不知道大家能否感受到一种学者在追求中的孤独？至少，我是深深地感受到的。

原载《中国典籍与文化》2006 年第 3 期

“流观”汉诗见真情

——清水茂先生《流观室诗词稿》中所见东亚汉学交流

诗言志，歌咏言。诗咏史，史证诗。

诗见性情，诗是人生长河中的浪花，显现着诗人内心和外在世界的大千景象。

清水茂先生（1925—2008），生前为日本京都大学文学部、中国语言文学科的主任教授，在东亚的中国文学研究学界享有盛誉[①]。《流观室诗词稿》，是清水茂先生的汉文诗词集，在其去世后，由他的学生、后学们编辑出版。主要有金文京、松家裕子等。

集中收录了清水先生的汉文旧体诗词 100 多首，时间从 1957 年到 2000 年。借此机会，首先想介绍一首诗词集

① 关于清水先生的生平简况，可见拙著《日本汉学史》第四部，上海人民出版社，2010 年，第 495 页。他退休前的著作目录，见日本京都大学文学部中国文学研究室主办的《中国文学报》第 40 辑。

中清水先生给我的诗。并谈谈该集中所展现的中日汉学界近半个世纪的交流情况和一些有关的问题。

一、清水先生和笔者唱和的诗

清水先生给我的诗。题为《奉答李庆教授，谨次高作韵 1995 年岁杪》。

我的原诗是：

声闻海外立文苑，斗转星移七十年。
跋涉书山传薪火，探究诗魂执先鞭。
京洛桃李多扶植，沪渎唐典赖周旋。
百岳归来人未老，荒槙林下看云天。

先生的诗是：

空驰虚誉深惭愧，唯喜读书多少年。
培养英才嗟乏力，交流学术敢先鞭。
君山经史皆环拱，善老恢弘又握旋。
菲德专凭师业大，退休无咎谢苍天。

关于这首诗的背景——笔者和清水先生近三十年间交往的几件事。

第一件事。我第一次见到清水先生，那是 1986 年清水先生退休前，到中国访问。

到复旦大学访问，是章培恒先生邀请的。清水先生来到了中国，预定到复旦的那天，章先生恰好有一个重要会议，在武汉开。于是，他就给我发了个特急电报，要我当天务必做好对清水先生的接待工作。

鉴于当时有清水先生的学生在复旦留学，而我和他们都比较熟悉，我当时在古籍所负责一些工作，所以就由我出面，代表古籍所和章先生，宴请清水先生。席间，大家聊了一些学界的事情，清水先生会说中文，我当时会几句简单的日语。具体聊了什么，记不清了，但有三件事情还记得：

一是他表示要送一套《吉川幸次郎全集》给复旦古籍所，该书共三十卷。当时正是日本泡沫经济高涨之时，很有钱，这对于只有月薪不到一百元人民币的我们来说，是非常厚重的礼品。

二是我向他提出要翻译平冈武夫先生主编的《唐代研究指南》。他说，平冈先生是他的老师，表示可以回去以后向平冈先生转达我的意愿，最终促成了这部重要著作在中国大陆的成功翻译出版。

第二件事，在 1995 年前后，那时，我在写《日本汉学史》，几乎每年要跑两三次京都。

当时，清水先生七十岁，学生们谈起要给清水先生祝寿，我就不揣冒昧地写了一首诗，这就是前面所引的。清水先生不久给我用毛笔书写了回信。

第三件事，2000年前后。当时，吉川先生的《中国诗史》要在复旦出版社再版，要求版权，我就给他写了信，真所谓“得陇望蜀”。多有打扰。由先生介绍，我得到了吉川先生哲嗣的许可，使这部书在复旦出版社重版。

2007年夏，6月底还是7月初，我到京都大学参加例行的“中国文学研究会”年会，会上，见到清水先生。我上前和他打招呼，问安。他很高兴地和我聊起各自的情况，还一起拍了照。没有预料，这次相见，竟成永别。但他的真情，一直留在我的脑海。

二、日本京都大学中国文学研究的师承流变

清水先生在上引诗中有一句曰：“菲德专凭师业大”，指自己传承了京都大学的学术传统。

1. 众所周知，京都大学，是日本对中国文化进行学术研究的中心之一。上引先生的诗中有“君山经史皆环拱，善老恢弘又握旋”句。君山，指狩野直喜，字君山。善老，指吉川幸次郎先生，字善之。他是清水先生的老师。

2. 第二次世界大战日本投降以后，到20世纪70年代，吉川幸次郎等学者，继承了狩野等老一辈的学术传统，在

中国文化研究方面做了大量的工作。《诗词稿》中收录的有关清水老师辈的诗有：《贺平冈武夫先生补学士院会员1983年12月30日》《贺小尾郊一师受勋》《贺小川环树师列日本学士院会员1989年12月13日》等。

3. 此后，清水和他同辈的学者，以及稍后的尾崎雄二、兴膳宏、小南一郎等先生，在中国语言文学领域中，又有新的展开。而他们的学生辈，有高田时雄、下定雅弘、小松谦、松家裕子等。这些情况，在集中也有反映。

4. 不仅有直系的京都大学的师承，还有和其他日本学者的交往、交流：集中可见的有与以下学者交往的诗歌，如：有关神田喜一郎的《神田鬯庵先生挽词》，有关相浦杲的《悼相浦杲教授1990年12月19日》，还有有关北村学、志村良志、日原利国、实藤惠秀、铃木修次、赖惟勤等等的诗歌，不一一列举。

这些诗歌，所写所记有的虽然只是一件事，一个场面，但都如实地映现了日本汉学界的真实情况。根据以上的这些事实，我们可以对日本学界的情况有更真切的了解，而不至困囿于一些干涸的概念。比如，对于所谓的"京都学派"，如何界定？至今众说纷纭。笔者认为，上一世纪中叶，日本经济高速发展以后，日本全国各地交通、信息、人员交流日益频繁，京都大学的，或者说京都的学者，和全国各地的交往流动日益密切，研究的方法和课题也多接近，虽然说各地区都有一些学术团体，但大多数的学者，所谓地域性学派的意识，渐趋淡漠，并非如有些论者强调得那么强烈。从清水先生的交往中，也反映了这一点。我们无须人为地僵化、扩大日本学界所谓“党同伐异”的“学派”的观念。

总之，此诗词集展现了这半个多世纪，日本学界的深层的一些真实情况。

三、和中国大陆文学研究界的交流

从20世纪50年代起，清水先生就和中国学界进行交流了。在当时冷战的情况下，做到这一点是很不容易的。所以我的诗中称其“执先鞭”。诗集中所涉及的人和事不少：

1. 和夏承焘（1900—1986）先生的交往。

20世纪50年代，清水先生读了夏先生1955年出版的《唐宋词人年谱》，写了一篇书评[①]。当时，他还只有三十岁前后。在肯定夏先生的成就可“彪炳学史”的同时，也指出在史料的采用，在推导的结论上（如关于韦庄是韦应物玄孙之说），尚有瑕疵及可商榷之处。对于他的批评，

① 此书评发表在京都大学文学部中国语言文学研究室主办的《中国文学报》第五辑（1956年）。顺便说一下，此刊物现在已经出版到了60多辑。

龙榆生先生先看到，寄给了夏先生。

夏先生《天风阁词学日记》中记有此事。曰："清水君读予书甚仔细"，"所论皆甚中肯，赞美亦无溢辞。日人治学谨严可见。"[①]《唐宋词人年谱》再版时，夏先生还特地将清水先生的文章收录在书中。

此后，清水先生和夏先生多有书信交流。诗集中有《庆祝夏瞿髯教授从事学术与教育工作六十五周年 84 年 11 月 17 日》《夏瞿髯教授挽辞》等。

2. 20 世纪 70 年代，我国改革开放以后，清水先生和中国学术界的交流日见频繁，范围日见扩大。在诗词集中可见的，交往的学者有：唐圭璋、程千帆、周祖谟、王瑶、李格非、金启华、杨春霖、陈祥耀、秦子卿、邓绍基、李文初等先生。这些学者的简况如下：

唐圭璋（1901—1990），字季特，汉族，生于南京。终其一生，专治词学。曾任中央大学、金陵大学中文系教授。新中国成立后任南京大学、东北师范大学、南京师范大学教授。众所周知，是词学研究专家。

程千帆（1913—2000），湖南宁乡人。原名逢会，改名会昌，字伯昊，四十以后，别号闲堂。千帆是笔名，后来就通用此名。1936 年毕业于金陵大学。历金陵大学、

① 见《流观室诗词稿》，京都大学文学部中国语言文学研究室，2008 年，第 28 页。此书是非卖品。

四川大学、武汉大学教职。1978 年任南京大学教授。诗学研究专家。

王瑶（1914—1989），山西平遥人。为国立西南联合大学、清华大学，北京大学教授。开拓了现代文学研究的新领域。

周祖谟（1914—1995），北京人，祖籍浙江杭州。字燕孙，1932 年入北京大学中国语言文学系，毕业后曾历任南京中央研究院历史语言研究所助理研究员，北京辅仁大学中文系讲师、副教授，北京大学中文系教授。中国文字、音韵、训诂、文献学家。

李格非（1916—2003），出生于汉口。1938 年考入武汉大学中国文学系，1942 年毕业。武汉大学中文系教授，1957 年曾到苏联莫斯科大学东方语言学院担任客座教授，1961 年回国。1964 年，参加中国学术代表团访问日本。语言学家。

金启华（1919—），安徽来安人，1947 年毕业于中央大学。历任中央大学、国立戏专、山东师大、南京师大教授。

杨春霖（1921—2005），江苏无锡人。毕业于国立西北大学中文系，并留校任教。逝世前为陕西省语言学会名誉会长，西北大学文学院教授。

陈祥耀（1922—），字喆盦。福建省泉州市人。无锡国学专修学校毕业。后为福建师范大学文学院教授。着力于文学研究，又研习书法。

秦子卿（1925—），生于上海，祖籍扬州，后为扬州师范学院教授。

邓绍基（1933—2013），复旦大学毕业，后为中国社科院文研所所长。曾率领中国社科院文研所代表团访日。

李文初（1936—），湖南宁远人，暨南大学中文系教授，1988年春，应日本九州大学之聘，赴该校文学部任教二年。

还有一些，不一一详列[①]。

清水先生到过的地域有：北京、上海、江苏、湖南、湖北、福建、广东、陕西等省市，将近大半个中国。

清水先生的研究范围，主要是文学和语言文字领域，语言文字方面，包括：音韵、训诂、语法；文学方面，从先秦两汉、六朝隋唐、宋元明清，直到近现代；包含诗赋词曲、戏剧小说，极为广博。

提出这些事实，我是想要说明，《诗词稿》中的这些诗歌，映现出东亚汉学深层的许多真实情况。学术的发展，有如大河流水，源远流长，无所谓“断裂”。今日的中国学术研究、学术界和世界的联系桥梁，是由许多先驱者不断努力才建造起来的。我们不应事过境迁，便仅停留于喧

① 以上学者简况，是笔者根据手边资料以及调查所得。未必完全准确，仅供参考。

哗的舆论表面，忘记这些先行者。闭门造车，无法构建一流的文学艺术，不可能有一流的学术。

清水先生从20世纪50年代，中日邦交尚未完全正常化的冷战时代开始，就不断努力，对于促进中国和日本的中国文学研究的交流，贡献了自己的力量，起到了应尽的推动作用。对此，我们不应忘记。

四、清水和香港以及香港学界的关系

这里特别要谈一下清水先生和香港以及香港学术界的关系。清水先生年轻时，到香港大学留学。所以他对香港有特殊的情感。

1. 和香港的学术交流，主要是和饶宗颐先生。清水先生说过，他早年到香港留学，曾受饶先生关照。1980年饶先生应邀访日。清水先生在诗集中，有《欢迎饶选堂教授80年5月9日》《送别饶选堂教授叠韵80年8月17日》等诗歌记载。

饶先生那次访日，是和川口久雄、池田末利等教授的邀请有关。关于此行，笔者有幸，在旧书摊上购得一封饶先生的亲笔信，已经在香港和大陆披露过[①]，在此不赘。

2. 此外清水先生还和何朋先生、孙立川等先生有交

① 见《饶宗颐先生散失在日本的一封信》，《溯兰》杂志，2008年。

往。与何朋先生早年交往，后何朋早逝。《诗词稿》中有1983年写的《何朋先生挽词》，称他“生平喜班史，详细说康文”。班史，当指《汉书》，康文，指的是康有为。可见何朋是位博通古今的学人。“中年忽仙去，天赐薄何君”，表现了作者对于亡友的惋惜和怀念。

还要提一下孙立川先生。他是清水先生的弟子，回到香港后，为推进香港和日本的文化交流，做了不少工作。比如，金庸和池田大作的对谈，用中文翻译出版等[①]。

3. 在诗词集中，还有些有关香港的诗。如香港的曾履川教授有《香港杂诗》，清水先生曾与其唱和，后又作《新香港杂诗》（1986年）。

《香港归还中国二首》，是回应新加坡郑子瑜教授宴请他参加一次国际会议所作，特地用毛笔书写。第二首：

兴汉中山计，香江养本根。神州陆沉世，志士寓居园。

田娣（肖红别号）灰先去，子民（蔡元培）坟尚存。精灵在天上，闻报必安魂。

看到了香港在近百年间，在中国抗争外来侵略，中华

① 见《旭の世界を求め》（《探求一个灿烂的世界》）东京，潮出版社，1998年，第6页。

民族争取民族复兴斗争中的地位、作用。由此可见清水先生对香港的特殊情怀。

五、《诗词稿》中所见的其他内容

该诗词集中，还有不少其他的内容，简介如下：

1. 对于日本传统文化和现实的思考。如《赖山阳先生百五十年祭赋奠》中称：“先生光芒争日月，邦国论史为津梁。”“近来颇感政记中，深戒穷兵黩武语。”至今读来，尤有深味。

2. 有关新加坡、马来西亚的诗歌，反映了和那些国家学者的交往。如《新加坡杂诗十首》，是 1988 年到新加坡开汉学国际会议时之作，《马来西亚佛柔杂诗八首》，记载了 1991 年到马来西亚旅游的观感。

3. 清水先生自己日常生活中的爱好和情趣。先生喜欢登山，直至晚年，依然坚持。《六登枪岳自贺退休》记载了六次和学生、友人登山的心情。《赤石岳》这首长诗，比较形象地记录了先生登山的过程和感触。

而《己巳新历三月，将退休京都大学，预祝解脱尘网》中的“官烦立志终无遂，屋漏润身何待田”，更反映了清水先生人生理念，洋溢着先生的真挚情感。

综上所述，可以看到：《诗词稿》凝聚着作者的真实情感，呈现了半个多世纪东亚汉学的许多真实情景。汉学研究不是一个孤立的园地，东亚各国和不同地区之间的研究，有着密切的关联，呈现出网络状的以及根须状的展开。

关于20世纪中叶到80年代，日本汉学界和中国的交流情况，在目前的媒体世界中反映得比较零散。许多深层的交往，在此诗词集中却有真实的反映。因此，这部诗词集不仅对于探讨清水先生本人的学术历程，有着重要意义，就是对于国际视野中的汉诗研究，对于这一时期东亚地区的汉学研究，也是一份很有价值的资料。

2015年1月初稿，3月—4月修改

本文原为2015年6月在香港中文大学“传统文学国际学术研讨会”上的发言，后收入会议论文集

中国古典中发掘多彩人生

——井波律子和她的《世说新语》研究

5月中旬，看到日本文化国际研究中心名誉教授井波律子先生逝世的消息，心头猛然一震。井波先生曾在日本金泽大学任教，对我多有照顾。她仅仅比我大几岁。去年末还收到她的来函，告知家中有丧事，不要寄贺年卡了，想不到倏忽间，竟成天人之隔。

井波先生是当代日本中国文学研究的专家，对《世说新语》的研究独具特色。

关于《世说新语》，近代中国李详、刘盼遂、余嘉锡、徐震堮、王叔岷、杨勇等众多研究者，都曾对该书文本、语言等做过校笺、注释。日本则有川胜义雄、福永光司、村上嘉树、吉川忠夫等的翻译和研究。井波先生的研究，在前人的成果上展开。她先是从研究《世说新语》中的个别人物如谢朓、阮籍开始，继而进行了部分的注释、翻译；最后则是对全书进行了译注。在此过程中，她得到了砺波护、大曾根章介等先行者的帮助。此后，以《世说新语》为中心，于 1983 年写了《中国人的机智》，作为《中公新书》(即日本中央公论社出版的丛书) 的一种出版，然后为角川书店出版的丛书《鉴赏中国的古典》，撰写了《世说新语》，于 1988 年出版，是一部很有特色的选本 (以下所引《世说新语》，概出此本)。这部丛书由日本著名的学者小川环树和本田济主持，是 20 世纪 80 年代非常有特色的中国文化丛书。此后，她又花了多年时间，对《世说新语》全书进行了译注，全书共五卷，从 2013 年到 2014 年，由日本平凡社出版，收入该社经典的《东洋文库》。此外，作为《世说新语》研究的展开，井波先生以中国不同人物为类型，撰写了多部著作。可以说，以《世说新语》为中心的研究，贯穿了她的主要生涯。

研究中国古典，当然要注意文本，《世说新语》早在日本的平安时代 (公元 8 世纪到 12 世纪，相当于唐、宋时代)，就传到了日本，见载于《日本国见在书目录》。现存最早的文本，有日本所存的唐代写本的残卷，罗振玉曾影印出版。

宋代有南宋的董棻刊本、陆游重刊本，据说此本已亡佚。明代嘉靖年间，有袁褧嘉趣堂本 (这也就是《四部丛刊》影印的本子) 等。井波研究所据的文本，是日本尊经阁影印的金泽文库本，据认为是从宋本翻刻的。此外还参校了残卷、石刻等资料 (如南京西善桥南朝墓砖画的阮籍画像等）。

井波先生的研究更注重的是对本文内容的分析探讨。

《世说新语》，是一部“志人”的“小说”（参见鲁迅《中国小说史略》），也就是记录人物的言行的作品。不少的笺注，注重具体条目的解读和注释，或者选取一些逸闻趣事，作为写作的资料。

井波先生在研究中，注重把其中的内容，放到魏晋时代政治交替的历史环境中去解读，把各个不同篇章有关人物不同侧面的记载，汇聚起来，以求立体地展现当时人物的形象和他们在当时社会波澜中所处的位置。这一点，在有关阮籍的注释中，尤为明显。

在《文学篇》介绍阮籍被人“以为神童”的那条下，她概括地探讨了当时的政治态势，列出了曹魏政权的世系图（《世说新语》，第 98 页），司马氏在朝中的地位，点明了阮籍处于这种政治势力之间的位置。指出，这事发生在公元 263 年 10 月。

该条讲道：魏朝封晋文王为公，“司空郑冲驰遣信就阮籍求文，籍时在袁孝尼家，宿醉扶起，书札为之，无所点定，乃写付使”。

井波在注释中说明，阮籍“宿醉”之际，挥笔而就之文，就是收录在《昭明文选》中的《为郑冲劝晋王笺》。她认为，表面上看来是阮籍连醉二日后而成，实际上那是篇他知道自己无法逃脱，只能忍耐着，不得不写的假心假意的“名文”(《世说新语》，第 100 页)。

可见井波的注释，有着坚实的文献基础，有着对于魏晋时代整体历史的把握。因为她在年轻时期，就曾和今鹰真、小南一郎先生等一起，翻译了《三国志》。那是筑摩书房版的《世界古典文学全集》(全 50 卷，包括欧洲、阿拉伯等的古典名著，1978 年)的一种。

对于阮籍，她进而把《世说新语》中其他部分有关的记载以及阮籍本人的作品结合起来，立体地描绘出他的不同侧面。如阮籍遇到权贵司马昭时的审慎，“言皆玄道，未尝臧否人物”(《德行篇》，第 31 页)。为了摆脱现实的矛盾，表现出一种“任诞”的形态。饮酒放纵，声言“礼岂为我辈设也”(《世说新语》，第 310、318 页)。指出，阮籍之所以会这样，是在明日的生命也无法保证的乱世中，力图在表明心迹以示反抗的同时，以保全生命的选择。他撰有《大人先生传》《达庄论》等，乃是他的人生态度和思想(《世说新语》，第 100—101 页)。

此外，她还研讨了现存的阮籍的作品，在介绍著名的《咏怀诗》第七十二首时，这样解释，阮籍诗中指出了：“支配俗世的原理‘名’和‘利’，会恣意地动摇人心，使人变恶的欲望权力化，一旦任凭这种对‘名’‘利’的渴求，对人的关系必然就一路恶化，人们相互反目，互相伤害，互相践踏。”(《中国修辞的传统》，影书房，1987 年，第 67 页)说明了阮籍的基本价值观念。

阮籍只是一个比较典型的例子，对于《世说新语》中所涉的其他人物，比如对李膺、谢安、王导、周处等人及其一族的情况，也都是如此。不一一列举。

探讨这些人物的行为，井波研究的独到之处，在于还在此基础上，进一步对当时各种人物的语言表述、思维方法和生活方式的特点，进行了探索。关于这方面的成果，可见所著《中国人的机智——以世说新语为中心》（此书笔者等已译成中文出版，上海学林出版社，1998 年）。

先看语言表述。她认为《世说新语》中人物，或者说中国人的话语中，有着隐晦、委婉表达的特点，有游戏、比喻、讽刺、浓缩归类、甚至“藏有暗号”等表现手法。注意到在不同时代、不同人物，比如毛泽东、鲁迅的语言中和《世说新语》中人物的表达方式的内在相似性，包括用对方的词语逆袭，采用否定语式等等的特色（见《中国人的机智》第三章，又《中国修辞的传统》所收《变革的冲动》，第 78 页；《中国的异端》所收《争论家鲁迅》，第 223 页等）。

语言是思维的表现形态，井波对《世说新语》中一些人物内心的复杂性，进行了探索，描绘了如下的形态：

在表面木讷神情的后面，内心激荡着的波纹（比如谢安，《世说新语·雅量篇》，第 171 页）。

在张扬纵欲表象的底层，流淌着的人性的真实（比如“竹林七贤”中的刘伶，《世说新语·任诞篇》，第 314 页）。

在道貌岸然的背后，隐藏着伪善和私下算计（如卞壸说郗愔，身中有“三反”，即三种矛盾现象，见《世说新语·品藻篇》，第218—219页）。

在放诞形骸的内心，实际有着对礼法的尊崇（如阮籍，还有嵇康，见《世说新语·雅量篇》，第140页）。这些情况都说明，人性是复杂的，不能简单归类图解。

正因为注意人物内心的把握，所以，她的研究，不仅是古典文献的注释和解说，还是文学、哲理的追索，描绘的不仅是显现的人的表象，更注意探索各种人生深层的生命理念。

在研究《世说新语》的基础上，或许可以说，作为《世说新语》的延长线和展开，井波先生把视野扩展到整个中国的各个不同的历史时期。

她写了多种随笔性的文集，别出心裁，以流畅的笔触，在中国的古典文献中，发掘、勾勒不同类型人物的多彩人生。如果说对《世说新语》的研究，更多带点有中国传统的研究色彩，那么那些随笔性的著作，和她受到的法国文学的影响有关。记得在以往的交谈中，她曾说过，受到京都大学著名的法国文学研究专家桑原武夫先生（1904—1988）的影响。在其著作中可以看到桑原《人间认识》（见《桑原武夫全集》第四卷，1966年。书名的中文意思是对“人”的认识）的影子。

或许因同为女性，井波先生在著作中，勾画了许多中国女性的生存方式。比如：沉浸在酒池肉林中的妲己（见《酒池肉林》，讲谈社，1993 年）；历史上大权在握的汉代吕后、六朝时的贾后、唐代的武则天、清朝的慈禧太后；古代宫廷中的美女赵飞燕、杨贵妃（分别见《中国的大快乐主义》，作品社，1998 年；《破坏的女神》，新书馆，1996 年）；六朝的才女谢道韫和丑女许允妻（见《世说新语》）；市井中被认为是淫妇的潘金莲（《破坏的女神》，新书馆，1996 年），等等。

在她的笔下，同为侠女，有唐代文言小说中的聂隐娘，明代拟话本《拍案惊奇》中的“十一妹”，清代文康笔下的十三妹（见《儿女英雄传》）等不同人物。而同一人物柳如是，却曾入青楼，曾走江湖，曾为志士，曾主豪门，兼有美女、才女、侠女、贵妇的数个侧面。甚至大家不太注意的清末作家宣贤笔下的那个会杂耍的“阿良”，也受到她的关注（以上见《中国的大快乐主义》《破坏的女神》）。

当然不仅是女性，井波先生还探讨了中国历史上那些以“背叛”见载史册的政治人物：王莽、司马懿、王敦和桓温、安禄山、秦桧、吴三桂等，勾画了这些中国历史上所谓“叛逆”人物的人生和心理状况，有谋略的、有算计的、有在逆境中委曲求生，靠着背叛的手段，攫取大权（见《叛逆者的中国史》，讲谈社，1997 年）。

此外，她还特别关注那些异端人士和传说中的奇特人物。如战国时期的列子、张仪、苏秦，六朝时期的嵇康、谢朓，《清平山堂话本》中的“简帖和尚”，明代的冯梦龙、张岱等等。这些人物，有现实主义的，有充满理想的；有舍身担当的，有苟且利己的；有豪放的，有吝啬的；有判然恬淡，消散在对自然山水风光的凝视之中，不落凡俗的；有欲望炽烈，借助酒和药，追求感官刺激，尽情地享受现实肉欲快乐的；有各种技艺在身全面发展的，也有独具一技奇特超人的（以上见《中国的大快乐主义》，《中国修辞的传统》；又见《异端与现实》，日本平凡社，1992 年）。总之，在她的笔下，描绘出中国不同时期各类人物的不同生活样式，显示了不同阶层人性的多样与复杂。

井波先生指出，虽说按照儒家的基本学说，强调的是修身、齐家、治国、平天下，但是在中国历史上，在剧烈的社会变动中，那些接受了老庄或其他思想的人，总是在动摇着儒家的意识形态，总是在儒家的笼罩上穿透出各种风洞，展现各种不同色彩的人生（参见《中国的大快乐主义》第 7 页）。

在某些学者的笔下，往往把“中国人”描绘成单一色彩，涂上灰暗的色调；以一种归纳出的“普遍性”来概括所有的特殊性和个性，然后加以抨击。这样的思维方式，和他们想要批判的强求“一律”的专制，在思想的深层，其实有着相通之处。在东亚大陆、广袤的黄河、长江流域，延续了数千年的中华民族，如果只有一种呆板的思维和单一的生活方式，怎么可能抵抗那么长久的专制压制？怎么可能经受得起历史跌宕的洗练而仍然生存下来呢？

井波先生说得好："如果把中国——这个似乎沉睡着的、具有悠久历史的文明古国——为了一次又一次的复苏的拼命挣扎的苦难时期作为乱世的话，那么也可以说，在其中一面随着时代挣扎，而一面探索生存道路者的武器，就是机智。"（《中国人的机智》中译本，第133页）

是的，中国人有中国的机智，这就是中国人生存的武器。

最后想谈谈和井波先生的交往。在我三十多年前，初到金泽大学时，面临陌生的教学环境，难免有点紧张。她总是对我说，"不要担心，慢慢就会熟悉。"当时，我日语的口语很差，许多专用名词经常念错，比如当时和她经常谈论的吉川幸次郎先生（有的学者告诉我，她是吉川先生的最后一位直接教授的弟子），我常把"幸次郎"念成"shinjiro"，她就纠正，当念" koujirou"。其他有些专业的词语，词典中没有，我就向她和其他老师请教，方得顺利地上课。

我的孩子要来日本，井波先生考虑到当时日本学校中，可能会有"欺生"的情况，特地联系了在金泽市内教养水平比较高的一个大学的附属小学。所以孩子得以比较顺利地学习，很快适应了日本的学习生活。

几十年前，在金泽大学教师的休息室内，她靠在沙发上，抽着那种细细的香烟，喝着咖啡，和大家闲聊时的神情，时时浮现在眼前。日本的神户大地震以后，她调往京都的日本国际文化研究中心。此后，惠赐了不少书，每年的贺年卡，总会写上几句叮咛的话语。想不到一下子竟成永别。

我的孩子和井波先生接触时，只有十一岁左右。当我把井波先生去世的消息告诉他时，他黯然地说："人生就是这样匆匆而来匆匆而去。"——下一代也已经有了生命的意识。

井波先生在中国的典籍的海洋中，浏览着，搜索着，思考着，用她手中的笔描述着、勾画着各种各样的人物。如今，突然倏忽而去，留在读者面前的，是多种著译。在历史的长河中，每个人的生命都很短暂，我想，她勾画的中华民族人性的多样性，必将长久留存在日本广大读者之中，她那充满智慧的探索，也必定会启迪中国读者的思考。

谨以此文，聊作心香，献于井波律子先生灵前。

2020 年 5 月于日本金泽

原载"中国小说网"，2020 年 6 月 8 日

第二辑　林下的散木

敢遣春温上笔端

——读吴中杰先生的《复旦往事》《海上学人》

前些日子回到国内，中杰先生惠赐了两本新著：《复旦往事》《海上学人》，都是广西师范大学出版社 2005 年出版的。对这位在“文革”时期被称为“长胡子”“摇羽毛扇”的人物，学生们时而会开点玩笑。现在，中杰先生可真是有“胡子”了，读他的新著，感受到更多的风雨沧桑。

这两本书，有时代的风云之气。

两书基本以复旦大学为焦点，描绘了 20 世纪 50 年代以来的时代风云。

《复旦往事》，以作者的切身经历为主线展开，揭示了那个时代知识分子思想发展变化的轨迹。

他们有过五十年代初期的虔诚追求：无论教授们在“碱水里浸泡”，进行“灵魂碰撞”（《复旦往事》，第 8 页，下仅注页数者，概为此书），还是年轻一代齐声背诵

“静静的顿河”（第 21 页），都显现出发自内心的真诚。

有过六十年代前后的困惑苦闷：面对有人为了应付上级假造数字的现象，他们发问：“这样搞行吗?”（第 80 页）主观上不断努力“又红又专”，客观上却又总不被理解（第 84 页），这大概是相当多知识分子共有的感触。

有过七十年代挨整的教训：在越来越激烈的变动浪潮中，整个知识阶层，都成了整肃的对象。有的人为了自保，努力表现，但“依然要被打倒”（第 153 页），“人性中邪恶的东西释放出来了”（第 158 页）。而即使在这时，人们也有着水面下的内心变化。派去监视“牛鬼”的工宣队员，在实践中认识到监视的对象是好人，竟一起装模作样地演出双簧（第 247 页）。真实地反映了时代的风貌，

也有“文革”以后的反思探索：作为大学教师的作者，关注大学改革。坚信“高等教育自有其规律性”（第 295 页），教导学生“学术著作应是个人多年研究的成果”（第 313 页），“不被基金和奖金圈住”（第 315 页），依然激情洋溢。

确实，中杰先生是个有性格的人。有性格，就不平常，就会多波折。他在“插红旗，拔白旗”的当头，会躲到破船上看书（第 73 页）；在被押送往全上海市召开的万人批斗会场的吉普车上，宛如“阿 Q”般地认为有些人“有时是难免要被关起来”的（第 241 页）；在禁闭室中读《毛选》，想《鲁迅传》的大纲，安心“修炼”（第 254

页），都是他特立独行性格的反映。和他同辈的老师曾说："小吴从来就是得理不让人的。"这些在书中，都有很好的记述。

当然，《复旦往事》，不仅仅是作者个人经历的记录，还是时代的写照。

其中不乏细节的描绘。如写到57年下乡劳动，某位先生如何违抗领导"不准骗当地小姑娘"的禁令，投身爱河，而那位"小姑娘"今日成了博士生"师母"时笔下流露出的"自豪"（第69页）；写到违反"不准吃零食"的规定，吃了一点炒花生米，为了"消灭证据"，千方百计地把壳"丢到河里"，让它飘"无影无踪"，就像罪犯消灭了罪证、如释重负时的感觉（第72页）；社会主义教育运动时，在小镇上吃了"一毛二分"一块的小冰砖，当场被"逮住"，尴尬之下，硬着头皮争论的窘态（第132页），在无可奈何的苦涩中，生动地反映出那个时代知识分子的现实地位和实际心态。

更有大场面的挥洒。在"文革"时期两次"炮打张春桥"波澜壮阔的情景，上到中央，下到"造反"队员的活动，复旦园中藏龙卧虎，多次"炮声隆隆"，都可作为这时期的第一手史料，供人研究。

在今天有些人看来，20世纪50年代到"文革"时期，似乎已经是很遥远的过去，淡漠了。有些人印象中留存的，或是文艺作品中漫画式的讥讽，或是刊物网络上情绪化的论争。冷静描述和深刻反思也确实困难，根本没有经历的人难以写，经历过的人也许不想写，还有的是想写而不能写。时下风潮，某位名士昨晚在咖啡馆泡妞，甚至某位歌星的胸围或穿的比基尼都可成为媒体重要话题，而有风云气的著述，委实不多。大家曾并非开玩笑地“鼓动”中杰先生：有关复旦那个时期的事情，“非您莫属”。因为无论对于一个人或一个民族，总应正视自己的经历，吸取经验和教训，不简单地否定历史或无视历史，乃是成长的必须，也是成熟的标志。

这两本书，有生动的人物画像。

如果说《复旦往事》是以时代顺序的总体铺陈，那么《海上学人》则是以人物为对象的个体描绘。以不同人物的遭遇，反映时代的变迁。他写的是“文人”，大多是复旦大学的“教授”。在一般人眼中，一谈文人，难免风花雪月、风流倜傥。一说教授（不是时下多如牛毛者），便是披着学术袈裟，戴着金丝眼镜，煞有其事。而在中杰先生笔下流出的，则各有特点，传形传神，并非脸谱化地千篇一律。

同样有过革命的光荣历史的干部，陈望道和王中，就是两种风格。

同样历史上参加过共产党，吴文祺和乐嗣炳，遭遇就完全不同。

同样是勤奋不息的学者，郭绍虞的明辨大节，又“虔诚地接受新理论”（《海上学人》，第 11 页）和张世禄的小心翼翼，恰成对照。

同样是被改造的对象，面对不平，敢于对着干的“硬汉”，陈子展“扎硬寨，打硬仗”，正轨交锋，演的是“正剧”；而孙大雨则夸大对手的矛盾，造出明显的荒诞，带有闹剧的色彩。

同样是受到批判，愿意诚恳接受，刘大杰会痛苦地跳进黄浦江，而赵景深则在批斗会后，立刻若无其事地吃他的小笼包。

同样内心孤傲，“抗拒” 批判，朱东润倔强，贾植芳硬朗，蒋天枢则是冷峻。

同样是带有江湖色彩的传奇人物，赵宋庆不修边幅，吴剑岚则医风侠骨。

还有“纵横放谈”的鲍正鹄，埋头版本目录的王欣夫，凡此等等，栩栩如生。宛如速写，寥寥几笔，勾出最传神处，显现了在特殊时代，同一个大学舞台上，知识分子的不同风貌。

作为后学，对于这些前辈的学者、老师，有的我曾面聆过教诲，有的也仅耳闻其人。对更年轻的一代来说，也许就是传说中的人物。他们都是货真价实的学者，支撑了不说全国，至少是东南半边的学术天下。在他们各自的领域，套用一句俗话，都是奥林匹斯山上的宙斯。而在中杰先生的笔下，则揭示了人们所熟知的，或者说由舆论造成的人物形象的另一个侧面。他们不是神，不是传统的“圣人”，并非完美无缺的英雄，而是现实的人。有着追求，有着痛苦，也有着卑微，有着缺陷。其实，所谓特色，就是不平常。有光亮，也就必然有阴翕。即使阴翕，也无损他们的精彩，反而更使人感到了一种有血有肉，可以接近的亲切。正是许许多多这样现实的人物，才构成了我们经历过的那个大时代真实的雄浑画面。

要强调的是，两本书中流露出的生命热情和希望之光。

确实，书中有悲哀，有不满，有抗争，有呼号。但是，并非要人在哀切中丧失信心，使人心冷。字里行间，可以看到，作者依然关切要把大学教育搞上去（见《大学还是要办的》，第 287 页），依然“一方面觉得沉重，另一方面也充满希望”（第 307 页）。依然相信“历史总是在前进的”（第 311 页）。读后使人感受到活的动力，生的热切，闪现出理想的光，促使人们重新思考人生的道路。

对于自己的遭遇，也不是一味地抱怨，作者曾对“顶不住”压力而往自己身上推卸责任，造成自己吃冤枉官司的人说：“时过境迁，这件事不必去记恨其他的人，他们也是顶不住压力，没有办法。”（《往事》，第 284 页）这是一种气度，也是对人生，对未来抱有自信的见证。

读这两部书，我不由想起鲁迅先生的诗句：“曾经秋肃临天下，敢遣春温上笔端。”在中杰先生这位鲁迅研究专家的身上，可以看到这样悲壮的情感。

当然，这两本著作，都带有作者强烈的个人色彩、个人的视角。对其中的事件、人物，难免会有不同的看法——其实每个人的文字，都是如此，不足为奇。而且，我以为也还有未能全写出的部分。有不少有关的人物，都以“某人”称之，便是一种“姑且”之法。对此也是无法强求的。

最后又要说到两书的出版。这两本原来是和上海、复旦大学有关的书，却由远在桂林的广西师范大学出版社出版，在对于该出版社的活跃感到钦佩的同时，也令人觉得此事似乎还很有些余味可品。不知中杰先生和读者以为如何？

原载新加坡《新世纪学刊》2006 年第 6 期

历史大戏场中的人生

——读吴中杰先生《人生大戏场》

承蒙中杰先生见赐大著《人生大戏场》，早就想写一点什么，但是一直未能如愿。

倒不是没有内容可写，更不是有什么顾忌，而是读了此书，想到的事太多，竟一时难以下笔。

此书是先生的杂文（杂著？）汇集，所涉颇广，有对于时事世风的针砭，有对文坛、文人的议论，有对师友学生的回顾，比如对社会上凡事都“一刀切”的评骘（《“切”的讲究》），对社会文坛和都很注目的戴厚英之生、之恋、之死等等的记述（《忆戴厚英》等），读来都令人联想翩翩。但给我感触最深的还是那六万字的压卷之作——《人生大戏场》，这是作者对历史大浪中自我的描述。

闻知中杰先生的“大名”是早在“文革”最热火的年代，和许多我的同时代人一样，是由于他的受批斗。进复旦以后，尤其是近年和先生交往渐多，或是清茶一壶，或是薄酒两杯，对品着，对酌着，听先生时而海阔天空，时而娓娓道来。这位当年被称为“长胡子的人”，胡子是被硬“栽”上去的。在近三十年后的今天，他倒也可真算得上长胡子了，然而即非英雄般的美髯或络腮，也并非奸诈式的仁丹，说实在的，仅有几根不那么硬扎的鼠须（恕我唐突），平实得很。我想，这才是他的真实。每念及“文革”中的遭遇，他常说，“我要写出来的”。这《人生大戏场》，就是他自己的经历。一口气读完，心中怦然。

此文最可贵之处在于平实。

写的是历史，先生并没有怨天尤人，故弄文学笔法，渲染自己如何“受迫害”以博同情——毫无疑义，比起有些大谈受到“迫害”的人来说，他受的迫害是祸真价实，有几位好汉有过在“文革”中上全市万人大会，电视台转播批斗的殊荣？他也没有硬把自己打扮成英雄豪杰，画上先知先觉的光环，而是老老实实地承认自己在被拖往批斗场的路上，头脑中“相当麻木”，当时的感受就和被押上刑场的“阿Q”差不多。平实地写出自己当时真实的心理，甚为难得。

从一个被全市重点审查对象的角度，写出了在这特殊情况下保全自己的狡黠，如，怎样用时间差来反证自己的无罪，如何在关键时刻，用下“军令状”使对手无言，如何在被隔离时，从报纸的字里行间中了解的外界情况。当然，也有用洗衣物来解脱自己内心的寂寞，等等。读来令人感慨。龚自珍有一首我很喜欢的诗：“少年哀乐过于人，歌泣无端字字真。及壮周旋杂痴黠，童心来复梦中身。”（《己亥杂诗》170）那种“周旋”功夫和“痴黠”的乖巧，正是时代洗练和人生波折的产物吧。

平实地描绘了当时的各种人，分析了他们的心理。如那些审问他的人中，有的是迷信上级说的总是对的而坚定执行；有的是为了邀功请赏而创造发明；那些批判他的人，或是并无干系，因要吃饭而以此当差；或是为了撇清干系，以从奴才的地位往上爬一级。也有有良知的好心人。而在周围“入另册”的“同行”中，有听天由命的随天派，有横下一条心以死拼之的冤魂，还有大彻大悟的智者。

文章中，还间或对产生这些现象的原因进行分析。这是一个被神迷惑的时代，一个不讲法制和民主的时代，一个人性被扭曲的时代。当然，中杰先生有着那个时代知识分子的时代烙印，存在着他思维和观察问题的局限。作为一家之言，虽多可令人省思，但并不需要都当作金科玉律。我想先生也是作如是看的罢。

在文坛上有各种人。有的是为了卖钱，有的是为了卖名，有的是为了卖俏，有的是为了卖乖，还有的是为了卖身。在我看来，中杰先生则是为了平实地写出自己的人生。

马克思在《1844年经济学哲学手稿》中，曾说过这样一段深刻的话：“随着对象的现实性在社会中到处对于人都成为人的本质力量的现实性，成为人的现实性，从而成为人自己的本质力量的现实性，所以一切对象对于人都成为人自身的对象化，成为人的个性的肯定和实现，成为他的对象，而这就是说，对象成为人自身。”（《马克思恩格斯论艺术》第一册，第203—204页）

文章，就是人的自身。正是这平实，才有力量。

在现实的社会中，不会没有不公，不会没有压迫。而重要的，是能在各种各样的场合，仍保持自己的人格。不靠虚张声势，不靠权势地位，堂堂正正地，平实地生活下去，坚持自己的理想和追求。

在中杰先生论述背后，我们是否可以感受到这样的精神呢？至少，我是感受到的。

话还要回到“人生大戏场”来，中杰先生以此为书名，足见有所偏爱，对此许道明兄已有大作，评说在前（见《新民晚报》），我不敢续貂。只想说，这人生大戏场也在变动，舞台上的，观众席中的，就连这戏场本身都如此。当年叱咤风云的那些复旦大学的先辈们或是远走海外，或是有日暮之感，他们能否再拿起笔，平实地，把自己当年的冲涌和挫折写出来呢？其他经历过这一时代的人，是否也同样应如此，抹去那些人为的油彩，为后来人，为这个民族，留下一点真实呢？这也是历史“大戏场”中人生的一幕吧。

1999年9月24日，中秋节

原载《文汇读书周报》2000年2月5日

《中华易学大辞典·国际卷》编辑说明

这里汇集的是国外有关易学研究的一些概况性资料，是作为《易学大辞典》的“国际卷”编纂的。

《易经》虽说是中国古代的典籍，但是，它的传播并不仅限于中国本土。早在古代，就传到了朝鲜半岛，又传入日本。至晚在被称为“大航海时代”的十五世纪以后，又传播到了欧洲。二十世纪中叶以后，对于《易经》的关注和研究，在世界范围内有了相当的进展。而近年中国本土易学研究之所以能取得较多的成果，特别在研究角度和方法上有所突破，可以说，一个重要的原因就是和海外易学研究的相互影响。

随着我国和世界各国文化交流的进展，易学界的同仁们相互建立了地区组织或个人间的学术联系，因而使这部《易学大辞典·国际卷》的编纂成为可能。在编撰过程中，我们得到了各国学者的热情支持，在此谨表示由衷的感谢。

本卷各部分的分担情况如下：

《欧美易经研究总论》由美国夏威夷大学的成中英教授撰写。他是美国国际易学会主席，也是本辞典的学术顾问。对本书的编纂，给予了很大的支持。他对世界上（主要是欧美）的《易经》研究概况，特别对近年来西方研究《易经》的新的研究角度和研究成果，作了明快深到的介绍，并对以后易学的发展趋势，作了前瞻性的论说。

《德语国家的易经研究概况》由瑞士学者、德国弗莱堡大学哲学院院长胜雅律（Horro Von Senger）教授撰写。胜雅律教授曾在中国和日本留学，研究中国古代文化多年。所著《智谋》（The Cunning Strategems，又译作“三十六计”）一书，已经广为读者所知。他对德语国家《易经》的翻译、研究、传播和影响，作了比较全面的介绍。由戴鸣钟翻译。

《法国的易经研究概况》由法国海外科学院院士乔治·耶格（N.G.Jaegu）撰写。对法国的《易经》翻译、传播和研究状况，在进行实地调查的基础上，从第一手的资料出发，撰成此文。文后，附录了《法国易学的研究机构》，对现在法国主要的研究机构和组织作了简单介绍。由赵思慧翻译。

《俄国的易经研究概况》的作者是俄罗斯科学院国际政治经济研究所的列夫·谢尔盖维奇·杰柳辛教授。他是老资格的中国研究专家。重点介绍了苏联时代被镇压的学者朱利安·舒茨基的《易经》研究成果，并进而对数学、占卜、医学、历史等不同领域中《易经》的影响和俄国的易学研究，作了介绍。此文由裘克安从英文翻译成中文，涉及俄文和拉丁文的部分，由夏渌娟译校。翻译成中文的该文曾刊在北京中国文化研究所主办的《中国文化》杂志1994年2月出版的第9期上。

《英国的易经研究概况》《美国的易经研究概况》《朝鲜半岛的易经研究概况》，主要由中国学者杨宏声撰写，他曾在上海社会科学院博士后中心从事研究。在这些部分，主要论述了《易经》以及易学，在这些国家传播和展开的历史过程，对各个时期的主要的研究者和研究成果，作了论说。关于英国的介绍，使人感到，这个盎格鲁–撒克逊的国家，即使在注视古老东方民族的占卜术时，也还是那么饱含理性色彩。关于朝鲜半岛易学情况的介绍，可以有助于我们对韩国为何至今以太极图作为国旗标志的历史渊源的了解。而对美国易学的介绍，使我们看到，这个只有二百多年历史、充满活力国家的易学研究，是多么富于新鲜感。其中，关于美国的研究情况，在撰写过程中，得到了成中英先生和当时在夏威夷大学哲学系学习的顾玲玉小姐的帮助。成文后，其他学者对原稿作过修改。

《日本的易经研究概况》，以明治维新为界，分为两个主要部分。由日本横滨国立大学的长谷川英一助教授和杨宏声共同撰写。对不同历史时期日本主要学者关于《易经》论说，作了简要的介绍，特别是近代以来，作为汉学（Sinology）研究成果的一部分，日本的《周易》研究，对我们多有可参考之处。为了使读者对作为汉籍的《易经》在日本的流布有所了解，所以把上海图书馆的研究员葛正慧撰写的三篇有关文章，作为附录收入。

在这些分别由不同国别、不同研究领域的学者撰写的资料中，由于对于易学理解的差异以及学术风格的不同，虽说题目中都标以“概说”之名，但实际的内容和撰写体例并不一样。

有的是从历史的展开过程的角度介绍，有的是重点论说主要的研究著作，有的则是对某个代表性学者的重点介绍入手，展开到各个不同的领域。

有的涉及得比较广泛，从风水、占卜到谶纬、宗教，甚至包括风俗等部分；有的则注重《周易》经传的本身的流布和研究，而就是对《周易》的经传本身，理解也有出入，有的注重于宋易，也就是以《太极图》为中心的论述，有的则扩展到其他的思想领域，进而更展开到科学技术、医学、心理等不同学术领域。

由于撰写的人员来自各个不同的国家，而年龄、阅历和学术观点也不尽相同，因而，在书中有的地方，前后观点并不一样，比如，对于西方的英国、美国等易学研究的历史分期，对日本、朝鲜半岛的易经研究的评价，就有所不同。就对易学的评价和未来的展望而言，也有着相当的差别。有的充满了希望，有的则比较冷静。反映了作者见解的异同。

对于上述稿件中的观点，我们未必完全赞成。关于国际易学，作为编者，想着重提出如下两个问题，请读者注意。

第一，在这些资料中，对《周易》在世界的流传、研究状况作了介绍。如果从这里的资料来看，也许会给读者这样的感觉：《易经》在世界上影响很大。我们必须打开视野，认识这些有价值的情况。有这样的认识和没有这样的认识，是完全不一样的。但同时，也要注意思考，《易经》究竟在世界人类的历史文化或思想中，占有怎样的位置呢？应该指出，这些资料，只不过是作者从浩瀚的人类历史文化和现实化中抽检出来的一部分。关于《周易》或易学在整个人类文化中所占有的地位，在历史上某个时期，在世界的某个国家、地区，也许有过相当重要的位置；而在有的时代，有的地区或文化圈里，实际只占有并不重要的地位；还有的只不过是在当时当地高蹈的学术圈子里的话题，和现实的民众的生活并无关系；世界上更有大量的地区和人民压根就完全不知道《易经》。如果没有对各个地域历史文化的比较全面的了解，要真正把握《周易》，乃至整个中国文化在各国文化中所处的位置，就容易产生偏差，产生"夜郎自大"或"坐井观天"式的误解。

第二，这里介绍了近代西方的中国易学研究，有的学者着重于用现代科学、文化研究的成果来阐述《易经》，也就是把《易经》作为人类知识的基本模式或思维框架。这样的方法，当然不能说没有道理。任何阐述，任何一种方法，都是一定历史环境的产物，有一定的理由。但是，现代西方的科学研究、生活方式、思维模式，是否就能够用《易经》的六十四卦的模式来完全概括呢？也就是说，这样的模式是否如有的研究者所主张的那样，具有那么全面的包容性呢？这也是应当注意或应当进一步探讨的问题。

此外，说到“国际”的易学研究，就亚洲而言，还有越南、东南亚地区的马来西亚、新加坡的研究状况；在欧洲，荷兰、比利时、意大利、瑞典、丹麦等国，也有一定程度的研究。北美的加拿大以及大洋洲的澳大利亚的研究情况，也应该收集，这些都需要进一步补充。

尽管存在着这么多的差异，有着这样那样的不完备之处，但是，上述资料毕竟为我们打下了一个初步的基础，为我们进一步探索、理解、研究周易在世界各国的流传，提供了一个前进的平台。这是应该肯定的。

最后，简要地谈一下此书编纂上的具体问题。

上述各部分原来是分别撰写的，汇总后，曾有一些学者看过。最后，主编者和上海古籍出版社，交我负责统编整理这部稿子。我所做的主要工作是：

一、通读了全部稿件，对文字作了一定的修改，改正了一些明显的错误。

二、对于部分稿件，作了相当篇幅的删削。由于是分别撰写，所以在一些稿件中有完全相同的文字，对其中重复部分，自然应加以删削。还有，有的稿件涉及的比较广泛，有的还对一些时代背景作了较多展开说明，显得参差不一，也需要删改。还有的作者对一些问题作了相当多的评述，鉴于本书的辞书性质，也在保持原作者基本看法的前提下，作了删削。

三、作了一些必要的补充。如一些易学研究者，原文只列译成汉字的译名，需要注上原名；译著的题目等，要补充外语的原文；原作者的生卒年，在可能的情况下，加以补充；还对一些日本学者的研究业绩，作了必要的补充说明。

四、统一了全书的一些体例，比如，外国学者的译名，在汉学研究领域已经有比较熟知的译法，“Jemes Legge”，翻译作“理雅格”，德国的“Hellmut Wielhelm”翻译作“卫德明”，“Wolfgang Bauet” 翻译作“鲍吾刚”等，在各部分都作了统一的改正，并对全书进行了编辑整理。

因为我们的主要目的，是为了让读者了解概况，便于查找，这样作，应该说是必须的。还有，因为“国际卷”的特殊情况，在体例上也和 “辞典” 应有的体例不同，这也需要读者鉴谅。

由于我们的水平有限，存在的问题肯定所在多有，期待着各方专家的批评教正。

李庆

2004 年 1 月

易经大辞典国际卷目录

《国际卷编辑说明》 李 庆

《欧美易经研究总论》 成中英

《德语国家的易经研究概况》 胜雅律（Horro Von Senger），戴鸣钟译。

《法国的易经研究概况》 乔治·耶格（N.G.Jaegu），赵思慧译。

《俄国的易经研究概况》 列夫·杰柳辛，裘克安、夏渌娟译。

《英国的易经研究概况》 杨宏声

《美国的易经研究概况》 杨宏声

《朝鲜半岛的易经研究概况》 杨宏声

《日本的易经研究概况》 长谷川英一、杨宏声

附录

《易学和日本的〈十七条宪法〉》 葛正慧

《日本古代所藏易学典籍》 葛正慧

《易学和足利学校》 葛正慧

原载《中华易学大辞典》（上海古籍出版社，2008年），稍有修改

赵晓群诗集《心路》序

金秋时节，接到赵晓群寄来的诗稿，感到一种“有朋自远方来”的喜悦，读罢心潮冲涌。

诗是人类用以表现自己情感的最早的、最普遍的文学样式。

诗就是人，每一个人都是特殊的典型，每一个人都可成为诗。

晓群的诗就是他的人生。

诗必有情，无情便无诗。在晓群的诗中，唱出了他这近二十年的悲欢离合。有年轻童稚的遐想，有青春爱情的浪漫，有远走他乡的离别，有事业蹉跎的悲哀。那“峨眉山的孩子”身上，也许融有诗人的幼年的感触；《记不得》中，肯定烙着清楚的爱的记忆。《妈妈远别了》是谁都看得明白的离别曲；《富士山的遐想》则唱出了身在东瀛的诗人的心声；身在海外的我，自认多少可以领略到他的情感波澜。

诗以言志。每个人都有自己的追求，怒发冲冠、大江东去、浅酌低唱、笑傲林泉，既是诗的风格，也是诗人志向的写照。

在晓群的诗中，我们也可以看到他这些年的志向和追求。有时鸿远，有时低徊，有“我什么也不说”的孤傲，还有“富国强民”（注意，不是“兵”）的追寻。

诗人唱得好：“追寻换来的都是伤怀的教训，可教训从来也没有阻挡住顽固的追寻。”对于追求目标的可否，我不想置喙妄评。追求就是志向，追求就是生的动力，尼采说：“宁可让人追求虚无，也不能无所追求。”（《论道德的谱系》，中译本，三联出版社，1992 年，第 136 页）也许就是这样的意思吧。

诗中有史。人生活在现实的世界中，人是现实的自然和人化的自然的产物。变幻动荡的世界，撞击着诗人的心。晓群的诗，记载着他对二十世纪最后二十年种种历史事件的反响。或是涌自内心怒号，或是回顾历史的思考，对祖国的切切关注之情，对民主的探索向往，溢于诗集的字里行间。比如那回山东老家的感慨——《故乡，你丢失了什么？》，就映现出这些年时代变化之痕，发人省思。

诗就是诗。诗毕竟不是观念的重复，在有形的诗之外，自有着那超越言语、无法言表的一抹红霞，一丝微风，一阵潮涌，或一片浑沌。在晓群的诗中，虽说还少了一些可令人咀嚼的回味，但也有着那只能神领意会的境界和朦胧。

诗自有其独特的表现形式。三十多年前，曾有主张新格律诗的意见，认为诗还是要押一定的韵。赞成者有之，反对者也不少。我想，就是那些主张诗无须讲究韵律格式的诗，本身不也是一种表现形式吗？晓群的诗也有它形式上的特点，也许他是出身于戏剧学院，对京剧有所爱好，所以中国传统的诗词、散曲的形式的影响，在他的诗中还是很明显的。句子都不太长，间而长短句参差，注意韵脚，读来有声律回旋之感。我不知道这是否是他的刻意追求？

正如晓群自己所说，这些诗是他心路的写照。我们从整体来看， 诗人的心路，有一个先是注重外界，然后在1990年前后主要是倾诉自己内心的感触，到最近则又较多地面向外在世界的变化过程。——在我看来，描写诗人内在情感的诗，最为感人，也许是爱情的冲动和失恋的创伤，滋润了诗魂。爱情当然是诗歌的丰厚之源，但此外的生活，也是非常重要的吧。而描绘外在世界的诗，似还缺乏点剜人心骨般的深刻感，这也许还有待人生经历的洗练。

就诗的形式而言，诗人是否可以再多一些不拘一格的大气磅礴？冲决罗网般的纵横挥洒？诗的用韵，除了诗中现在“东”“阳”等较宽、较常用的诗韵外，是否可以尝试一下较窄、较险的韵？这么说当然容易，但要实践起来，谈何容易。笔者自己也作过一些诗的梦，深知这一点。这只是期待，不是苛求。

秋天是收获的季节，人生的秋天，也当是如此。

晓群是要进到中壮年的时期了。他这多年的孜孜追求，以这样的诗集形式汇集起来。这种执着，比起那些在文坛上晃了一晃便倏然离去者，颇令人感动。但是，在今后的生活路上，肯定还会有波折。我想说的是，莫悲叹：“我是浪花里瞬间的旋涡，我是晚空中飞逝的云朵。”还是要有一点“不信有上不去的峰楼，不信有下不去的海沟”，“咱再喝一口”人生苦酒的勇气，仗剑执笔，坦荡地走下去。

但愿这诗集不是作为结束的记录，而是成为未来更丰硕收获的起点。

是为《序》。

1999年9月28日

原载中日对照诗集《心路》，好文出版，2000年

《日本汉学史》后记

写完这第五部书，我望着窗外的远山，有一种说不清的感触。

想起了大海中的一片白帆，

想起了丛林中的一棵小草，

想起了山崖上的一块小石头，

想起了在高峻的山顶上翻腾的无边云海和在清冷寒夜中高悬的一牙新月。我感到一种解脱。

当然，要说在写作中，只是压力和苦难，那不是老实话。知识的获得，新发现的喜悦，这自不用说，单就个人的情绪而言，有时内心充满激情，想喷薄而出，难以压抑；有时静默地思考，心灵充实；在孤寂的时候，烦恼的时候，写作就像伴随着我的知心老友，给我以内心的安慰。

近二十年中，这部书的写作，成了我生活的有机组成部分。

我的研究，持续了近二十年。我也从中年迈向老年。

我不是一个用头衔和舆论包装起来的人物，只是一个用笔支撑着人生的普通学者。我认为，靠舆论支撑起来的东西，不管是装点上的灿烂金身或泼洒上去的污秽丑陋，都会随着舆论的消失而消失，都会在历史的长河中被荡涤干净。我的生活之路，平凡得很，微不足道。我所做的工作，也平常得很，如工人做工，农民种地。学者作为社会的一个组成部分，他的工作就是从事本职的研究。

可以说是一个偶然的机会，使我到了日本金泽大学。也可以说是任其自然的结果，使我在日本一住就是二十多年。在这期间，如果说我有什么比较执着的事情的话，那就是这部《日本汉学史》的写作。这完全是我自己选择的结果，我没有为此申请过任何的“研究课题”或得到过任何研究经费，没有任何强制或义务。

在这几十年间，看世态变幻，潮涨潮落。在人生的大海中，几多朋友，转换方向，到其他领域施展。有的运动员，变成商人；有的演员，成了企业家；有的学者，投身政坛，还有的平步青云，又烟消云散。但生就一副碰到南墙也不回头倔性子的我，却在这自己选择的路上，一走就是几十年。尽管并非没有转换的机会，但还是在这条学术道路上，咬定了一件事情，一路走了过来。

在这个领域中，我从来不把那些“跑马圈地”般地只会打一个旗幡，专做空头买卖，毫无实货的江湖里手放在眼中；不想投身“占山为王”般的“学会”“学科”，追求“专家”“大师”的袈裟；不想东奔西颠地弄个“项目”，讨点“基金”，招募小工，当包工头；更不想专门搬弄“旧铜钱”（借顾炎武语）以作为获取头衔的垫脚石或往上爬的敲门砖。而对于脚踏实地，认真组织集团研究，引导学术前进的真正的学界领军人物，我自认还有眼光，能够识别，并由衷敬佩。

我从不相信，只用“研究经费”就能打造出什么“大师”。科学研究，本质上就是一种献身的工作——对人类文明的献身。评价学问的标准，从人类文明发展的角度看，只能是相对于迄今为止的成果，有没有新的积累，只能看是否有新的资料发现，是否展现出新的方法，是否提出新的见解，对研究领域是否作出新的开拓。当然这里所说的“新”，不是梦呓般的胡说八道，而是要建立在坚实的科学基础之上。一个严肃的学者，永远必须尊重前人的成果——万里长城不是一天造就的，然而，绝不能只是重复前人的结论，那是没有出息的表现。

我自己则是远在海外，孑然独行，只身丛林，跋涉开拓。就像龚自珍的诗所说，“狂胪文献耗中年”，饱尝个中甘辛。对于名利，虽说并没有修炼到清心寡欲的地步，但是，绝不会企求别人给自己打上光圈。臧否优劣，任凭自然。我们都追求独立的人格和自由的思想，我当然也是如此。而同时，我们也应该承认，自己所认为的独立的人格也是被环境造就的“我”的判断，而自由的思想，也是由自己所处的环境和被环境造就的自我的产物，所以也是相对的。应当不断地反思，不断地修正自身的不足和缺陷，只有如此，才能跟得上时代的发展。这些想法也许都有点过于理想化，但有点理想总比没有好。

记得年轻的时候，一位更年轻的朋友看我每日如苦行僧般地跋涉在古文献中，曾这样问过我：“你看过海明威的《老人与海》吗?”那意思大概是：你不觉得这样的人生太乏味，是没有什么结果的吗？我回答：“看过。”也许当时我比那位朋友多一点生活的阅历，多少还可以领略到，海明威笔下的老人，在海上和风浪、和孤独、和鲨鱼格斗时，他大概并非一定要有什么结果的吧？生活的大潮把我带到了这样的地方，我能做而又想做的，努力过了，尽力奋斗过了，除此而外，还有什么呢?

人，从来就不是绝对自由的。

鉴于有的读者对拙著后两部迟迟未出版有些议论。所以，在此上海人民出版社将拙著《日本汉学史》五部一起出版之际，对这部书的写作产生过程，再做一点简要的说明。

笔者最初接触、收集有关日本汉学资料，是在20世纪80年代前期。当时并没有决定写这样一部书。萌发写作的意愿，那是在80年代后期，尤其是我在1988年到日本任教和以后。正式动笔，是在1991年底到1992年初，当时在日本金泽市，日本的电视台N H K对我有过一次专访，在访谈中，我公开向社会表达了这样的意愿。

于是，就夜以继日地埋头写作。到1998年，基本上写成了初稿，但是第四部，尤其是第五部，还比较简单。这时，上海外国语大学的何寅老师表示可以帮助出版。于是，就一边联系出版事宜，一边修改补充。当时考虑到第四、第五部中涉及的许多学者，仍活跃在学术舞台，尚在不断发展，听从了一些师友的建议，先搁一下为好；还由于当时出版的现实可能性；因而决定先出前面三部。此后，笔者重点就放到前三部的出版上。对原稿进行核实、补充、订正；然后看校样，修改。这期间出版社方面又出现了波折。好不容易，到2004年，出了前三部。十多年时光，就这样瞬息而过了。

出版以后，笔者继续对后两部进行补充修订。或是朋友、读者的指正赐教，或是自己巡检查核，发现了前三部中的一些误讹：有的是生卒年代，有的是人物关系，有的是事实出入，有的脱漏错字。还有不少地方，当初因手头没有相关资料等原因，搁置着或者论说没有展开，不一而足。自己颇为不满，也对读者深负歉疚之意，总想有机会能加以弥补。

此后数年间，在修订的同时，尽力争取出版。然而不少的出版社因经济等方面的原因，颇有难色。这就是我们社会的现实。直到2008年，上海人民出版社做了相当的努力，才同意出版全书——对此，我由衷表示感谢。

这次出版，使我对前三部中已经发现的误讹欠缺，有了进行修改和补充的机会，可望比原版要充实正确一些。后面两部，也作了一些修订补充。尽管近年家中亲人多有丧病之事，我仍在继续此书的写作校订，未敢懈怠。连续两年炎热的夏天，我都是流着汗水在看校样中度过的。寒暑交替，翰墨目耕，甘苦自知。当然，作为学术长河中一个阶段的产物，书中肯定还会有各种各样的错误和不足，期待着各方面的批评指正。

前面已经说过，我只是一个普通的中国人，一个学者。出于想使我国的学术走向世界，沟通和世界各国的联系，为我们民族文化的发展和现代化做点力所能及之事的愿望，着手写这部汉学史，所有的调查写作都是在完成职业工作以外进行的。所有的经费，由我自己的工资收入支撑。并非有些读者想得那么潇洒，顶着什么级别的“项目”“课题”的名义消遣；或有着什么头衔，拿着大把经费，可以立马“下单”，叫出版社出书。说句老实话，在写成初稿时，我甚至对能否出版都完全没有把握。当然，读者有权对为何迟迟不见全书提出责问——这也是对本书的关切和爱护。我希望，说明了事实以后，能得到理解。

在经历了写作、出版、修改、补充、校订的多次反复之后，这部书现在总算能够问世，在某种意义上，可以说是非常幸运的了。这也是我们国家改革开放的结果。若非现在的时代，便不可能有这样的结果。

在前后近二十年的期间里，我得到了日本、美国、英国、法国、瑞典、加拿大和中国，自然包括中国台湾和香港的许多前辈、老师、朋友、同仁、学生、读者还有家人的指教、批评、关注、鼓励、支持、理解和帮助。他们有的已经去世，有的业已退休，有的还依然活跃在各自的岗位上。尤其王元化先生在他人生的最后时期，为我题写了书名；章培恒师病魔缠身，为我写了序言。当时情景，感铭在心，时时浮现，此生难忘。还有，对这次出版，上海人民出版社的李伟国、许仲毅等朋友在编辑过程中所做出的努力，也应该表示深深的感谢。

在对我个人来说可谓漫长的近二十年间，上述种种交往，是生活中最温馨的情感慰藉和最难忘的经历，是支撑我在人生旅途上跋涉前行的精神动力，没有这些，我不可能走完这段充满荆棘的坎坷道路，也就不会有这样一部书。

这就是我的选择，我的人生。

最后应该感谢每一位看完这部书，或者仅是翻过这本书的读者。如果想研究中国的文化，或许，它可以带给你一点启发和方便，提供一个宏观的画面和前进的基础。我们在这里相会，或也是一种缘分。

让我在此，献上我诚挚的祝福。

2004 年初，初稿

2006 年 7 月修改

2009 年 9 月校

2010 年 10 月再校改

原载《日本汉学史》第五部，上海人民出版社，2010 年

乱世诗人的画像

——读兴膳宏先生的《生于乱世的诗人们——六朝诗人论》

提到日本学者兴膳宏的名字，在中国古典文学研究界中，不知道的人大概是不多的。最近，兴膳先生把自己三十年学术生涯中有关中国六朝文学研究的主要论文，汇集成《生于乱世的诗人们——六朝诗人论》，由日本研文出版社出版。这是一部很有特色的论著。

该书非常注重诗人个性的探索，描绘了六朝诗人独具个性的画像。

六朝，是一个被死亡的阴影笼罩的乱世。生于乱世的诗人，在他们的作品中，表现出各种各样奇矫的形态。以往的研究著作中，当然不乏注意到六朝诗歌这种特性的论说。而在兴膳先生的书中，更进一步注意到了诸如“竹林七贤”这一类特殊诗人中每一人的个性。笔者最感兴趣的是有关嵇康的几篇。

在《嵇康的飞翔》中，以嵇康诗歌中飞鸟的形象为中心，对嵇康的特点进行了分析。认为，在嵇康以前，如建安诗人的作品中，飞鸟的形象中，大多是人和人之间相互“亲和感的象征”（《生于乱世的诗人们——六朝诗人论》，第122页，以下凡只标页数者，概出此书），带有对人性“善”的期待。但是，在阮籍、嵇康的诗歌中，飞鸟成了诸如阮籍《咏怀诗》其四十三、嵇康《双鸾》诗中的冲绝“罗网”，直上青云的形象。上述的“亲和感”变成为抗争和对超俗的追求。作者进而指出，嵇康和阮籍又有不同：如果说两者的诗歌中，都带有要冲决罗网的追求，那么，在嵇康那里，更为突出的是“没有对人的善意的绝对信赖”，“他的周围毫无空隙地遍布荆棘”（第123页），而这样的观念在阮籍那里则很少。这是很令人深思的见解。

在《嵇康——孤独的求道者》等中，更概括地论述了嵇康和阮籍的异同，指出：两人“都是诗人，都是沿袭老庄之流的思想家，都是弹琴的名手，都是处于翻卷着权谋的曹魏末期恐怖政治之下，追求着任情自由的生活方式的竹林之游的同道”（第37页）。然而，他们作为诗人，一个喜爱新兴的五言形式，作《咏怀诗》而传世；一个则致力于传统的四言诗。一个看来无视礼教，实际是老于世故，得以全身；一个虽然行动谨慎，但还是祸从口出，死于乱世。凡此都剖析细腻，独具见地。

韦勒克和沃伦说：“诗人的意象，是他的‘自我’的揭示。”（《文学理论》中译本，三联书店，1984年，第232

页）文学创作，归根到底，是个性的活动。在作品的艺术形象和意境中，有着作者自我的影子。文学研究，当然也必须重视对个性的探求，重视个案的考察。兴膳先生的研究，正是从个案切入，从对作品艺术形象的分析中，显现作者独特的思想和情感世界， 勾画出每个诗人独特的画像。

在重视个人特性的同时，此书也对文学发展源流进行了探究。

兴膳先生认为："文学史之流是在不断地流动的。不了解一个领域中之流的本来面目，怎么能正确地认识下一个区域的流变呢?"（第602页）主张从文学整体的变迁的角度，来正确地把握各个时代的文学。不同的文学研究者，对于文学流变的探讨，视角多有不同。有的是从文体，有的是从思想，有的从文学理论的范畴，有的则从文学和社会发展的关系等等。

这部著作则非常注意从文学作品中的某一形象变化的角度来勾画文学发展之流。如在《枯木之诗——诗歌形象谱系之一》这一长篇论文中，列举了枚乘、庾信、卢照邻、杜甫等代表性作家作品中"枯木"的形象，探讨了从枚乘《七发》、庾信《枯树赋》中"半死半生""生意殆尽"的枯木形象，到唐初卢照邻《病梨树赋》一变为和孙思邈这个"怪人物" 有关的形象，再到杜甫《病柏》《病桔》《枯柟》等诗歌中"枯木"形象的多样化，探讨了从六朝到唐代的文学的流变。给人以一种崭新的感受。另外上面提到过的“飞鸟”也是类似的例子。通过上述的分析，作者指出：“诗歌中某一形象的典型，虽说从结果上看，是某一诗人，在某一时刻突然地作出”，但是，“从稍微不同的角度考虑的话，也可以说，诗歌中某一形象的典型，绝不是一个人的力量可以确定的。作为给某种形象以一定意义的表现形态，只有存在着经过众多的诗人沿袭的事实的累积，在其中才会在其中产生出一种典型的意识。”（第590页）笔者认为这是非常深到的。

书中还有不少论文探讨了特定诗体的流变。作者往往选择在某种诗体上的代表性诗人和诗体一起进行研究，如：《作为诗人的郭璞》《左思和咏史诗》《谢朓诗的抒情》《艳诗的形成和沈约》《庾信的题画诗》等论文中分别对郭璞的游仙诗、左思的咏史诗、谢朓的抒情诗、沈约的艳诗、庾信的题画诗，等等，进行了评说，同时，从文学发展的角度，论说了这些诗体的形成和流变过程。值得我们借鉴。

此外，笔者觉得，该书也表现了兴膳先生独特的中国文学研究方法。表现为：文学创作研究和文学理论研究的结合；文献考证和文学思辨的结合；以及把西方的文学思想和中国古典文学研究结合这样一些特点。

正如兴膳先生自己所说：“我在70年代以后，倾注精力的另一个领域，是文学理论。”（第601页）他在文学批评和文学理论方面的代表作是《中国文学理论》（筑摩书房，1988年）。收录了他在70—80年代发表的有关中国文学理论。研究是围绕着《诗品》和《文心雕龙》展开的（参见作者的《后记》）。其他有关文学理论的论文有：《〈玉台新咏〉成立考》《颜之推的文学论》《王昌龄的创作论》《皎然诗式的构造和理论》等。在本书中，我们时时可以看到作者从《诗品》和《文心雕龙》对当时诗人的评价中生发出的新的发想，把文学研究和文学理论研究有机地融为一体。

古典文学研究，当然离不开坚实的文献学基础。兴膳先生早在1975年前后，就给大学院学生讲习《隋书经籍志》，后和川合康三共同纂著了《隋书经籍志详考》。此外，他还全文翻译注释了《文心雕龙》。关于《文心雕龙》在日本的研究历史，国内已经有相当的介绍，此不赘述。兴膳先生的翻译，被认为是最完善和准确之作。正因为有这样坚实的文献学基础，所以在本书中，无论是研究汉魏的卓荦大家，还是南北朝的诗人群体，包括一些不太知名的诗人，作者都能游刃有余，悠然自得。在《潘岳年谱稿》《兰亭和兰亭序》《高允——北朝文学的先驱者》等篇中，可以明显地感觉到这一点。

书中还注意把西方的文学思想和中国古典的文学研究的结合。比如对于“文学的定义”的理解，他引用了韦勒克和沃伦所著《文学理论》有关文学定义的看法，指出：“中国文学，特别是以士大夫层的文学作为意识时，把它的基本性质规定为‘以想象为中心的文学’，是非常困难的。”“中国的文学概年和西方的文学概念有着相当不同的性质。”（第 9 页）而他是根据中国的“文学”概念——和中国古代“文章”相近的概念，来进行研究的。又如，在上面提到的《枯木之诗——诗歌形象谱系之一》一文，可以看到他受到了巴休拉尔（Gaston Bachelard）[①]《空和梦》（L'air et les songes），以及克洛第尔（Paul Claudel）[②] 的散文诗《东方的认识》（Connaissance de L'Est）启示的影子（第 546 页）。也就是说，他是以宏阔的世界文学视野为背景，来进行中国文学的研究的。

如果说中国古典文学研究作为一门独立的学科，近代以来，是在和国际汉学，尤其是日本汉学界的密切交往和相互影响下发展起来的话，那么，在新世纪，我们就更不应该把自己局限在狭小的圈子中，故步自封了。从这个意义上说，兴膳先生的这部著作所带来的新鲜风味，我们应当加以关注和学习参考。

原载《文景》2003 年第 8 期

① 巴休拉尔（Gaston Bachelard，1884—1962），法国哲学家。著有《新的科学精神》，《科学认识论》《梦的权利》《瞬间的直观》《火的精神分析》《否定的哲学》《蜡烛之焰》等多种。《空和梦》是他的随笔集。最早出版于 1943 年。60 年代有重版。他的著作，在日本多有译本。

② 克洛第尔（Paul Claudel，1868—1955），法国诗人，剧作家。著作甚多。有《五大颂歌》《战争诗集》《朝日中的黑鸟》《眼听》等，曾任驻日本大使。他的作品，在日本知识界中有相当影响。

文学创作的变容

——读川合康三先生的《终南山的变容》

这个题目，一看便知，是模仿川合康三先生的《终南山的变容》而来的。

《终南山的变容》是研文出版社最近出版的川合康三先生的中唐文学论集（1999 年 10 月版）。

在近年唐代文学众多研究著作中，这是一部颇有特色的论著。全书共有五章，而就其内容来看，笔者认为大致是两部分，一是对中唐文学的宏观的论说，一是对中唐主要作家韩愈、白居易、李贺等的个案研究。

在宏观的研究中，作者先对自己的研究对象“中唐文学”作了界定。追溯了把唐代文学分为“初、盛、中、晚”四个时期的历史过程，这也就是从明代高棅《唐诗品汇》开始明确化的唐代文学的“四分”说，此外，还介绍了有“三变说”（《唐文粹》）、“二分说”（近代胡适等）等等。指出这样的分法，“与其说反映了各个时代的文学观，不如说是作为提倡各自文学观的手段而被提出的。”(第 7 页)作者并非完全赞成这样的分期法，而只是在一般看起来比较容易的意义上使用这一概念。

作者对这一时期的文学特点，从总体上进行了论说，认为，中唐时期是一个不断开拓“文学的多样性”的时期(第 34 页)；是一个“共有的世界观解体”“从因袭的咒缚中解放”“构筑起独自的文学”的时期(第 113 页)；而从文学的表现样式来说，是一个从以诗为主向诗文并举变迁的时期(第 73—75 页)。对于这些看法，笔者是非常赞成的。唐代文学，进一步说，中国文学史的分期问题，是一个很值得再进一步研究的课题，此书的见解，或许会对以后的研究以新的启示吧。

宏观研究的论述，是在对中唐代表性作家作了具体的个案研究基础上展开的。在这部著作中，主要的篇幅是个案研究论文。如《奇》《韩愈对“古”的志向》《韩愈和白居易》等，对在中唐文学中占有重要地位的韩愈，以及他周围的文学集团，包括孟郊、李贺、皇甫湜、樊宗师、卢仝、马异等人；对他们文学作品的“奇”“古”“游戏”等的表现，结合历代有关的论说进行了探讨。对产生这些文学特色的原因，作者认为不应单纯地从外在的“社会”的原因去说明，而更应注目于文学变化本身的内在因素。特别指出这种特色，是要脱出定式化了的样式，进行文学的新的探索的结果(第 176 页)。可谓是独具慧眼之见。

在《白居易闲适诗考》《“白俗”的检讨》等文中，对于白居易的诗歌，一般评论为“白俗”的说法，对白诗语言特点的平易性、多样性、诗歌“闲适”的风格等等，进行了论说。此外，对于李贺诗歌，除了“奇”的风格以外，他的遣词修辞的特点——“代词”和形容词的用法、比喻的特点等也进行独创的探讨。这些论说，我想，对于唐代文学，对于中国古典文学的研究，都是非常有益的。

笔者尤其想谈一下的是，在本书中，作者提出了一个非常有意思的命题：诗创造世界吗？（第 35 页）并且在《终南山的变容》一文中，以盛唐和中唐诗歌中表现出的终南山形象的不同为例，对此作了探讨，可谓是全书的点睛之笔。

在作者的论说中，似表述了这样的意见：从诗不仅是自然的表现，而且对人类的视点和情感起着作用；从作为文学对象的自然，在文学作品中的形象，随着作家视点的改变而变化——从这些意义上，或许可以说诗、文学创造了世界。在文学研究上，这实在是一个值得进一步探讨的课题，这篇短文中无法进一步展开。但在此，笔者联想到，如果我们按照这样的思路，是否同样可以认为，文学作品的研究，也是随着研究视点的变化而变化的；文学的研讨，美的观念性的探讨对在历史展开过程中的人化的世界的形成，不是也有着巨大的影响吗？因而从这样的意义上说，研究作为创作的“变容”，是否也是一种对世界的创造呢？

闻知川合康三先生之名，是从王运熙先生处得到兴膳先生和川合先生合著的《隋书经籍志序》的注释稿，那已是二十年前的事了。对两位先生严谨深到的文献功底和见解，笔者深为佩服。来日本以后，得接声咳。渐觉得川合先生与其说从事文献考证，不如说更是一位文学研究者；进而则更感觉到他身上充溢着一种诗人的气质。好像有一位日本学者曾评论过，川合的文学研究论著，比起单纯的“研究”来，更像是一种“作品”。恕我冒昧，套用川合先生自己的说法，或可以说是一种文学创作的“变容”。他不像有些研究者那样，只会冷静地把丰富多彩、充满生命力的文学作品支解为碎片，细加分析（这当然是需要的），而是在分析的基础上，按照自己对文学的理解，加以新的归纳和升华，给对象注入新的生命力，所以读来有一种肆扬灵动之感。读一读他在此书《后记》中所说的有关“创作”和“研究”的区别，我想这种风格也许正是川合先生所追求的吧。

1999 年 12 月 12 日草

原载《中国典籍与文化》2000 年第 1 期

新的见解新的人

——日本青年学者对《花关索传》的研究

在学术界中，往往会有一些奇怪的事：在中国争论不休的问题，国际上未必受到关注；反之，在中国并不显眼的课题，在国际上却引起了学者们的重视。《花关索传》这部说唱词话的命运，便是如此。

可能是 1964 年，上海嘉定县的古坟中，发掘出了一部古书，亏得有心人将它存放起来[①]，屡经波折，总算被专家们发现，竟是一部天下孤本——这就是现在有名的明成化说唱词话。在当初，中国国内也曾热闹过一阵，但不久便冷落下来。而偏偏在日本，有一批年轻的学者注意到了这个宝贵的资料。组织起来，以这些说唱词话中的一种

① 关于这部古书发现的经过，据笔者与当事者的直接调查，和最初报道的情况稍有出入。具体可参见《花关索传研究》中《解说篇》“成化本说唱词话发现的经纬”一节。

《花关索传》为中心，进行了研究。最近汲古书院出版的《花关索传研究》，便是他们研究成果的汇集。

这部著作，在笔者看来，它最大的特色，就在于“新”——一批汉学研究的新人，从新的视角，对最新发现的材料进行了研究，提出了新的见解，使人有面目一新之感。

作者井上泰山、大木康、金文京、冰上正、古屋昭弘，以及与此书撰写有关的小松谦、小松裕子（旧姓松家）等，目前都只有三十余岁，分别毕业于京都大学、东京大学、东京外语大学、东京都立大学等著名学府，堪称是日本汉学研究领域的新军。作为日本老一辈中国文化专家的学生和后继者，他们自然尚有需要进一步成熟之处；但是，作为与日本近年的经济繁荣和社会价值观念激烈变化的同时代人物，他们自然也就带有鲜明的时代色彩，这在研究上也反映了出来。

《花关索传》是一部通俗的说唱词话，从研究的角度而言，它首先是一部文学作品。关于它在文学研究上的意义，金文京先生撰写的该书《解说》中，作了较详尽的阐述。其中，笔者以为有两点见解尤其值得重视：第一，是它在中国讲唱文学系谱中的地位问题。中国的讲唱文学，有的学者提出可分为乐曲系和诗读系两大类[①]。乐曲系的

① 此说为孙楷第、叶德均氏所主。近日小松谦氏在《富山大学教养学部论集》（第22辑，1989年）中，发表专文，论述了这个问题，可以参见。

作品经文人的加工，迅速地文人化了。相对而言，诗读系的作品则一直处于比较卑俗的地位。属于这一系列的作品，包括敦煌发现的《伍子胥变文》《季布骂阵词文》和明清时期的弹词、鼓词等等。在上述两者之间，虽说宋代的《西湖老人繁胜录》、明代的《七修类稿》等笔记中略有点滴记载，但由于未见完整的作品，所以其发展流变还不清晰。成化说唱词话《花关索传》等的发现，正好填补了这一空缺，使得这一系列的沿革变化状况显得明白了。有的研究者曾认为成化说唱词话的发现，可以与敦煌说唱词话的发现相媲美。现在看来，这样的说法也不能说为过吧！《花关索传研究》的作者们，论述了这样的见解，对于中国戏曲史的研究，对于中国通俗文学乃至整个文学史的研究来说，无疑是有相当的参考价值。第二，是此书在比较文学研究中的意义问题。《花关索传研究》的作者们认为："中国不存在英雄叙事诗，几乎是历来文学史家的通识，然而摆在这里的《花关索传》虽说措辞内容低拙，但确实是一部英雄史诗，它在文学史上的意义之大，当自不待言。"[1] 也就是说，作者们向被视为定论的传统说法提出了正面的挑战。日本著名的中国文学研究专家小川环树先生在为此书写的《序言》里，对这一点作了很高的评价，称之为"确系超越常识的见解"。当然，对于这个问题的

① 见《花关索传研究》的《解说篇》。

本身，还可以进一步探讨、阐发，但由此，我们对于作者们研究视角以及见解之新的状况，也可以略见一斑了。

《花关索传》是一部通俗的文学作品，但《花关索传研究》的作者们却并没有被文学史的框框所局限，而是汇集了各种不同专业的成员，从各种不同的角度对它进行了分析和探索。他们有的是从文献考证的角度，对作品进行了校注，并通过此书，考订了《三国演义》版本的演变；有的是从语言学角度，爬梳了这部作品中的语言现象，对明代的方言状况，进行了研究；有的则从民俗学、文化人类学的角度，分析了民间传说、民间的祭祀、神话和文学作品中人物形象的关系；还有的则从史学的角度，分析了花关索这个人物的历史演变轨迹。这些研究的方法，都有其独到之处。如果从日本汉学发展的历史来看，这一点也许就显得更明白。继中国的思想、历史、诗文之后，戏曲小说步入日本汉学的研究领域，实际上也只是近百年来的事。狩野直喜，盐谷温等先生留下了开创性的业绩，对于中国戏曲小说，乃至整个中国文学的研究，日本汉学界经历了翻印、注释、解读的文献考证阶段，文学史式的源流探究阶段，近年则越来越注意参考和学习西方的研究方法，注重引用现代各种学科的成果，从心理学、语言学、哲学、文化人类学、社会学等不同领域和视角来研究。《花关索传研究》，也正是这种研究潮流的产物，是一朵新涌现出来的、独具特色的浪花。这种集中力量，从不同视角、不同学科领域对同一作品进行综合研究的方法，对于我们中国的研究者，应当说是很具有参考价值的，打开那狭窄的框框，前面就是广阔的天地！

在《花关索传研究》中，笔者觉得还有一个很有意思的现象，那就是在该书的研究写作过程中，涉及了不少国家和地区，得到了许多学者和部门的关怀和支持。其中有日本的、美国的、韩国的、中国的、澳大利亚的、英国的、中国香港的、中国台湾的等等，就此而言，它反映了国际汉学研究交流的一个侧面。在我们的地球上，西方文明和东方文明都是人类智慧的结晶。中国文化，中国的文学作品，作为东方文化的一个重要组成部分，受到了越来越多研究者的关注。在国际交流已成为一种不可逆转的潮流的今天，汉学研究的领域里，各国的学者是否应当进行更进一步的联系、交流、合作或争论呢？答案是不言而喻的。我想，这也是这部作品给我们的一个启示吧！

近年来，笔者因在日本任教，得有机会与《花关索传研究》的作者们进行直接的交流。在肯定此书成果的同时，也曾谈到对这部作品的研究，还有一些可以探索的领域。比如，为什么在当时的社会中会出现这类作品呢？如果以整个明代政治、社会思潮变迁为背景，考虑到成化、弘治年间，正处于由明初洪武、永乐时代的专制主义向嘉靖、万历时代的讲风勃兴，异端风起状况的转折时期，那么，我们对这部作品，是否可以再进一步地加以分析研究呢？还有，对于宣昶这样一位以经学文章标榜的儒者的家族墓葬中，珍藏这样一部似乎不登大雅之堂的词话，对于我们分析当时士大夫阶层的精神生活，认识当时的宗族和社会文化的关系，是否有一点新的启发呢？我相信，《花关索传研究》的作者们，一定会在各自的研究领域中，在已取得的成绩的基础上，继续勤奋耕耘。

最后，话又回到我国目前的古典文学和文化的研究状况。《成化本词话》曾由文物出版社影印出版过，最近又收入了中华书局出版的《古本小说丛刊》之中。虽说研究的情况不能说令人满意，但也确实有不少朋友仍孜孜不倦，默默无闻地在这块园地中耕耘，为了祖国的文化奉献自己的青春和热情。我们介绍国外的研究状况，当然不是要妄自菲薄，而是说，我们在保留自己长处的同时，也应当面向世界，吸收他人的成果。我们应当有这样的魄力和气度。而真正具有民族色彩的鲜花，也一定会在世界文化的百花园中吐露芬芳！我们期待着。这也就是笔者不揣浅陋写这篇短文的目的之所在。

原载《书品》第1辑，中华书局，1992年

日本《绘本通俗三国志》

“三国”的故事，在我国源远流长。

《三国演义》连环画，在我国广为流行，大受欢迎。

那么，世界上最早的《三国演义》连环画是在什么时候出现的呢?

三国故事自刊行以来，多有加上一些插图的刊本。有的插图较多，如和三国故事有关的成化本《花关索说唱词话》，或可以视为最早的雏形。而这毕竟还不是严格意义上的“连环画”。

《三国演义》连环画，据笔者管见所及，或当以日本署名为“葛饰戴斗”所绘的《绘本通俗三国志》为最早。

《三国演义》的故事，很早就流传到了日本。关于这方面的情况，孙楷第先生《东京所见小说书目》、近年日本井波律子先生的《三国志曼陀罗》、金文京先生的《三国演义的世界》等书中都有所介绍。日本现藏有若干重要的本子，如近年井上泰山先生等影印的关西大学所藏嘉靖本《三国演义》，便是一种。要之，在日本，《三国演义》是很流行的。考其原委，日本的文禄年间，“湖南文山”译出的《通俗三国志》五十卷，起了很大的作用。湖南文山是日本京都天龙寺的僧侣义辙和月堂兄弟二人的笔名，义辙先着手翻译，他死后，乃弟月堂又继续这一事业，在文禄五年（1692）完成。此书出版后，在日本读书人中引起了相当大的反响。有的学者甚至认为，日本的江户文学中，“比《通俗三国志》更好的作品，至少在小说方面，可以说是一种也没有”（山本健吉《小说的再发现》）。

经过了一百多年，日本天保七年到十二年间（1836—1941），京都的“池田东篱亭主人”又校正出版了《绘本通俗三国志》，凡七十五卷。这是以《通俗三国志》为底本，又配上了题“东武葛饰戴斗画图”的四百幅插图而成的本子。由于插图达四百幅，而且有的图上，还有简单的文字说明，具有一定的连续性。再加上书中还间有文字，就形成非常有特色的“连环画”的形式，在日本曾多次出版。

“戴斗”是日本江户时代著名画家葛饰北斋（1760—1849）众多的别号之一。葛饰北斋的画，融汇了西方版画和中国画的技法，作品的范围广泛。在人物画方面，善于捕捉人物的神情，把人物的形象特点，略有夸张地活现出来。注重勾勒，线条流畅明快。长期以来，人们多以为此书为北斋的作品。如30年代前后，日本有朋堂的刊本、

60年代国会新闻社的刊本等等，都是如此。

但近年据日本的美术史学者铃木重三先生研究，认为此书的绘画，并非出自葛饰北斋之手，实际是他的弟子葛饰戴斗二世的作品（见落合清彦校订版《绘本通俗三国志》的《解题》，第三文明社，1982年）。葛饰戴斗二世，原为丰冈藩士，原名近藤文雄。他师事北斋，长于人物。不管怎么说，这些绘画应该说是非常出色的。虽然，从具体的历史文物考证角度来看，书中人物的服饰、形象，颇有点日本化，但甚见功力的线条纵横，把自己想象中三国人物的气质，形象地展现在读者面前，从美术史的角度来看，也是应该重视的吧。

关于《绘本通俗三国志》，乃是笔者在去年夏天，和钱杭兄一起到上海书店访金良年兄，良年兄谈到的。劝我不妨到日本查一下。在日本，蒙研究《三国演义》的上田望先生慨然将所藏的书本见借，读之颇觉有味。近年，国内国际，对《三国演义》的研究，多有展开。各方的专家，不知有兴趣对《绘本通俗三国志》稍加关注，看看两百多年以前日本人心目中的刘备、关羽、张飞等三国人物是何等模样吗?

原载《文汇读书周报》2000年10月7日，有插图，此从略

认真研究的成果

——读小松谦的新著《“四大奇书”研究》

近日出版的小松谦先生的《四大奇书研究》(汲古书院，2010年)，是他多年认真研究的成果，是近年小说研究中一本很有特色的著作。这里的“四大奇书”，指的是：《三国演义》《水浒传》《西游记》和《金瓶梅》。

关于这四部书的作者、成书年代和成书过程等问题，至今学界说法不一。小松从以下的角度对此进行了研究：1. 现在的小说，和以前传世的戏曲、话本的关系；2. 小说中人物形象的特色和当时的社会氛围；3. 小说人物的话语所反映的社会思潮；4. 小说版本的校勘对照等等方面加以探讨，对于各书的成书时期和过程，提出了不少新的见解。

这在对《水浒传》的论说中，显得尤为突出。《水浒传》的成书过程比较复杂，现存的版本，就繁简之分，有百二十回本、百回本、七十回本等“繁本”；又有百十回、百十五回本等所谓“简本”。各个相同回数的本子，还有不同的刻本。交叉纠结，诸说纷纭。

在此书中，作者通过对具体词语使用频率变化的全面统计，对特定词语进行定量分析，做了比较实证的探讨。

作者关注的词语，主要是具有特征的人称代词“俺”（包括俺们）、“吾”“我等”“汝”；指示代词“这般”“凭地”“这等”；疑问词“怎地”“怎生”“做甚么”等。小松和他的学生，对这些词语，按章节统计，列成表格，进行了全面的比较分析，比如，“俺”，在百回本中，第一回到第二十回，出现了 137 次；二十一回到三十五回出现 5 次；三十六回到六十回出现 53 次，六十一回到七十回，出现了 14 次，从七十一到一百回，却又出现了 116 次。产生了明显的波动，这在一个作者的作品中，是很难想象的[①]。其他如“这般”“怎地”的出现，也出现了类似的波动变化。

通过这样的客观统计，作者再以此和前面根据小说资料的来源、思想、形象分析的推断进行对照。作为研究的结果，作者认为，《水浒传》全书的形成，可以分成几个阶段。“无论从形式方面，还是语汇方面来看，《水浒传》的前半和后半载性质上有很大的差异。虽说要明确地划出

① 上述数字，是笔者根据原书第 189—182 页表格所列数据汇总。这部分的表格，由小松谦和高野阳子共著。

它们的界限尚为困难，但是可以说，到第三十五回，有着第一次的变化，以第六十回为界线，产生了大幅度的变化，第七十一回以降，性质完全变化了”（第211页）。

如果说，《水浒传》七十一回前后有区别，前人已经说过的话[①]，那么上述进一步的区分，可以说颇有新意。当然，这样的结果或许还有进一步探讨和论说的余地，比如前三十五回中，为何以二十回为界，前后有明显区别的痕迹？七十一回以后，是否还可再区别？这都是研究者以后可再思考的，然而这里至少使问题又前进了一步，指出了书中内在的矛盾点。作者的成果，令人钦佩。

其他对《三国演义》《西游记》的不同版本，也都有类似的统计[②]，不赘。

这四部小说，虽说成书的具体时间，学术界还有争论，但其定型流传，在社会上造成影响的时期，是在明代。这一点殆无大的争议。作者在研究中，注意把这些小说的演变，放到明代的整个文学流变中去把握。他把明代文学分为五个时期：洪武到天顺，成化到正德，嘉靖、隆庆到万历，天启到崇祯。（第7—8页）

① 见何心《水浒研究》，上海古籍出版社，1985年，第37—38页。又，参见日本高岛俊男《水浒传的世界》，日本大修馆书店，1987年。拙著《日本汉学史》第五部，上海人民出版社，2010年。
② 两处的统计表格分别见《四大奇书研究》第117—123、268—275页。

这样的分期，虽和笔者的看法些不同[①]，但是思考的方向无疑值得学者参考。

小松指出，上述小说就内容和形式的发展来看，都带有明代自正德、嘉靖以来社会生活和观念变化的痕迹，映现着那个时代的色彩。

比如，《三国演义》的版本研究，从我国的郑振铎、日本的小川环树以后，近年日本的金文京、井上泰山、上田望、中川谕；中国的周兆新等都有新的成果。英国则有魏安的《三国演义版本考》[②]。学者大多指出，《三国演义》的版本，至少可以分为两个系统。一以福建一带的刻本为代表，一以江南一带的刻本为代表[③]。小松在前人版本研究的基础上，重点探讨了一般认为带有"通俗化"倾向的叶逢春本和"文人化"倾向的"嘉靖本"的相互关系，指出："近于实际的情况或许是：嘉靖本和叶逢春本，几乎原来出于相同的祖本，相对于嘉靖本加以全面的改变来说，叶逢春本在文字上相当忠实地保存了原本的面貌，而各处有着脱落，或曾加以省略。"（第115页）这两者在前半尤其在前二十回，多相同，而在后半部，尤其在刘、关、

① 参见拙文《明代文学分期札记》，2002年11月南京召开的第一届明代文学国际研讨会发表，载新加坡《新世纪学刊》第四辑，新雅舍，2004年，第120—125页。
② 魏安《三国演义版本考》，上海古籍出版社中文译本，1996年。
③ 参见中川谕《三国演义版本研究》，汲古书院，1998年。

张死后的部分，多有差异。（第117—123页表格）

这些现象，反映了小说的产生，最初出于社会的基层，流传的是《三国志评话》那样比较通俗之作。在社会上流传之后，文人加以充实和改变，到嘉靖时期，甚至官府也介入了，使其思想内容和语言文字都发生了变化。因此《三国演义》，出现了不仅有余象斗出版的福建系的俗本，嘉靖以后，还出现了精致的官刻本、包括内府刻本的现象（第104页）。而这样的情况，正是明代正德、嘉靖间社会生活发生变化、江南地区商业活动发展的产物。比较具体地揭示了《三国演义》等小说形成的历史过程和社会背景。

指出这些小说的产生流行，是由于市民阶层的支持和商品经济的发展之外，作者的新成果，还在于实证地考察了促使小说形成、演变的社会思想因素和具体的社会力量。

不少的研究者也把这四部书，放在明代社会环境中探讨，但是，再问一下，是怎样的社会思潮，具体是哪些人群呢？而这在小说中的具体表现又如何呢？似乎不太明确。作者搜罗实际例证，提出了新的见解。

作者认为，小说语言和形象的变化，反映了社会观念和社会思潮的变化。比如，把同样是《水浒传》中的鲁智深在前后部分的形象，和同样是“杀人”出家的武松的形象加以比较，可以看到，《水浒传》中对鲁智深的评价中，包含着当时“阳明学左派”思潮以及万历以后社会价值观念的变化（第 146—147 页），以具体的形象分析来证明这一点，很有特色。

作为小说流行社会基础的市民阶层，挑浆担水，牵驴赶马，行车揖舟，千行百业，所在多有，具体何在呢？

小松认为：各书的流传，存在着特定社会阶层的支持。比如，《西游记》，“和改变为面向知识人读者的《水浒传》《三国演义》不同，《西游记》的读者，或许不太包括高级的知识人吧”，“《西游记》或许根本上就是被作为宗教性读物的吧”（第 291 页）。

《金瓶梅》近年在我国内颇为关注，从淫秽小说，转身为“社会小说”的代表。作者指出，《金瓶梅》的产生和流传，则和明代的武官阶层，和明代特有的“锦衣卫”有着特殊的关系（第 311、321 页）。指出：它的流行，和两类人有关，那就是“富裕的商人和武官”，这些人是“没有怎么高的古典教养，但有一定程度的识字能力，且有着相当经济力的阶层”（第 320 页），他们是支撑着明代商业性小说出版流行的基础。

这样的看法颇有新意，值得参考。

在当今的社会上，小说不仅是人们表述思想感情乃至理念梦想的体裁，而且成了发财致富、成名出世的道具。小说的研究，和其他的历史文献研究一样，被从各种不同的角度、用不同方法去阐释。有些小说则成了漫说、戏说、梦说、狂说乃至胡说的对象。

小松谦是清水茂、兴膳宏等日本京都大学中国文学研究专家的学生。二十多年来，面对世间风尘飞扬，他一直在戏剧小说领域中不懈耕耘。像这样一个个词语收罗统计，一个个人物分析比较，脚踏实地，不尚鼓吹的研究，在学界中，委实不多。除了此书之外，他还有《中国古典演剧研究》等著作，硕果累累。在某些“成功人士”看来，这样的研究，或许有点“傻”。但笔者认为，正因如此，其结论才真实可靠。这也正是其成果将会存在下去的理由之所在吧。

2011 年 1 月

金泽大风雪中

原载《古典文学知识》2012 年第 2 期

徜徉于诗情画意之间

——评《神田喜一郎全集》第五卷

最近,《神田喜一郎全集》第五卷由日本同朋社出版了。此书系神田先生的哲嗣神田信夫先生整理。至此,《神田喜一郎全集》已出齐了九卷。

第五卷的主要内容是“在中国的诗与美术之间”,还附录了阐述中国书法和古代印鉴的两篇论文。

神田喜一郎先生,在中国的学术界是很知名的。他出身在摄津国(今大阪府茨木市一带)的一个文人世家,是日本明治末年到昭和初年(即本世纪初)最著名的汉学家、京都学派的开创者之一——内藤湖南的高足。《内藤湖南全集》就是由他参与,经过长时间的编纂出版的。他本人的名著《敦煌学五十年》,在中国广为所知。他在金石学、版本目录学等方面,多有造诣,对明清以来的诗画书法等,也深有研究[1]。第五卷的出版，可以使我们看到神田先生在这方面的功力。

第五卷中最具有代表性的是《玉壶山人的生涯——清朝第一的仕女画家》一文。据神田信夫先生在后记中介绍，此文是神田喜一郎先生历时近二十年的研究成果，这里是初次发表。

提起“玉壶山人”改琦，不要说当今一般的中国人可能根本没听说过，就连专门研究中国古典文学或中国文化的人，或许也知之者为数不多吧！然而，神田先生就是以这样一个人物为对象，展开了独到的研究。

改琦，上海华亭县人，生活在清代乾隆末到道光年间，是一个卓有成就的画家，他在嘉庆年间画的《红楼梦图咏》，用白描手法，出色地勾勒了《红楼梦》中的人物形象，表现了高古妍雅的气质。“淮浦居士”在《红楼梦图咏序》中称他“天姿英敏，诗词书画并臻绝诣”，红楼梦图“为生平杰作”，“可与六如、章侯抗行”。而神田先生在文中，考究了改琦和得苏州画派“四王”正传的王学浩（椒畦），和在《墨林今话》中被高度评价的画家冯金伯的关系，使人们得以从中国绘画史的历史长河中来认识

① 神田先生著有《东洋学林》《艺林谈丛》等，其中多涉及金石和目录版本之学。所撰《顾千里年谱》，在当时也是甚为难得之作。此外，还撰有《画禅室随笔讲义》等。

改琦的地位。

改琦也是一位出色的词人。北京中华书局出版的叶恭绰编《全清词钞》只收有他写的七首，而近人严迪昌先生著《清词史》对改琦之词也仅略有述评。神田先生对改琦的词进行了研究，特别推许《玉壶山房词选》中《壶中天》一首。这是改琦和友人在虞山石梅赏梅时所撰，“时落日衔山，翠光浮空，疏影在地”，词人写道：“松影如潮，峰阴欲雨，绿净茶烟话。疏林残照，打头飘下桐叶。”充满一种静谧和飘逸的美！神田先生认为此词使人联想到姜白石的作品，并引前人对词的评价：“通体绝佳，足为全编之冠。”他的见识和评价，都是非常精辟入里的。

神田先生研究的着力点，不仅在于从不同的领域对改琦加以研究，还在于从诗词和书画这两个领域的交集点上，看到了改琦在艺术上的成功之道。他引徐珂《清代词学概论》中对改琦词的评价：“清空处如冰壶映水，飞动处如野鹤依云。”引王铁夫《渊雅堂编年诗稿》中对改琦画的评论“玉壶仙史仙之逸”，“花花草草各精神”。在无形的词中，呈现出了有形的“冰壶”“野鹤”；在有形的花草人物中，突现出了无形的“精神”。而贯穿二者之间的，则是脱俗的清逸自如，风流蕴藉。这，不正是改琦艺术的精魂之所在吗？而神田先生如果不是深入到中国诗词和书画美术的堂奥之中，悠游徜徉于诗情画意之间，恐怕是难以在改琦这样一个似乎不起眼的人物身上发现熠熠的艺术之光的吧?!

神田先生研究的成就，更在于他以改琦这个人物为切口，剖析勾勒了清代中叶江南地区文人交往的具体状况，探求了那个时代的艺术和美的格调。在《玉壶山人的生涯》一文中，我们可以看到在当时松江知府李味庄举行的豪华宴会上，杯觞交错，吟诗弹琴，泼墨丹青的风流场面；可以看到改琦和当时的诗人如洪北江、龚定庵、郭频伽、沈绮云、陈碧城、赵怀玉、纽匪石、孙子潇等人交往，互相酬唱应答的情况。其中，自不乏在当时乃至今日都知名的文坛俊雅，也有一些并非如此的隐逸之士。他们既有艳丽多彩的一面，又时而显出淡泊超然的神情。这也许正是十八世纪中叶江南地区知识阶层的一种典型的生活环境。神田先生在评论改琦所画“善天女像”时指出，那个时代，所有的艺术中都飘逸着洗练过的高雅情调。笔者以为，这很能概括说明当时的时代精神风貌，而这正是上述典型生活环境的产物。

日本汉学界脱出单纯摹仿的窠臼，对中国古代诗歌和艺术进行科学性的研究，是本世纪初期才开始的。就整体而言，对明清以后的诗词研究，似尚不能与其他时代的研究相比肩（在我国的情况也大致相同）。所以，笔者以为，神田先生在这方面的研究成果，独到的研究方法，对于我们来说，也许就更有意义，更值得重视。

最后，想顺便提一下，改琦的《红楼梦图咏》，在本世纪初期，由日本近代有名的东洋美术史专家大村西涯介绍到日本，而他则是受到日本著名的南画家富冈铁齐之子——东洋史专家富冈谦藏的影响[①]，当时引起了学界的重视，近年国内亦曾影印出版过。今天，不知《红楼梦》和中国美术史的研究者们，对此还有一点关注的兴趣否？

原载《中国典籍与文化》1994 年第 4 期

① 大村西涯（1868—1927），近代日本著名的东洋美术史专家。著有《东洋美术史》等多种著作。富冈铁齐（1835—1924），京都人。富冈谦藏（1872—1918），铁齐长男，精于金文和甲骨文的研究。

《中国诗史》重版前言

本书自初版以来，一瞬间，已经十五年了。

就我们看来，吉川幸次郎先生把古今中国文学作为一个连续的、发展变化的整体来研究的宏观视野，在书中从“人”的角度对诗人心态的细微剖析，对各个时代作品的内容与形式的独到见解，以及在全书中显现出来的一贯的人格精神，至今仍多有值得我们学习参考之处。因而，本书仍有着新鲜的生命力和强烈的感染力。

如果说，在我们开始翻译这部著作时，我国的学界和读者对于吉川先生，对于日本和海外的中国文学研究状况还知之不多，那么，在今天，已经有了相当的变化。吉川先生的著作，译成中文出版的已有数种，这部《中国诗史》已有几种译本，就是证明。研究中国文学也应当面向世界，应当从人类文明的角度来重新审视中国文学，这样的看法，已经被越来越多的研究者和读者所理解和接受，我们认为这是一个很好的趋向，为此感到欣慰。

基于一些读者的要求，复旦大学出版社决定重版这部著作。藉此重版之机，我们根据 1970 年 12 月筑摩书房版的《中国诗史》，对初版作了一些校订。有的地方，对译文作了修改，以求更符合著者的原意，更便于读者的理解和阅读，当然也订正了译文中的一些误讹。

这次重版，承蒙日本京都大学名誉教授清水茂先生的介绍，我们得到吉川幸次郎先生著作版权所有者——有限会社善之 (先生的字) 纪念会的代表，先生的哲嗣——吉川淳夫先生的授权，对此，我们谨表示由衷的谢意。

在重版之时，我们再一次想到了神户大学的名誉教授伊藤正文先生。正是由于他的关照，在十多年前，我们才得以开始从事这项工作。但是，现在他已经去世了。谨以此重译本，献于他的灵前，表示我们的哀悼之念。

中国文学研究，中日文化交流，源远流长。这是一条由无数有志者的献身才汇成的长河。逝者已去，来者旋踵。我们置身于这一长河之中，愿为这一事业，继续奉献自己的微薄之力。

译者

2001 年 10 月

原载《中国诗史》，复旦大学出版社，2002 年

凤凰枝文丛

三升斋随笔	荣新江　著
八里桥畔论唐诗	薛天纬　著
跂予望之	刘跃进　著
潮打石城	程章灿　著
会心不远	高克勤　著
硬石岭曝言	王小盾　著
云鹿居漫笔	朱玉麒　著
老营房手记	孟宪实　著
读史杂评	孟彦弘　著
古典学术观澜集	刘　宁　著
龙沙论道集	刘　屹　著
春明卜邻集	史　睿　著
仰顾山房文稿	俞国林　著
马丁堂读书散记	姚崇新　著
远去的书香	苗怀明　著
汗室读书散记	王子今　著
西明堂散记	周伟洲　著
优游随笔	孙家洲　著
考古杂采	张庆捷　著
江安漫笔	霍　巍　著
简牍楼札记	张德芳　著

他乡甘露	沈卫荣　著
释名翼雅集	胡阿祥　著
壶兰轩杂录	游自勇　著
己亥随笔	顾　农　著
茗花斋杂俎	王星琦　著
远去的星光	李　庆　著
梦雨轩随笔	曹　旭　著
半江楼随笔	张宏生　著
燕园师恩录	王景琳　著
鼓簧斋学术随笔	范子烨　著
纸上春台	潘建国　著
友于书斋漫录	王华宝　著
五库斋清史存识	何龄修　著
蜗室古今谈	丰家骅　著
平坡遵道集	李华瑞　著
竹外集	朱天曙　著
海外嫏嬛录	卞东波　著
耕读经史	顾　涛　著